月英寻亲　　　　　桂学明　作

　　阅读"月英寻亲"原稿的第一人是和我结交五十年的学明挚友。他不仅品德高洁、为人热诚，而且勤奋好学、多才多艺。他的根雕艺术，小有名气，登过报纸，上过电视。他为我的书稿作画，实属有感而发。先画横幅，再绘立轴，使拙作增色不少。且不说书画艺术水平如何，单凭这种精神，就足以令人钦佩了。耀华诠释。

1957 年 7 月
耀华在沭阳师范

2017 年 3 月
耀华在审计局宿舍家中

2015 年 6 月 21 日
耀华和夫人郭秀珍在盱眙花海公园，
这是二人最后一次合影

月英寻亲

王耀华◎著

中国文联出版社
http://www.clannet.cn

图书在版编目（CIP）数据

月英寻亲 / 王耀华著 . — 北京：中国文联出版社，
2017. 8
ISBN 978－7－5190－3001－8

Ⅰ. ①月… Ⅱ. ①王… Ⅲ. ①长篇小说—中国—当代
Ⅳ. ①I247. 5

中国版本图书馆 CIP 数据核字（2017）第 214744 号

月英寻亲

作　　者：王耀华

出 版 人：朱　庆
终 审 人：朱彦玲　　　　　　　复审人：王　军
责任编辑：刘　旭　　　　　　　责任校对：傅泉泽
封面设计：彭明军　　　　　　　责任印制：陈　晨

出版发行：中国文联出版社
地　　址：北京市朝阳区农展馆南里 10 号，100125
电　　话：010－85923043（咨询）85923000（编务）85923020（邮购）
传　　真：010－85923000（总编室），010－85923020（发行部）
网　　址：http：//www. clapnet. cn　　http：//www. claplus. cn
E－mail：clap@ clapnet. cn　　liux@ clapnet. cn

印　　刷：北京市金星印务有限公司
装　　订：北京市金星印务有限公司
法律顾问：北京天驰君泰律师事务所徐波律师
本书如有破损、缺页、装订错误，请与本社联系调换

开　　本：710×1000　　　　　　1/16
字　　数：218 千字　　　　　　印　张：21.75
版　　次：2018 年 1 月第 1 版　　印　次：2018 年 1 月第 1 次印刷
书　　号：ISBN 978－7－5190－3001－8
定　　价：55.00 元

序 诗 二 首

一、飞吧，飞吧，美丽的蝴蝶

1

月英呀，月英，
你是一个勇敢的姑娘。
你挣脱了枷锁，
见到了阳光。
我为你祝福，
为你鼓掌！

2

你自幼丧失了父母，
没有了爹娘。
又被坏人出卖，
做了羞辱的童养。
你不是孤单一人，
无数乡亲都在你的身旁。

3

月英呀，你像一只蝴蝶，
扇动着美丽的翅膀。
你蜕去了蛹壳，
换上了新装。
用你的智慧，
去追逐你的梦想。

4

蝴蝶呀蝴蝶，飞吧，
飞向那最美的地方。
你机智勇敢地飞，
那里有你寻找的对象。
当你的理想实现的时候，
一定不要把乡亲们遗忘！

1

拓展阅读 ····

一、枷锁，即木枷和铁锁链，古代两种刑具。"枷"，是旧时套在罪犯脖子上的刑具，用木板制成。"锁链"是旧时套在罪犯手上和脚上的刑具，用铁制成，用以锁铁链和木枷。现在，枷锁比喻所受的压迫和束缚。

出处：《隋书·刑法志》："勒集囚徒于关前，挝鼓千声，释枷锁焉。"

二、"童养"即"童养媳"。童养媳，是旧社会领养人家的小女孩儿做儿媳妇，等儿子长大以后再行结婚。这样的小女孩儿就叫作童养媳。

三、"蛹壳"：《辞海》解释："被蛹"和"围蛹"羽化后剩下的外壳。通俗地说，蛹壳就是虫蛹外边的一层皮。

二、愿天下有情人终成眷属

1

小月英，孤小丫，
牙牙学语没爹妈。
无亲又无故，
乡亲父老来牵挂。

2

小守杰，苦小娃，
孤苦伶仃没有家。
沧海变桑田，
左邻右舍拉扯大。

3

一个没父母，

一个没有家，

一对男女巧相遇，

志同道合走天涯。

4

金风加玉露，

双孤谈婚嫁。

情真意切深似海，

千里姻缘传佳话。

拓展阅读 ....

一、"愿天下有情人终成眷属"，这一经典名言，是对美好爱情的祝愿。

出处：元·戏剧家王实甫《西厢记》："叹人间真男女难为知已，愿天下有情人终成眷属。"全剧描写了书生张君瑞和贵族小姐崔莺莺的恋爱经过，虽遭崔母极力反对，但经婢女红娘热心穿针引线，经过一番周折，张生和崔莺莺终于喜庆团圆，实现了有情人终成眷属的美好愿望。

二、沧海变桑田，成语，大海变成农田，比喻世事变化很大。

出处1：晋·葛洪《神仙传·麻姑》："麻姑自说云：'接侍以来，已见东海三为桑田。'"

出处2：唐·储光羲《献八舅东归》诗："独往不可群，沧海成桑田。"

出处3：明·刘基《惜馀春慢·咏子规》词："沧海桑田有时，海若未枯，愁应无已。"

三、"金风加玉露"，即"金风玉露"。金风玉露，原指秋风和白露。"风"如"金"，"露"如"玉"，常比喻恋人

聚会的美好时光，以及机会的宝贵和难得。

出处1：唐·李商隐《辛未七夕》，表示碧落银河之畔，正是"牛郎"与"织女"相会的好场所，何必要等到遥远的"金风玉露"的七夕才相会呢？原诗如下：

恐是仙家好别离，故教迢递作佳期。由来碧落银河畔，可要金风玉露时。

清漏渐移相望久，微云未接过来迟。岂能无意酬乌鹊，惟与蜘蛛乞巧丝。

出处2：宋·秦观《鹊桥仙》，表现否定朝欢暮乐的庸俗生活，歌颂天长地久的忠贞爱情。词文如下：

纤云弄巧，飞星传恨，银汉迢迢暗渡。金风玉露一相逢，便胜却人间无数。

柔情似水，佳期如梦，忍顾鹊桥归路。两情若是长久时，又岂在朝朝暮暮。

四、"千里姻缘"源自美丽的传说"千里姻缘一线牵"。

出处：唐·李复言传奇小说《续玄怪录·定婚店》中讲的一个故事：唐朝韦固遇一老人，携带一囊，在月下检阅书籍。固问："是何书籍？"老人曰："此乃天下之婚牍。"固又问："囊中之红绳何用？"老人曰："将此绳系于男女之足上，即是离家居外国，亦能成为夫妇也。"指婚姻是由月下老人暗中用一红线牵连而成，这就是缘分。

目录 CONTENTS

1

引　言

　　朋友，您一定听过广为流行的《两只蝴蝶》这首歌曲吧？您听，"亲爱的，你慢慢飞，小心前面带刺的玫瑰。亲爱的，你张张嘴，风中花香会让你沉醉。……"

　　这是一曲多么动听的音乐，又是一幅多么秀美的画图呀！这里要讲的故事，就与这种情景有些联系。

　　月英自幼丧失父母，又被他人出卖，做了羞辱的"童养媳"。她痛恨这种丑恶的婚姻现象，却又无法与之抗争。幸亏"高人"指点，她才有了勇气，有了智谋，进行了坚决的斗争。加之乡亲和政府的帮助，她终于挣脱了枷锁，获得了自由。她就像一只蝴蝶，蜕去了蛹壳，换上了新装，去追逐自己的梦想。但是，当初，她无亲无故，到哪儿去吃、到哪儿去住、到哪儿去立足呀？还按"高人"的指点，去寻找她多年未见的姨娘，这是她唯一的亲人。这就是"月英寻亲"的缘由。

　　于是，作者就通过"一人一事"，讲述月英追求婚姻自主的故事。她在寻亲过程中，遇到过"带刺的玫瑰"，也遇

到过"花香的沉醉"。那些风风雨雨和坎坎坷坷，着实令人心驰神往、牵肠挂肚！亲爱的朋友，如果您有兴趣的话，就读一读吧。

从月英的婚姻经历中，人们可以看到当地民众的生活状况，可以意识到婚姻问题的酸甜苦辣，也可以体味到人间的冷暖炎凉。值得注意的是，谈到婚姻问题，可能有人会觉得过于陈腐。其实，它永远是一个值得探讨的话题。婚姻，不仅是一个个人的问题、一个家庭的问题，而且还关系到国家的繁荣、社会的安定和人类的繁衍。古往今来，婚姻嫁娶，始终都是人生道路中的一个重要事件，涉及每一个人。我相信，读了这部作品，必能从中获取某些教益。

作　者
2017 年 3 月 12 日

拓展阅读

歌曲《两只蝴蝶》由牛朝阳作词作曲，庞龙演唱。歌词如下：

亲爱的，你慢慢飞，小心前面带刺的玫瑰。
亲爱的，你张张嘴，风中花香会让你沉醉。
亲爱的，你跟我飞，穿过丛林去看小溪水。
亲爱的，来跳个舞，爱的春天不会有天黑。
我和你缠缠绵绵翩翩飞，飞越这红尘永相随。

追逐你一生，爱恋我千回，不辜负我的柔情你的美。

我和你缠缠绵绵翩翩飞，飞越这红尘永相随。

等到秋风起，秋叶落成堆，能陪你一起枯萎也无悔。

引言

一、
疼人的丫头

一个偶然的机会，让我遇到了难以忘怀的丫头姑娘。后来，我知道了，她就是钱家的童养媳。

我来到大姨娘家跟大姨哥学医。不久，大姨哥就比照孩子的口吻对我说："三姨叔，你天天除了看书学习，有空还要学学骑自行车。学会骑自行车以后，上哪儿都要方便得多。"

根据大姨哥的提示，我就开始学骑自行车。

一个初秋的早晨，晓风拂拂，气温宜人。我一个人兴致勃勃地把大姨哥那辆破旧的自行车，推到门前大场上去学骑。我先推着车子在场上转了一会儿，心里盘算着，怎样能骑上去，怎样让车子跑起来。我两手扶着车把，先把左脚放在脚踏上，右脚放在地上，一蹬，车子就前进了。可是，这样老是蹬着车子跑，还能算骑车吗？要说真正骑上车，必需屁股坐到车座上。但是，这车座，有我腰弯那么高，屁股怎样能坐到车座上去呢？就这样，我一边推车

子转，一边反复考虑。转了一转又一转，绕了一圈又一圈，也没有想出一个办法来。

我曾经听人说过，学骑自行车，胆子要大，要不怕摔跤。于是，我就大着胆子，在左脚蹬车前进的同时，右脚离开地面，跷腿往车座上跨。哪知屁股还没碰到车座，车子就倒下了。

这个时候，我就听见有一个人在旁边咯咯地笑。这个人显然是在讥笑我。我也无心去看讥笑我的人。

我从地上爬起来，继续骑车。我把车子推到一个大石头碴子旁边，爬到碴子上，左脚踩着碴子，右腿跨过车座，同时右脚踩在脚踏上，屁股坐到车座上，右脚把车脚踏一蹬，车轮居然向前滚动起来。但是，车子没滚多远又倒下了，我又摔了一跤。

这个时候，我又听到一阵咯咯、咯咯的笑声。和刚才一样，这个人又一次讥笑了我。

我仍然没有理会讥笑我的人。我心里想，你笑你的，我骑我的。我继续骑，继续摔跤。

经过几次摔跤，我心里有了底。我为什么会摔跤呢？就是因为车子不听我的使唤，我想叫它向左走，它偏要向右走。我想叫它向右走，它偏要向左走。它就是不听从我的指挥。我不服气，我把它扶起来，再骑。就这样，反复地骑，反复地练，终于有了成果。

我领会到了，当车子要向右歪的时候，我就要把车头向左扳。当车子向左歪的时候，我就要把车头向右扳。这样，车子不但乖乖地听从我的指挥，而且还常常不用我踩，

它也能自动往前进。我要是使劲蹬几下，它还能自动跑得老远老远。

这时候，我就意识到了，前人给这种车子起的名字太精妙了。它有三个名字：一是"钢制车"，二是"脚踏车"，三是"自行车"。这就说明它是用钢铁做成的，而不像人们常用的大车、小车是用木头做的。它是靠人用脚踩踏而前进的，所以叫脚踏车。有的时候，用脚踩踏一会儿，它就靠惯性也能自己前进，所以叫自行车。这些名字，全部都是按照它的特点和性能来命名的。

我兴奋极了，就骑着自行车在场上飞也似的跑起来，跑了一转又一转，飞了一圈又一圈。

我极端兴奋。我仰望前方，只觉得身边的一切景物都擦肩而过。我俯视脚下，只见地面一切图景像洪流一般，向我身后奔流而去。我看得眼花缭乱，脑涨目眩，我不敢再看了。我心里想：我学会了骑自行车，从此以后，走路就可以双脚离地，坐汽车、坐飞机大概也就是这种感觉吧？我还想着，等我以后有了钱，也买一辆自行车，而且要买新的、买好的。人都说，"永久"牌最好，我就买"永久"牌！

我初步学会了骑车，心中非常得意。现在，我眼睛无须紧盯脚下，我不仅能看着前方，还能悠闲自在地扫视一下大场四周的景色风光。

这一下，我看到了，就在大场的西边，有一位姑娘正在碾压芦苇篾子。这一下我也明白了，刚才讥笑我的就是她！这时候，我心里既有一点儿气，也有一点儿不服气。

当我的车子骑到她面前的时候，我特意按几下车上的大扳铃，让车铃"丁零、丁零"地响起来，既给她听听，也给她看看。我心里在说：刚才，你讥笑我？现在，你还笑不笑？你看看吧，你听听吧，你看我骑给你看吧……

我向她瞟了一眼，她似乎向着我笑了。

正当我无比兴奋、异常陶醉的时候，正当我充满幻想、满怀憧憬的时候，正当我想入非非、忘乎所以的时候，谁也想不到的事情，就突然发生了。

正当我骑着自行车在飞也似的前行的时候，突然间，两条调皮的狗儿打起架来。狗儿们突然冲到我的车轮前，把车子撞倒，我从车上摔了下来。说时迟，那时快。就在这个时候，这位碾压芦苇篾子的姑娘，正推着小滑皮磙子到了我的身旁，我连人带车正巧就倒在了她的小磙子的前面。幸亏这位姑娘眼疾手快，她把磙子猛地往后一拉，来了一个"急刹车"，才避免了一场"车祸"，同时，也因为苇篾上面太滑，她自己也滑倒在地上。

两个人同时摔在地上，而且自行车压着我，磙子把压着她。两个人龇着牙，相互望着，既不像哭，也不像笑。当时，要是在现在，有相机把这镜头照下来，一定很尴尬。

我这次摔跤和以上两次都不同。我的车是在高速前进中倒下的。我当时还不懂什么叫"惯性"，但我知道自己身上有几处都被摔疼了，皮肉受了伤。有的地方擦破了皮，流出了血。我还不知道姑娘的身上是不是也受了伤。

我歪躺在地上，左腿担在车杠上，右腿压在车架下，腰疼、腿疼、屁股疼，动弹不得。我手腕下边擦破了皮，

脚踝外侧出了血。

　　这位姑娘非常机灵，她立即爬了起来，赶紧来搀扶我。她的动作果断、利落、轻盈、快捷，口里还喃喃地念道："你看……你看……唉……真是……"

　　这时候，我才注意到，这是一位充满着少女气息的姑娘。她，眉目清秀，双颊微红，体态匀称，容貌端庄，一条小辫子从右肩上拖到胸前。在那淡淡的粉红色上衣的映衬下，辫子显得更加乌黑油亮。这是多么好的一位姑娘啊！

　　她一边搀扶我，一边和我说话："三先生，想不到，今天，你吃了这么一个苦！"

　　我满身疼痛，又瞟了她一眼。我问她："刚才就是你讥笑我的？"

　　她一手捂着嘴，连连点头，暗暗发笑。

　　我也有点无可奈何，问她："你认识我？"

　　"怎么不认识？你一来我就认识了。"

　　"可是，我怎么不认识你呀？"

　　"您是什么人？您是一个识文断字的三先生，我是一个不识字的丫头。您哪能认识我呀？"

　　"看你说的。你一字不识？那怕什么？上学念书就是了。"

　　"上学念书？我没有那个命。"

　　"没有那个命？你还能不如我？你叫什么名字？"

　　"人都喊我丫头。"

　　"丫头？这么大的人，怎么还叫丫头？丫头，是旧社会地主老爷家的佣人，现在已经解放了……"

"不！解放的不是我！我的小名就叫丫头。其实，我和旧社会的丫头没有两样！"

"那……你没有个大号？"

"有——就是没人叫。"

她的话，让我很受触动，好像还有很多话要跟她说。可是，现在又没有那么多充裕的时间。

她扶起我，又擦去我手上脚上的血，然后揭下一张芦苇膜子，蘸上唾沫，轻轻地贴在我的伤口上。她的动作不但轻巧、麻利，而且她的手上、身上似乎还散发着一种奇妙的、诱人的、难以言状的气息。

我带着伤，扶起自行车。一看，车头歪了，大圈也斜了，不要说骑，就是推也推不走。

"看，这下怎么弄？"她有点着急。

我说："没事。大姨哥会修。"

于是，我忍着伤痛，架起前轮，让后轮在地上滚，把车子慢慢地往家里拖。

拖到大门口，迎上了大姨娘。大姨娘看我那狼狈相，吃惊地问："怎么，学车头一天，就跌成这样？"

我回过头，指着那位丫头姑娘，说："多亏她的帮忙，不然……"我把伤口给大姨娘看，"这都是她贴的。"

这时候，那个丫头姑娘还在两手握住碌子把，前进几步，后退几步，在不停地碾压筻子。

大姨娘叹了一口气，说："唉！这个孩子呀，她真是一个疼人的丫头！"

"她是哪家的？"

"她是钱家的童养媳。她这回帮助你，要是被她婆婆看见了，嘿！恐怕又跑不了要受罪喽！"

"童养媳……又要受罪……"听了大姨娘的话，我心里很是不安，也产生了许多疑问：现在是什么时代，还有童养媳？她为什么要做童养媳呢？帮助人，为什么就要受罪？……

这"童养媳"，也叫"童儿媳"，女孩子童年就到婆婆家做未来的儿媳妇。这是旧社会的罪恶产物。"童养媳"都是穷苦人，都是最可怜的女孩子做的！

我把车放在院子里，去告诉大姨哥，车子被我弄坏了。他也没说什么，拿出扳子钳子就来修理。

我又来到大门外，想看一看丫头姑娘走了没有？

这时候，她的篾子已经压好，正在麻利、快捷地把碜子推到一边，搂起篾子，抖去篾子上的叶鞘，又把篾子往肩上一甩，背着篾子回家去。

那洁白、轻柔的篾子，在她身后拖着，就像一缕长长的飘带，轻轻地飘动着。她经过我的面前，对我微微一笑。我正想和她说上几句，她却迅速地离去了，留下的只有她那俊秀、美丽的身影和芦苇篾子散发出的淡淡的清香。

我心里在想，这是一个多么好的姑娘啊！不识字，不能念书，却做了童养媳，帮助人还要受罪，实在太可惜了！

我在想，她要是想念书识字也很容易，学校就在家旁，上夜校、上扫盲班都可以。乡里干部、学校老师都在大姨娘家代饭，跟他们说一声，肯定，他们是会拍手欢迎的。

我心里还在想，她要是能向我提出念书的愿望，我就

一定会替她想个办法，满足她念书的愿望。

大姨哥把车上几个螺丝松一松，又紧一紧，车很快就修好了。从此以后，我每天都早早起来，继续练车，也希望天天都能见一见丫头。可是，好几天过去了，她一次没有过来。我心里有点纳闷，她好几天都没来压箴子，难道这么多天，都没打席子？是不是婆婆怎么惩罚她了？

在大姨娘这个村子里，家家都以打席子为副业。这儿离洪泽湖不远，湖边出产芦苇，用芦苇打成的席子、箴子、篓子，用途很广，销路很好。

在这里，大庄小院，里里外外，男女老少，一年四季，都在忙着打席子、磕箴子、编篓子。在这里，就是到了深更半夜，到处都能听到呱吱呱吱的劈苇子的声音，到处都能听到吱哟吱哟的碌子压箴子的声音。丫头好几天没过来压箴子，是不是因为她帮助我而受到婆婆的惩罚呢？我问大姨娘有关丫头的事情，大姨娘就把丫头的根根节节都告诉了我。

丫头自己的家，在我大舅母家的东边，丫头的父母大姨娘也都认识。丫头七岁丧母，九岁丧父，成为孤儿。钱家出了五斗小麦，把丫头换来做童养媳。丫头没有其他亲人，只有一个姨娘，姨娘的女儿还是东边区上的干部。丫头的婆婆不是一个平凡的人，身高马大，语言泼辣，做事精明，待人刻薄。因为她个子高，大家客气一点的，就称她高大娘，不客气的就直呼高大个子。她早年死了丈夫，带着唯一的儿子小毛头过日子。这个小毛头，自小发育迟缓，智力迟钝。高大个子最担心的是儿子说不到媳妇。当

她得知丫头父母去世，就千方百计托人去撮合，结果就花了五斗小麦，把丫头"换"了过来，作为毛头未来的媳妇。

毛头比丫头小两岁。当初，两个孩子都小，不懂什么事情。当他们慢慢长大以后，丫头逐渐体会到了，做了人家的童养媳，既是无奈，也是羞辱。他们的差异也很快显示出来。首先，丫头发育较早，虽然只有十五六岁，已经成了一个小大人，而且长得越来越体面，越来越聪明能干。而毛头则相反，个头矮小，行为笨拙，那两颗外露的大门牙，更让丫头越看越生气。

再说，丫头在周围邻居打席子环境的影响下，加之婆婆的严厉管教，从小就学会了打席子，后来成了打席子的能手。她打席子，不但快，而且质量好。二尺八寸宽的所谓的"小席子"，不劈苇子、不压篾子、不敲边，她一天能打八条。所谓的"四六尺、可床席"（四尺宽、六尺长），一天至少打三条。她打的带新娘用的"满床席"，更是出名，不仅图案美观，而且致密耐用。

村里办了扫盲班，丫头想去上，婆婆就不肯，说会耽误打席子。老师去劝说，没用。后来老师和干部一齐上门，做工作，做保证，保证丫头打席子数量不减少，婆婆才勉强同意。

丫头上扫盲班都在晚饭前后，不误白天做事。上课时老师点名："李月英！"

丫头站起来，响亮地回答："到!"

这一下子，人们才知道丫头也有个大号。这让丫头感到无比的欣慰和自豪，她得到了作为一个人的应有的尊严。

为了完成婆婆规定的任务，丫头常在晚上"加班"。

月光淡淡，凉风习习。她端坐在洁白的席子上，那样地轻松，那样地自信。她那灵巧的双手，使经篾和纬篾，不停地抖动，不住地跳跃。那灵巧的十指，使经篾和纬篾，发出沙沙的声音，闪出洁白的银光。这场景，这情调，就像音乐家在钢琴前，演奏一首乐曲，又像天宫仙女，在抽丝织锦。

丫头的形象和品质在人们的心目中越来越亮丽，婆婆也越来越警觉起来。她生怕丫头人大心大，最后导致丫头看不上毛头，而使毛头成为一个小光棍汉。于是，婆婆就加紧对丫头的管束，不让她和外人交往，不准她到人家门口去压篾子。她自家门口的碌子太大，丫头拉不动，就叫毛头帮助推。丫头晚上上扫盲班，就叫毛头也跟着。毛头就像是丫头的尾巴似的。这让丫头很是生气。

庄上的孩子见到毛头和丫头形影不离，就编了许多"顺口溜"，到处传唱：

大丫头，一枝花。
小毛头，矮巴巴。
*   *   *
大丫头，小毛头，
大头小头睡一头。
*   *   *
童儿媳妇，烂冬瓜，
先养儿子，后成家。

＊　　＊　　＊

毛头逗丫头，丫头逗毛头，

逗出一个小毛猴。

……

丫头听到这些乱七八糟的胡言乱语，又是好笑，又是生气。她急得没有办法，就拾起一根小棍，跟着这些调皮的孩子到处撵，小孩被追得哇哇直叫。

更让丫头生气的是，钱家只有两间屋，原来毛头睡在外间，丫头和婆婆睡在里间。现在婆婆出了一个馊主意，借口把外间腾出来，给丫头打席子，叫毛头也睡到里间。丫头认为，这是婆婆生的坏心眼，她怎么也不干。婆婆见丫头不听话，就放出狠话：今儿个，我叫你两个人睡在一起，你要是不听话，就不要想吃饭！

丫头坚决不从。高大个子真是厉害，她说到做到，居然把丫头锁在屋里，逼丫头就范。

邻居知道了，都来劝说。但是，谁劝也没有用。高大个子还是照样我行我素。

大嫂听到了，也很着急，赶快回家，叫大姨娘出来过问。

大嫂回到家，对大姨娘说："姆妈，你快去看看吧，那个高大个子这样不依不饶地对待可怜的丫头、疼人的丫头，再没人管，一定是要逼出人命的！"

2017. 02. 28

二、
童养媳解放了

　　大姨娘在庄上算是长辈，非常受人敬重，她老人家轻易不去过问左邻右舍那些鸡毛蒜皮的小事。她有一句口头禅："张家长，李家短，人家事，要少管。"

　　但是，这次不同往常。大姨娘听说高大个子把丫头锁在屋里，逼着她和毛头住在一起，否则，就不给吃饭。大姨娘气愤极了，说："那还了得！任其下去，必定出事！"就立即到钱家去了。

　　钱家门口已经聚了不少人，还交头接耳在议论着。高大个子见大姨娘来了，还离得老远，就客气地打招呼："李大奶奶，您老人家无事不登三宝殿，今儿个，怎么也到我这穷地方来啦？"

　　大姨娘虽然早就生了一肚子气，但现在看到高大个子那么客气，就耐着性子，面带笑容地说："哟，看你说的，怎么能说你这儿是个穷地方呢？哟！大白天，你家怎么还把门还锁着？"

"嘿！大奶奶，不瞒您说，我这个丫头啊，越来越犟，越来越不听我的话。我这回一定要教训教训她！我把她锁在屋里，三天不给饭吃，看她还犟不犟，看她还听不听我的话！"

"为什么事情的？"

"嘿！说起来是个丑话。我家就这么两间破屋，我叫把中间腾出来留打席子，我们娘儿三口睡到房间里，她就是不肯！"

"哎哟，这也难怪，孩子都这么大了，你还叫他们睡在一个房间里，方便吗？"

"嘿！有什么方便不方便的？迟早还不是那回事。其实，我早就想把他俩推到一块儿去了。"

"你这话就不对啰！不管怎么说，有关孩子的事，还要征得孩子同意，还要按照规矩办个事，哪能随随便便就把孩子推到一块儿？再说啦，哪有不给饭吃的道理？管千管万，不能管穿衣吃饭！你赶快把门开了，把孩子放出来，有话好好说嘛！"

高大个子微微摇摇头，表示不同意。

就在大姨娘和高大个子说话当儿，屋里已经传出了丫头的抽泣声，大姨娘听了非常心疼。

高大个子说："大奶奶，你看看，你听听，媳妇不听我的话，作为一个婆婆，我能不管吗？"

"管也不是这个管法。教育孩子，还得慢慢来，急火打不出好烧饼。再说吧，丫头的爸妈在世的时候，还是我娘家的邻居，和我还沾亲带故。多少年来，你对孩子轻一点、

重一点，我从来不过问。这一回，你做得太过分，太不像话，这样下去是会出事的！你给我一个面子，赶快开门，赶快把孩子放出来！"

高大个子见大姨娘态度那么认真、那么坚决，只得无可奈何地说："好好好！我给您老的面子！这回，我饶了她，下回再跟我犟，就叫她看看吧！噢！"

高大个子从鼻孔里哼出一个字，呵呵抖抖地从裤带上解下钥匙，把锁打开，还说："丫头，今儿个，妈看在李大奶奶的面子上，放了你，快出来吧！"

开了锁以后，丫头并没有出来。

邻居们都拥上前去，劝丫头出来。丫头不但没有出来，连个回应也没有。有人去推门，突然惊叫起来："哎呀，丫头把门闩起来啦！"

人人都吃惊，个个都害怕，害怕丫头做出什么傻事。大姨娘说："我说要出事，果真出事了吧！"

有人指责高大个子做法不对，有人指责高大个子手段太狠。一位老人哭着说："丫头啊！你有什么话、有什么要求，该跟乡亲们说，不该做什么傻事啊！"

有人就拿来根棍子，准备撬门。

丫头被乡亲们的关心感动了，她一边哭着，一边诉说："各位长辈，我实在是受够了！现在，我没有别的要求，叫毛头不要靠近我，不要在这屋里睡觉！"

众人纷纷指责高大个子太缺德，要她答应丫头的条件。高大个子说："这就有点过分了吧！你们看，我就这么两间破屋，不给睡，你说，难道还能叫他睡这猪圈大的锅棚里

不成？不行！"

大姨娘说："行不行，那就随你的便喽！反正郾乡长没走，正在我家吃早饭。这件事，要是让他知道了，恐怕……嗨！"大姨娘的话，没有说完，转脸就走。

高大个子听到大姨娘提到郾乡长，话中有话，就忙拉住大姨娘，说："大奶奶，您消消气，丫头的要求我答应不就是啦？反正，我正在准备八月半给孩子成家。到时候，我一定请您老过来喝喜酒！"

高大个子答应了丫头的要求，这次风波也就暂时得到平息。

丫头还是跟往常一样，一边打席子，一边上识字班。高大个子也在急急忙忙给两个孩子筹办婚事。

这一场风波表面上看，似乎暂时平息过去，其实，一场更大的风波已经在酝酿之中了。

我还不清楚丫头对自己的婚姻是何想法，不知她对政府婚姻政策是否了解，也不知道她对自己的婚姻有无思想准备。她是一个苦孩子，又没有文化。她的父母，大姨娘我很熟悉，又是大舅母的邻居。我想，我必须跟她谈一谈，让她明白政府的婚姻政策，知道自己的婚姻应该如何处理，不然，将会给我留下永久的遗憾。

大姨娘家菜园南边有一条东西方向的小路，丫头每天晚上上识字班来去都必须经过这里。有一天晚上，放晚学之后，我在小路上遇到了她。我问："今晚毛头怎么没跟你来呀？"

她说："他来了，就在后边，马上就过来。"

我又问："你婆婆正准备给你们成家，你是什么态度？"

"到那一天，就是我死的日子！我没有别的办法。"

"错了！你要是同意和他成亲便罢，要是不同意，就去找政府。政府是会按政策办事的！"

"我没有家，没有亲人，政府就是处理了，我也没有地方去。"

"不对！你不是还有一个姨娘吗，听说你姨姐还是一个干部。假如政府给你解除了婚约，你就可以去找你姨娘，找你姨姐！我不也是在走投无路的时候找我大姨娘、找我大姨哥的吗？"

我们还没有讲几句话，毛头已经咿咿呀呀地哼着从西边走过来。

我和丫头立即各自转脸回家。

时间过得很快，没过几天，大姨哥到区里开会。散会之后，他回来说，区里要在街上成立"医药联营合作社"，大姨哥和杨先生都要加入，我也跟着一道进去，而且要在八月半之前就要开业。

偏偏在这段时间，我们特别忙碌，各种东西都要朝镇上搬。到了镇上以后，要接触更多的人，要办更多的事。然而，丫头的事情始终没有离开我的脑子，她的一举一动，就像电影似的，在我的脑海中一幕一幕地掠过。我有点抱怨，在丫头危急关头，我却离开了那儿，我不知道在她身上还会发生什么事情。

没过多少天，大姨嫂到镇上来，我急忙问大嫂："丫头成亲的事情，现在的情况怎么样了？"

月英寻亲

大嫂哈哈一笑，说："三姨叔，你是不是看中丫头了？"

"你不要瞎说！我只想了解一下她最近的情况。"

"真的，你要是真的喜欢她，大嫂替你做媒，保证成功！"

我还重复那句话："我只想了解一下她最近的情况。"

停了一会儿，大嫂又冒出一句话："哎哟，我忘了。在学校念书的赵芳，你不是认识她吗？赵先生的学生，你替她刻过章的。前天，她妈妈特地到唔家，来托我，想跟你做亲呐！"

大嫂说的赵芳，就是在河东小学跟赵秉松先生念书的一个女学生，我曾经替她刻过一枚私章。

我告诉大嫂："你不要说这个那个，你不要跟人家瞎说！我现在没有这个条件，哪个都不能谈。"

接着，大嫂就把丫头和钱家婚姻问题，最近发生的情况从头至尾、详详细细地讲了一遍。

有一天，高大个子上街扯了几尺红布、花布，称了斤把新棉花，说是给丫头做"五子衣"。

这"五子衣"是那时候结婚时必须给新娘子做的五件衣服，全部是红的，表示吉利。这五件衣服就是：红褂、红裤、红棉袄、红棉裤，还有一件贴身内裤，这就叫"五子衣"。

高大个子拿这些布给丫头看，量丫头的身材尺寸。丫头一听说做五子衣，就火冒三丈。两个人就吵了起来。

高大个子说："怎么，做五子衣，你还有什么意见？"

丫头说："什么鬼五子衣！我就是不要！"

"成家，能不要五子衣？"

"我不成家！"

"你不成家，想去做尼姑？"

"我永远不成家！"

"你要再犟，我就掌你的嘴！成家不成家，由不得你！"高大个子说着，就把布铺下来裁剪。

丫头夺过这块布，一撕几截，顺手填到锅膛里。

这下可把高大个子气疯了，说丫头如此大胆，竟敢把"喜布""喜衣"都烧了。这是最大的不吉利！岂能容忍！高大个子在极端愤怒之下，大吼一声："这日子不能过啦，一家都去死吧！"

她说着，就跨到锅屋，点起锅门口的火，小锅屋立即烧了起来。

庄上人见起火了，就大声惊呼："救火啊！救火啊！"

就在这万分危急的时候，丫头也被吓坏了。她不知道会出现什么样的严重后果，也来不及多思考，撒腿就往东南她姨娘的方向跑。她没有什么明确的目标，别人更不明白她的意图。是想"回归故里"？还是想去投靠姨娘、姨姐？没有人能够回答这个问题。

丫头没跑多远，就被婆婆发现了。高大个子拼命喊道："小毛头！快去追啊！丫头跑啦！把她拖回来！一定不能让她跑啦！"

说时迟，那时快。毛头就像离弦的箭，冲了上去，一把抓住丫头膀子，就往回拖。高大个立即冲上前去，娘儿两个和丫头，拖拖拽拽撕打起来。

庄上众多男女老少，有的忙着劝架，有的忙着救火。

幸好，火只烧了小锅屋，大屋被人救了下来。

庄上聚了那么多人。大家觉得，事情闹得这么大，谁也调解不了，有人提议，只有经过政府来处理。

高大个子气狠狠地说："行！你这个黄毛丫头，不讲道理，跟我走！走，见乡长去！"

说说讲讲，众人都来到了大姨娘家。正好，郾乡长吃过饭还没走。钱家娘儿两个和丫头，以及一众乡邻，一齐来到郾乡长面前。

郾乡长问："火是谁放的?"

"是我。"高大个子答。

"你为什么放火?"

高大个子指着丫头："她把五子衣烧了。"

"什么五子衣?"

"我儿子要结婚，我给儿媳做的。"

郾乡长问丫头："你为什么把五子衣烧了?"

"她强迫我和她儿子结婚。"丫头指高大个子。

郾乡长一听就明白了，这是一个婚姻问题。他就问："我问你们，是哪两个人要结婚的?"

高大个子指指毛头，又指指丫头。

郾乡长问小毛头："小家伙，你叫什么名字?"

"钱毛头。"毛头慢腾腾地答道。

郾乡长又问丫头："小姑娘，你叫什么名字?"

"李月英！"丫头爽亮而干脆地回答。

郾乡长自言自语念地道："结婚，烧衣服，放火，这些

就是在婚姻问题上出现的纠纷。"

鄪乡长又问毛头："小家伙，我问你，你愿不愿意和这个姑娘结婚？你要说真话，不准扯谎！"

"我愿意。"毛头答。

鄪乡长又问丫头："小姑娘，我问你，你愿不愿意和这男孩结婚？你也要说真话，不准扯谎！"

丫头坚决地回答："我就是死，也不和他结婚！我坚决不愿意！"

高大个子急了，她抢着说："愿意不愿意，由不了你！"

鄪乡长问高大个子："为什么说由不了她？你有什么理由？"

高大个子说："她是我花五斗小麦买来的！我买她，就是留做儿媳妇的。她今天说不结婚，行吗？"

"买的？有什么证据？"鄪乡长说。

高大个子战战兢兢地从身上掏出一张字条，递给鄪乡长。

鄪乡长看了字条，点了点头。然后，对着钱家娘儿俩，也对着众人，高声地说："你们都学过婚姻法没有？没学过婚姻法的人，都要好好学习学习，而且要坚决遵照执行！我们是在共产党的天下，人民政府领导！我们提倡自由恋爱、婚姻自主，反对封建腐朽的旧的婚姻制度，反对父母包办，反对买卖婚姻……"

高大个子听了鄪乡长一席话，似懂非懂，心里非常着急。她打断了鄪乡长的话，插嘴说道："我放火，怪我。丫头烧了五子衣，不是伤天害理吗！"

郾乡长说："她烧衣服固然不对，你放火更是不对。放火是犯法的，是要坐牢的！"

丫头也忍耐不住了，气愤地说："她强迫我跟她儿子结婚！"

郾乡长说："强迫结婚，也是违法的！"

高大个子说："乡长，照你的说法，我的儿子和她结不成婚啦？"

郾乡长说："双方同意可以结婚，有一方不同意都不行！告诉你，强迫结婚，是犯法的！"郾乡长态度既明确、又坚决。

高大个子听了这话，如同遭到了五雷轰顶，就放声大哭起来："我的妈呀，我好命苦哇！守寡十几年，落得一个人财两空啊！"

她突然醒悟似的，擦擦眼泪，说："行！不结婚可以！叫她赔我五斗小麦和她十年吃饭的饭钱！我就放了她！"

高大个子满以为这一招肯定管用，丫头肯定无力赔偿，因此，才理直气壮，才敢放出这口大话。

郾乡长看高大个子情绪有点缓和，就不急不躁地说："你的意思是只要她赔你小麦钱和吃饭钱，你就放了她，是吧？行，算算账可以。看看五斗小麦值多少钱，女孩子吃十年的饭值多少钱。女孩子十年做了多少事值多少钱？都要算一算！"

这个时候，看热闹的人就帮忙算账了：丫头最快一天打过八条小席，现在平均按每天打五张小席子算。一天打五张，一个月打一百五十张，一年打一千八百张，十年打

一万八千张。另外，丫头一天吃一斤粮，一年吃三百六十五斤粮，十年吃三千六百五十斤粮。假设，一张小席换一斤粮，大家异口同声地说："哎哟！你还要倒赔喽！你把两间屋都卖掉，还不够赔的呐！"

高大个子听大家一算，傻了眼了。顿时，又大哭起来："这可怎么好哇！我人财两空，什么都没有了！"

丫头站起来，铿锵有力地说："我什么都不要赔，有自由就行。"

在鄂乡长的调解下，丫头和毛头顺利地解除了婚约。丫头如同羁鸟池鱼，解除了婚约，摘掉了"童养媳"那顶帽子，才真正获得了解放。

大嫂这么一说，也让我舒爽地吁了一口气。

这个时候，我仿佛看到了，一个勤劳热情的女子，一个坚强不屈的女子，她身上仍旧穿着那件粉红色的上衣，天蓝色的长裤，膀子上挎着一只小包袱，迎着朝阳，朝着东南方向，矫健地走去。那条乌黑油亮的小辫子，在微风吹拂下，悠然、轻盈地摆动起来……

2017. 2. 28

拓展阅读

羁鸟池鱼："羁鸟"指笼中的鸟，"池鱼"指池中的鱼。"羁鸟池鱼"这个词组比喻渴求摆脱束缚、回归自由的迫切心情。语出东晋陶渊明《归园田居·少无适时韵》："羁鸟恋旧林，池鱼思故渊。"

三、
太阳出来喜洋洋

月英和钱毛头解除婚约之后，扔掉了那顶令人讨厌的"童养媳"的帽子，信心满满、热情洋溢地走上了寻亲之路。

太阳出来了。经过漫长的黑夜，人们梦寐以求的太阳，终于出来了！

那太阳是那样地大，那样地红，那样地明亮，那样地耀眼。

哟！太阳渐渐变小了，渐渐变白了，变得更亮了，变得更耀眼了！

太阳旁边那些丝丝缕缕的浮云，也是色彩艳丽、五彩斑斓。它们跟着太阳一起，轻轻地飘动着，不断地变幻着。

路边的那些小草儿、小芽儿，好像刚刚起身，头上顶着一颗颗明洁剔透的露珠，对着初升的太阳，晶莹晶莹、闪亮闪亮的，漂亮极了。

树上的那些鸟儿、雀儿，也好像刚刚醒来，飞呀、跳

呀，唱呀、叫呀，使整个大地都变得热闹起来，整个宇宙都充满了生气和欢乐。

啊！多么美丽的早晨呀！月英非常愉快，像一只刚刚脱壳的蝴蝶，翩翩起舞。

这是一条又宽又长的沙土大路。这条大路从西北南新集开始，向东南延伸，一直延伸到王圩街。过了王圩街，过了官柴洼，再向别的地方延伸，向无边无际的地方延伸。平时，这条路上总是人来人往，川流不息。而此时此刻，大概时间还早一点儿，路上好像只有一个人，那就是人们心目中的美丽而坚强的月英姑娘。

这一天，是月英和毛头解除婚约后的第一天。这一夜，也就是月英和毛头解除婚约后的第一夜。这一夜，月英没有别的地方去，只好在好心人李奶奶家住。这也是月英做"童养媳"以来在别人家过的唯一的一个夜。

天还没亮，月英早早就醒了。天刚一亮，她起身以后，简单地梳洗一下，告别李奶奶，出门去寻找她唯一的亲人——姨娘。她随身衣、当脚鞋，仍旧是那件粉红色的褂子、那条天蓝色的裤子。临走的时候，她铺开包袱皮子，把几件换身单衣放在包袱皮上，卷起来，系好带子，再把包袱皮对角打个结，这就成了一个小包袱。这是月英有生以来所得到的唯一的家当，除此以外，她别的什么东西也没有。

头发有一点乱了，她把头发又重新梳理一下，扎好红头绳、编好麻花辫、扎好辫子梢，又把余下的几根零散的乱发向后脑勺抹了一下。月英这才梳妆打扮完毕。她提起又轻又瘪的小包袱，急急忙忙地踏上了寻亲之路。

月英寻亲

月英看李奶奶睡得正香，不忍心把老人家叫醒。但自己不能久等，也不能一声不响就走，她还是轻声告诉了李奶奶。李奶奶听说月英要走，赶紧起身，准备给她做饭。月英说："我一点也不饿，您睡吧！"她把东西拾掇拾掇就出门去了。

走在路上，月英的精神特别好。喜悦心情从她的脸上表露出来。她抿着双唇，不吱声，不说话，睁大双眼，仰望着前去的远方。看样子，在她的前边，好像有什么好消息，或者有什么新鲜的事儿，正在等待着她。

此时此刻，在月英的心眼里，夜校老师教的那首热情、豪迈的四川民歌似乎正在演唱，她也跟着哼了起来：

太阳出来啰嘞，
喜洋洋啰郎啰。
挑起扁担郎郎采光采，
上山岗啰郎啰。
手里拿把罗来，
开山斧啰郎啰。
不怕虎豹郎郎采光采，
和豺狼啰郎啰。……

月英心想，太阳出来喜洋洋，一点不假，我的心真是喜洋洋的哟。可是，我挑什么扁担、上什么山呀？对于我，要说虎豹、豺狼那倒是有的，那就是钱家的人，就是那个钱三乱子。我已经脱离了他们的手掌，得到了完全的自由。

现在，我也不必再去考虑他们了！

而在月英心眼里正在想着的却是那位酆乡长。

月英感到，在钱家做童养媳十几年，受了多少的欺凌和屈辱。当月英提出要和钱家解除婚约关系的时候，钱家就要和月英算算账，要月英至少要赔偿买月英的五斗小麦钱和月英做童养媳期间十多年吃饭钱。这可就难到月英了。她哪有钱来赔呀？她除了自己的身体之外，一分钱也没有呀！还是酆乡长有办法。酆乡长对毛头妈妈说："你的意思是只要她赔你五斗小麦钱和十多年吃饭钱，你就放了她，是吧？"

毛头妈妈高大个子底气十足地说："不错。"

酆乡长也理直气壮地说："行，算算账可以。看看五斗小麦值多少钱，女孩子吃十多年的饭值多少钱。还有，女孩子十多年做了多少事，值多少钱？都要算一算！该出该进，当场兑现！"

这个时候，看热闹的人就帮忙算账了，经过一算，大家异口同声地说："哎哟！你还要倒赔喽！你把两间屋都卖掉，还不够赔的呐！该出该进，当场兑现吧！"

高大个子这才认了输。

月英心里想，这不都是酆乡长帮的忙吗？要不是他为我做主，钱家死追硬逼，要我立即和那个钱毛头成亲。要是真的成了亲，现在还不知道我是死是活呢！要是真的和钱毛头成了亲，恐怕现在，我不是见了阎王，就是到了我死去的妈妈那里去了！天哪，真是悬呀！

酆乡长，名叫酆学忠，是解放后新袁区三徐乡第一任

乡长。人们看着酆乡长，都不觉得他是一个干部。他个头不高，衣服也很破旧。看那样子，和有钱人家的长工差不多。他是北方人，说话有点侉。他平时总是挎一个帆布饭包，饭包里装着私章、大印和公文。办公时，就把饭包放在腿上。当时乡政府只三个人：乡长、指导员和助理员。他们住在老百姓家，在三号医生李先生家代饭。月英的婚约问题就是酆乡长在李先生家处理的。

酆乡长处理问题干脆、果断，毫不含糊。这才真正是共产党的好干部，是毛主席的好干部呀！

想到这里，月英眼里情不自禁地噙满了泪花。这是感激的泪花，幸运的泪花，终生难忘的泪花。

在月英的心里，还要感谢的一个人，就是那位"三先生"。他和李先生是姨兄弟，正在跟李先生学医。"三先生"的称呼，还是他姨娘给兴起来的。"三先生"虽然也很年轻，比我大不了几岁，但是人家有文化，懂道理，肯帮助人。多亏他对我的开导，才使我知道政府有一部《婚姻法》。《婚姻法》规定，婚姻要自由，结婚要自主。就是因为有了三先生的帮助，我才敢于去跟钱家做斗争，才敢于坚决不做那个倒霉的"童养媳"。可惜，现在，三先生已经到镇上去了，我也没有办法见到他。到现在，我还不知道他姓什么、叫什么，也不知道他家在哪里、他家里还有一些什么人……

唉！他为什么走得这么急，早早跑到镇上去呢？他要是能在这儿多待一会儿，给我多传授一点文化、多讲一些道理，多好。我今后还能有机会见到他吗？他这个人

呀……月英说不出心里想了一些什么，只是觉得那心在怦怦地跳，脸也火辣辣的，浑身还慢慢地燥热起来……

月英走着走着，把小包袱从右膀子上换到左膀子上，腾出右手来抹一把额头上的汗水，又把贴在头皮上的几根短发向脑后抹了一把。她仍旧沿着大路，迎着阳光，朝东南方向，继续走着。

她走起路来，显得非常矫健，那两条腿不知有多大的力气。人们看到，她一脚踩下去，那沙土塘灰就跟着喷动起来，甚至还能听到沉闷的脚步声。一股青春活力，充分地表露出来。

不过，作为一个十七八岁的大姑娘，她的身躯未免还有一些清瘦，面部肤色也不怎么嫩丽、细柔和红润。但她也不像一般女子，那样地俊俏，那样地丰满，那样地性感诱人。月英就是这么一个本本实实，身上还带一点乡村土气的姑娘。大概这都是因为她长期从事辛苦劳动的结果吧？

早晨一开始，路上行人很少，几乎没有什么人。后来，行人渐渐多了起来，但也是稀稀拉拉的。这些行人有的向南，有的向北。向南，是上王圩街，向北，就是赶南新集。再后来，行人就更多了，一阵一阵的。这些行人有男、有女，有老、有少。有空手的，也有拿东西的。有手提的，也有肩扛的。人们说说笑笑，无忧无虑。

这就是劳动人民翻身解放，自由自在的农村生活的真实写照。

本来，月英心里有事，只管走自己的路，无心注意路上这些行人。忽然，迎面过来一老一少，他们推着一辆小

车，小车上装满了一车席子，老的在后边推，小的在前边拉。

月英见到这一情景，突然愣住了。车上装了那么多席子，更让月英惊异不已。想想看，月英几岁就学会打席子，到现在，说不定她那双手打出的席子已经成千上万条呢。现如今，她已经脱离了那个苦难的岁月，多少天没打席子了。现在，在路上偶然见到这么多席子，能不激动吗？

月英问道："大爷，您这小车推了这么多席子，干什么的呀？"

老人向月英瞟了一眼，说："席子推上街卖，旁的还能干什么呀！"

月英说："您是上哪个街呀？"

老人有点不想讲话的样子，或许是老人家有点累了。但是，老人还是勉强应上一句："走这条路，往东南上王圩，往西前上南新集，还能上哪儿去啊？"

月英看老人不愿和她多谈，有点着急，赶忙又盯上一句，说："大爷，歇歇吧！看您这褂子已经汗湿半截啦！"

老人这才停下步，放下小车，拿下车襻。他伸手往脊梁上一摸，笑了，说："乖乖，真是人老没用喽，小车推这一点东西，就淌了这么多的汗！"

月英也赔着笑。她看到，老人家脸上不但黝黑，而且布满了皱纹。花白的胡须，已经老长。身上那件短袖褂子上，补了左一块右一块补丁，可见老人是一位饱经风霜的人。月英想到自己早已过世的父亲，因而对老人的同情与敬佩之情油然而生。

月英问："大爷，您不小岁数了吧？"

老人叹了一口气说："嘿！丢七十数八十喽。"

"您老还能打席子吗？"

"不行啦！只能劈个柴，压个篾，一三六八赶个集。"

"那……你家席子是哪个打的呀？"

"我那个大孙女子，和你岁数差不多，打席子都靠她喽。"

"您家还有什么人呀？"

"孙女她爸她妈都做别的事去了。"

"这个小兄弟，是您什么人啊？"

"是我的小孙子。他头十岁了，别的事不能做，只能帮我拉个车。一家老少六口，各有各的事情，没有一个人吃闲饭的。"

月英摸一摸那些席子，夸奖说："您这孙女子真是巧手，打的席子还真不错嘛。"

"嘿！算什么不错呀？比三号钱家那个童儿媳妇还差得远喽！人家打那席子，又快又好，十里八村的，谁不知道啊？我的孙女子一辈子也赶不上人家哟！"

老人说的"三号钱家童儿媳"，不就是月英自己吗？她顿时睁大了眼睛，心中十分激动。她怎么也没想到，老人家还能这么高度评价自己。但她还是不动声色地说："大爷，您见过钱家的童儿媳妇吗？"

"没有。"老人摇摇头。

"那您怎么知道钱家有个童儿媳妇的？"

"你看看，他们那边叫三号，是泗阳县三徐乡，我们这

边叫美人弯，属淮阴县沙河乡，实际不过是东庄西庄的事，近得很呐。钱家这个童儿媳，三庄八院的，早就出名喽！她是个打席子能手，听说一天能打八条小席子，能干着呐。"

月英听了老人的话，有点乐不可支，笑了笑说："您知道那个童儿媳，为什么要拼命地干吗？"

"嘿！还不是为了生活，为了将来生儿育女，过上好日子呗？"老人情不自禁发出慨叹，"唉！人啊，都是一样，一辈子，就是一个'苦'字。几十年光阴，一眨眼工夫就过去喽！"

月英听了老人的诉说，既有激动，也有悲伤，想不到老人家竟能这样通情达理、面对人生。她本想告诉老人家，自己就是钱家的童儿媳。可是，话到嘴边，又咽下去了。因为，自己原来是钱家的童儿媳，现在已经不是了！

她还想跟老人多攀谈几句，还没来得及开口，老人就搭上车襻，推起小车，急着要走。月英赶忙说："大爷，再歇一会儿吧！"

"再歇一会儿？天不早喽，我还有那么远的路嘞。"

老人说着，拿起车襻就要走。

月英赶紧又问老人一句："这儿离张王熊庄不远了吧？"

老人听月英这一问，有点吃惊："姑娘，你不是当地人？"

月英说："我……"月英有点难答了，说是当地人，是哪个庄的？说不是当地人，家又在哪里呢？

老人看月英说话支支吾吾，就反问一句："你要上张王熊庄？"

月英点点头。

"你到张王熊庄干吗？"

"我去找我姨娘。"

"你姨娘姓什么叫什么？"

月英摇摇头。

"你这是找什么人呀，连个姓名都不知道！嘿，天不早喽，不能和你拉闲话啦！"老人说着推起小车就走了。

老人的问话，月英怎么回答呀？月英只知道自己家在张王熊庄，姨娘家在张王熊庄的东边，好像她还有个女儿。还真不知道姨娘姓什么叫什么。十几年下来，不知道姨娘还在不在那儿，只得找着瞧了。

月英站在老人背后，呆呆地望着。只见大爷在车后，两手抓着车把，弯着腰，使劲地将车子往前推。那个小孙儿在车前，两手抓住肩膀上的绳子，也弯着腰，使劲儿将车子往前拉。就这么一老一少，一个推一个拉，渐渐地远去了。在这段沙土路上，留下了一道深深的车辙，和飘起的泥土的气息……

良久，良久，月英才转过脸来，继续她的寻亲之路。

月英望着前方继续走着。但是，老人的容貌、谈话和他的一举一动，仍然萦绕在月英的脑海中。

想到老人家，虽然这么大岁数，还和儿孙们一起忙忙碌碌，尽心出力。他一家人一定是和和睦睦，亲亲热热。月英想想自己，她从上看到下，除了这只小包袱，还有什么呢？一无所有！再想想，除了自己一身骨肉，单身一人，还是一无所有！人人都有亲人，都有父母，都有夫妻和子

女。我呢？我的亲人在哪里？我到哪里去寻亲呀？

月英哭了。

那滚滚的泪珠，一串串地滚落下来，滚落到那件粉红色的褂子上，滚落到那条天蓝色的裤子上，滚落到炒面一般的沙土路面上……

月英一边伤心落泪，一边继续往前走。

她突然听到后边有人在轻声地喊，"站住……""站住……""站住呃！"

这声音始终是低低的，轻轻的，断续的，却是越来越近。

月英的心，又怦怦地跳动了。喊话的人到底是谁呢？她在揣摩着……

2015.10.16

拓展阅读

《太阳出来暖洋洋》是川东民歌经蓝河、蔡绍序等改编而成，吴雁泽演唱。

全部歌词如下：

太阳出来罗儿，喜洋洋哦，朗罗，

挑起扁担朗朗扯，光扯，上山岗吆。

手里拿把罗儿，开山斧罗，朗罗，

不怕虎豹朗朗扯，光扯，和豺狼吆。

悬岩陡坎罗儿，不稀罕罗，朗罗，

唱起歌儿朗朗扯，光扯，忙砍柴吆。
走了一山罗儿，又一山罗，朗罗，
这山去了朗朗扯，光扯，那山来吆。
只要我们罗儿，多勤快罗，朗罗，
不愁吃来朗朗扯，光扯，不愁穿。

四、
乌云遮不住太阳

俗话说："人心昼夜转，天变一时间。"

月英和毛头解除婚约的第二天，天一亮，她就按照三先生的指点，上路去找姨娘和姨姐。

刚刚踏上寻亲之路，还是阳光灿烂、温暖宜人。转脸工夫，就飘来一片乌云，把太阳严严实实地遮住了，大地也就随之暗淡起来。

但是，乌云能长久遮住太阳吗？你看，那乌云的四周，太阳的光芒正像千万支利箭射了出来。人们坚信，乌云是遮不住太阳的！

月英正在一心一意向前走的时候，突然听到后边有人在喊："站住……""站住……""站住……""站住呃！"

这声音由远渐近，由模糊逐渐变得清晰。

月英回头一看，在那远远的地方，果真有个人向这边走来。啊？这不就是钱毛头吗？他跟来干什么？

说起这个钱毛头，让月英极其烦恼。月英在钱家做童

养媳期间，钱毛头就是月英未来的小丈夫。为什么叫"未来的小丈夫"呢？一来，因为月英虽然是钱家的童养媳，却并没有和钱毛头成过家。二来，钱毛头先天发育迟缓，智力迟钝，到十二岁剃毛头的时候，还不懂人情世故。到快成人的时候，仍然呆头呆脑。所以月英一直看不上他。

钱毛头他妈，外号叫高大个子，人高马大，待人刻薄。人人都知道这个女人，心机诡秘，难以对付。

钱毛头还有一个三叔，人称钱三乱子。这个人，更是诡计多端，干了一辈子坏事。人家大事小事，他都要插上一杠子。成事不足，败事有余。

高大个子早年死去丈夫，就带着唯一的儿子钱毛头过日子。娘儿两个，相依为命，艰苦度日。

高大个子最担心的就毛头长大以后说不到媳妇，怕他打一辈子光棍，让钱家断了香火。所以，十多年前，高大个子听说东南张王熊庄，有个女孩叫李月英，父母双亡，有人准备将她卖掉。高大个子得到这个消息，如获至宝，挖空心思，千方百计，花了五斗小麦，将月英买了过来，作为毛头长大以后的媳妇。月英就这样，成了钱家的"童养媳"。

十几年下来，月英不但聪明伶俐、心灵手巧，还成了远近闻名的打席子能手。而且，月英也长得体面、俊秀，如花似朵、楚楚动人，是一个人人见到人人喜欢的好姑娘。

拿钱毛头和月英比起来，真正是天壤之别。毛头不但个子矮小，还不到月英肩膀高，而且长相丑陋，笨嘴拙舌。他那一头长毛剪去以后，短头发蓬松起来，活像一个毛球。

他没张嘴，一对大门牙就首先暴露出来，就像要吃人的妖怪似的。

这样一个钱毛头，能配得上月英吗？所以，多年以来，这门亲事，就成了月英一块难以割舍的心病。

幸好，解放了，共产党来了，《婚姻法》颁布了。月英在高人指点下，提出和钱毛头解除婚约。酆乡长根据政策，考虑月英的合理要求，允许他们解除婚约。月英的心愿满足了。

月英刚刚获得自由，去追求理想、寻找亲人的时候，讨厌的钱毛头就纠缠过来。她心想："毛头是怎么看到我的？他是想干什么呢？"

钱毛头追来，月英那颗心，就像从天空中一下子掉到冰洞里似的。她想，毛头要是不让走，我的寻亲计划就完了，我该怎么办呢？

月英本能地迅速做出反应，将身子一闪，躲进路边的树丛里，看看毛头有什么动作。月英想，毛头要是见不着自己，等他走过以后，自己再出来。

但是，月英估计错了。用"躲"这办法有什么用呢？其实，从昨天晚上，月英的一举一动，就被毛头家里人盯上了。

毛头来到月英对面，站在大路边上，一动不动，一句话也不说，只是向树丛那边望着。他显然还没有看清楚月英，所以还不住地张着、望着。但是，他已经断定，月英就躲在那里边，没有走远。

月英蹲在树丛里，透过树枝的缝隙，把毛头看得一清

二楚。她也是一动不动，一声不吭。

就这样，两个人僵持着，对峙着……

他们僵持了好一会儿，毛头不急不躁，月英倒有点急了。她想：就这样长时间僵持，何时是了呢？

月英果断地站了出来，冲着毛头，气狠狠地问道："你一个人，不人不鬼的，站在这里干什么？"

毛头低着头，不说话，似乎连看都不敢看月英一眼。

月英看毛头半死不活的样子，更加生气。"你怎么的？哑巴啦？你到底站在这里想干吗？"

毛头不吱声。

"你说呀，站在这里，到底想干什么？"

毛头还是不吱声。

月英气得没有办法，把脸一转，向东南直走。

毛头也就跟着月英，一步不离。

月英肺都要气炸了。她回过头来，跺着脚，继续追问："你到底是来干什么的？你要再不说话，我就……"

毛头见月英逼得紧，就吞吞吐吐地说："追你回去。"

"什么？你追我回去？我回到哪儿去？"

"回到我家，跟我过日子。"

"你是傻啦？还是疯了？鄡乡长已经断过，我已经不是你家的人，我怎么还能跟你回去，过什么日子？"

"不嘛。我喜欢你，我还要你做我媳妇。"

"你胡说！你永远不要胡思乱想！"

"我求求你啦！"

"你再求也没有用！"

“你要是不做我媳妇也行，那你就做我姐姐行不行？”

“不行！”

“我求求你，就做我姐姐吧！”

“你再求也没有用！”

毛头继续哀求：“你要是不做我媳妇，就做我姐姐。我不要你打席子，不要你做一点事，我顿顿端饭给你吃。我求求你呐！”

月英真是又好气又好笑，想不到该死的小毛头还没死心，还在说梦话，癞蛤蟆还想吃天鹅肉！

月英仍旧耐着性子，对毛头说：“我坚决不做你媳妇，也不做姐姐，那你打算怎么办？”

“我就天天跟着你，你到哪，我到哪，我不让你走。”

“我去找酆乡长，请他把你抓起来！”

“我不怕。我就要跟着你。”

“小毛头，我问你，这是谁给你出的馊主意？”

“谁给我出的主意？是我三爷出的。他主意多着啦，他什么主意都能想得出来。他还说，你要是做了别人媳妇，不把你炸死，也叫你一辈子不得安生！”

月英听了这话，几乎吓了一跳。

毛头那个三爷，外号为什么叫钱三乱子，就是因为他做事不按规矩，想怎么做，就怎么做，从不计较后果。这个人是地痞，又是流氓，干一辈子坏事，什么坏事都干得出来。前些年，后边小赵庄的李大明，就是因为赌钱和三乱子结下冤仇，被三乱子带人，用棍子活活地把人打死的。钱三乱子是个天不怕、地不怕的人。什么政府，什么酆乡

长，根本不放在他眼里。

月英意识到，我这件事情，要是弄到钱三乱子手里，由他来出主意，那就不得了了！

月英想来想去，想不出好办法。她开始担心起来，这回还能真的逃脱出钱家的手吗？但是，她也有信心，共产党、毛主席，把日本鬼子、国民党反动派都打败了，难道对付不了钱家？

话虽然是这么说，但在眼前，小毛头像蚂蟥一样叮着，脱不了身，这怎么办？她满腹怒气，强令毛头："你离开！再跟着，我就对不起啦！"

她转脸迈步，就要走。

毛头一下冲上去，一把抓住月英的小包袱，死死拽住不放。

月英火冒三丈，双手一搡，搡得毛头后倒墙，一屁股跌倒在地上。他就龇着牙、咧着嘴，一边望着月英，一边拼命地揉屁股，"哎——哇……哎——哇……"不住地叫，不住喊屁股疼。

月英觉着自己用力过大，毛头才跌了一个后倒墙。她看到毛头痛苦的样子，不免有点后悔，而怜悯之心也油然而生。她赶忙走过去，伸手拉起毛头，亲切地问："屁股还疼吗？"

毛头向月英翻翻眼，还是叫着："恐怕……骨头断喽！恐怕……骨头断喽！哎——哇……哎——哇……"

月英将毛头拉起来，轻轻拍去他屁股上的尘土。毛头望着月英，不但不叫了，反而咧着嘴，显得想笑的样子。

月英看到毛头这个模样，心里真是既酸又甜，既讨厌他，又有一点心疼他，说不出是一种什么滋味。她觉着，不管毛头怎么丑，不管他妈怎么坏，毕竟一家三个人还是在一起生活了十几年，不能说一点感情都没有。这个时候，月英的眼里渗出了一滴滴泪花。

此时此刻，月英面对着小毛头，看他那样地痛苦，那样地可怜，那样地苦苦哀求，到底怎么办呢？月英心里真是有点矛盾，一时拿不定主意。但是，月英觉着，婚姻毕竟是终身大事，影响人的一辈子，甚至还会影响到下一代。这能靠一时动情，委曲求全吗？

月英看毛头的一言一行，就想起在上夜校的时候教师讲过的一个"黄鼠狼给鸡拜年"的小故事，表面上看，黄鼠狼好心好意，实际上它另有所图。小毛头这个可怜相，还不是想让月英做媳妇吗？她就灵机一动，对毛头说："毛头，你不是想叫我跟你回去吗？"

毛头两手一拍，笑着说："对啊！对啊！"

月英说："你要是能回答我两个问题。我就跟你回去。要是答不上来，嗯……"其实，月英是在拖延时间，在想脱身的办法。

毛头爽快答应了。"行！你说吧！"

月英说："我的两个问题，每个问题又分前一半后一半。你必须把前后两部分都答出来，才算数。只回答一半，不算数，你懂吗？"

"我懂，前后两部分都答出来，才算数，对吧？"

月英说："对！"接着，月英指着路北边的村庄，说：

"这叫什么庄子?"

毛头说:"这叫美人湾。"

月英愣住了,想了一想,又问:"这才是半个问题,还有半个啦。"

"那半个是什么?"

"那半个是,它为什么叫美人湾?"

"这……这……"毛头眨眨眼,摇摇头。

"你答不上来吧?"月英说。

"我答上一半,不算一个?"

月英没睬他,他俩一前一后,继续往回走。走到毛头居住的庄子,月英问:"这叫什么庄子?"

毛头笑了,说:"这就是三号,俺家不就住这里。"

月英眼珠一转,说:"这才是一半,还有一半呐。"

"那一半是什么?"

"那一半,它为什么叫三号?"

毛头抓抓脑袋,又没答上来。

月英仍旧不动声色,对毛头说:"两个问题你都没答上来,我不跟你回去,这不怪我了吧?"

毛头急了,说:"你让我想想,想出来再答行吗?"

月英想,现在还走不掉,继续跟他闲谈。

他们没走几步,月英指着庄子家后一棵树,问:"毛头,你看,那树梢上一个大黑球,那是什么呀?"

毛头又笑了,说:"那不是李先生家后的喜鹊窝吗?"

谈到李先生和他家后的喜鹊窝,月英有着特别的感受。

李先生,是当地一个有名的医生,这个喜鹊窝就是他

家的标志，几里开外都能看得见。病家看到喜鹊窝，就找到李先生家了。李先生有个姨兄弟，庄上人都叫他三先生，正在这里学医。三先生非常关心月英的婚事，曾经对月英讲过政府有关婚姻的政策问题。月英心想，这时候要能遇到三先生就好了，他一定能想办法甩掉毛头。但是，现在遇不到他，有什么用呢？

月英问毛头："你知道喜鹊窝里有什么吗？"

"喜鹊窝里有喜鹊呗。"

"你知道它为什么叫喜鹊吗？"

毛头又摇摇头，答不上来了。

"我告诉你，喜鹊喜鹊，就是告诉人有喜事了。你马上就有喜事了！"

"我有什么喜事？"

"我走过以后，你马上就能说到媳妇了！"

"你骗我，除了你，哪个我都不要！"

"我已经有对象了，你不要胡思乱想！"

"你有对象了，真的？你的对象是哪一个呀？"

"远在天边，近在眼前。你猜。"

毛头摸着脑袋，想了半天，恍然大悟似的说："我知道了，没有第二个人，一定是三先生！"

"你根据什么猜的？"月英说。

毛头说："我看见了，有一天夜里放学回家，走到李先生门口菜园边，你和三先生说了那么多的话。"

不错，确实有这么一回事。不久以前，就在高大个子逼月英和毛头成亲的时候，三先生真和月英谈过一次话。

那是在一个晚上，夜校放学以后，在李先生门前，三先生遇到了月英，他们进行一次交谈。这次交谈，使月英懂得了婚姻自由、结婚自主的道理，知道父母包办、买卖婚姻都是违背《婚姻法》的。从此，月英坚决要维护自己的尊严，大胆提出和毛头解除婚约的要求。月英的要求，立即得到政府和当地群众的支持。

毛头说："还有一次你压簸子，看见三先生骑自行车跌倒了，你马上把他抱起来，还给他包伤口。我都看得清清楚楚。"

这也不错。有一次，三先生在李先生门口大场上学自行车，月英在大场边上压簸子，三先生一下子跌倒了，月英赶忙把三先生拉起来，这件事也是有的。但是月英不是把三先生抱起来，而是把三先生拉起来。

"你都瞎说，你说我把三先生抱起来，连个影子都没有。"月英说。

月英和毛头两个人一边走，一边谈……

没走多远，月英抬头一看，三号最西头天空中，出现一面红旗迎风招展，鲜红鲜红，美丽极了。

哦！那就是河东小学。

月英朝天上一望，一转脸工夫，遮住太阳的乌云已经完全消散。天空顿时变得万里无云，明净如洗。

哦！月英心里一亮：摆脱毛头的纠缠，有办法了！

2015. 10. 19

五、
金蝉脱壳耍一招

　　"金蝉脱壳"，是一个成语，讲的是蝉（成虫俗称知了，幼虫叫知了狗子）在幼虫变为成虫时，要经过一次脱壳（脱下的壳叫蝉蜕）。脱壳以后，幼虫变成蝉。蝉的幼虫没有翅膀，而成虫有长而透明的翅膀。蝉脱壳时，从脊背上裂开一条缝，它就从这个缝里逃走，而壳还留在树枝上。因为蝉有这样的技巧，后来人们就用金蝉脱壳来比喻在危急的时候，用伪装的手段来使自己得以逃身。"金蝉脱壳"还是兵家三十六计中的一计呢。

　　月英和毛头解除婚约，虽经过政府处理决定，而且立过字据。但钱家还是纠缠不放，指使毛头跟着月英寸步不离，硬是要月英还回到钱家去。俗话说，清官难断家务事，政府也不能天天跟着。这种死缠硬撂，你说能有什么办法？月英也很聪明，她答应毛头，只要他能回答出来两个问题就跟他回去。结果，毛头果真没有答出来。答不出来就不该再纠缠了，但是他还是紧紧地跟着。这有什么理可讲？

月英提出的两个问题是：一、三号为什么叫三号？二、美人湾为什么叫美人湾？

三号，是毛头家住的庄子，美人湾是毛头家东边的庄子。毛头一时答不出来，说："你让我想想，想出来再答行吗？"

月英也就同意让他想想，这也就是为了拖延时间。

月英跟着毛头往回走，来到一个"神仙茶棚"前。月英说："你看，茶棚里多热闹，我们去听听神仙大爷讲故事吧。"

毛头说："好！"

这个茶棚，在毛头家的西南角，站在家门口就能望见。这个茶棚，是一位单身残疾老人开的。老人不仅嘴歪，十指不全，而且少一条腿。他平时说话，总是撇着嘴，一歪一歪的；走起路来，总是拄着拐杖，一瘸一拐的。有人叫他"歪嘴"，有人叫他"神仙"。他的茶棚也就叫"歪嘴茶棚"，也有人叫"神仙茶棚"。茶棚结构很简单，棍棍棒棒搭建。小屋中间夹一点柴笆子，前边做生意，后边住人。

平时，神仙总是烧一炉清茶，煮一盆鸡蛋，炒一锅花生，放在门口。茶棚底下放一张小桌，摆几条板凳。过往行人常常在这里竭个脚、喝碗茶。神仙对待来往行人，熟人也罢，生人也罢，总是客客气气、亲亲热热。

别看神仙行动笨拙，语言也拙口钝腮，可是他肚子里鼓鼓囊囊的小玩意儿，倒是不少。人们一坐下来，都喜欢听他讲那些神奇怪异、古里古怪的小故事。

庄上一些孩子平时经常到这里玩，喜欢买个卤鸡蛋，也喜欢买点炒花生香香嘴，更喜欢听神仙讲些神奇古怪的故事。

毛头平时也喜欢来玩。他这回来到神仙茶棚与平时不同，因为月英的两个问题要他回答。答出来跟他回去，答不出来就不回去。毛头希望从神仙那里得到答案。

毛头走过来，看到那些卤鸡蛋，看到那些香花生，已经是垂涎欲滴。可是，再馋也要忍着，因为他心里有急事。他赶忙开口问："神仙大爷，你知道我们的三号为什么叫三号、东边的美人湾为什么叫美人湾吗？"

"你问这个问题干吗？"神仙问。

毛头说："我要是能答得出来，她——"毛头指指月英，"就跟我回家去，要是答不出来，那就……嘿！"

神仙笑了，说："我知道了，你要是能答得出来，月英就跟你回家去，要是答不出来么……"

"她不回去。"

"她就不是你媳妇喽！"

月英和毛头解除婚约的事，早就闹得沸沸扬扬，三庄六院，谁人不知？神仙知道他们的来意，就不紧不慢地说："我明白了！你要想知道，三号为什么叫三号、美人湾为什么叫美人湾，那就要听我给你讲个故事。听完故事，答案也就出来啦。"

毛头双手一拍，叫道："那太好了！你就讲吧。你要讲得短一点、快一点，我心里急着呐。"

神仙说："我就先给你们讲一个'龙窝塘'的故事，你看怎么样？"

"故事里有没有'三号为什么叫三号''美人湾为什么叫美人湾'?"

神仙说:"当然有喽。听我讲故事有两个要求,否则,故事就不讲了。"

没等神仙一句话讲完,毛头就急着问:"哪两个要求?"

"第一,听故事,不能急,不能催。第二,听故事,不能乱插嘴。"

"为什么不能急、不能乱插嘴?"

"你一急、一插嘴,故事就讲不出来啦!"

"好!我不急、不插嘴,你讲吧!"

神仙打荡一下嗓子,开讲了:

传说东海龙王有个儿子叫小乌龙。这个小乌龙,贪玩好动,威力无比。它能腾云驾雾、上天入地,江河湖海,都难不到它。有一天,它喝醉了酒,要出去游逛游逛。当时正逢雷雨季节,突然下起了倾盆大雨,顿时江河暴满。加之黄河淮河两河汇合,水势更加猛烈,眼看黄河就要破堤决口,情况万分危急。就在这万分危急之际,小乌龙从天上看到大势不好,没有多想,就以雷霆万钧之势一头扎进河里。它这一扎不打紧,那河水如同脱缰野马,一下子把南边的河堤撕出了几丈宽的大口子。洪水冲出决口,先在河边打了一个转,绕了一个旋,冲出一个大旋涡。然后洪水就以排山倒海之势冲向南岸广阔平原,顷刻之间,方园几十里大地就变成汪洋大海,白浪滔天,这些水和洪泽湖都连成了一片。

就在毛头全神贯注听故事之际,月英趁势将身子一闪,

转到茶棚背后。你说毛头平时呆头呆脑，这时倒机灵起来，他发现月英溜走，立即跟过去。月英转过脸气愤地责问道："解个小手，你跟着干吗？"

毛头遭到月英责问，也没说什么，又回到原处，继续一边听神仙讲故事，一边盯着月英。月英一时找不到机会，急得手足无措，心急如焚。

两个年轻人的一举一动，神仙都看在眼里，但他还是不紧不慢地讲他的故事。

"你们知道小乌龙闯了大祸，怎么样？你能猜着吗？"神仙自问自答，"小乌龙闯出这么大的祸还不以为然，它顺着水势，一头又钻进大旋涡里。它在旋涡里大肆造孽，把旋涡搅得天翻地覆，浑水四溢。你能知道这个大旋涡后来怎么样了吗？它就成了一个水深无底、千年不干的龙窝塘。龙窝塘就在我们南新集的西北角。"

有人就议论："原来，龙窝塘是这么一回事啊！"

毛头却着急地问："神仙爷爷，我的问题你还没答案呢！"

"你让我喘口气，饭要一口一口吃，路要一步一步走，话一句一句说。我先就告诉你，一不要急，二不要插嘴。你别急、别插嘴，你的答案马上就要出来啦。"

神仙慢慢吞吞地继续说："大水过后，洪泽湖北岸方圆几十里地方成为一片荒滩，人称南新滩，新集就叫南新集（现在叫新袁镇）。后来，官府就把这块荒滩划成一块一块的，给它编号，就有了一号、二号、三号等，分给百姓。"

神仙提醒毛头："毛头，你想想看，三号不就叫三号啦？"

毛头一听高兴极了。"三号就叫三号，我知道了。还有，美人湾为什么叫美人湾，你还没说呢。"

"看看，你又急了。你不提，我也忘不了。美人湾为什么叫美人湾呢？"

"我不急，我不急，你说吧！"

神仙说，"大水虽然退了，小乌龙在龙窝塘里并不闲着，它继续在那里翻江倒海，兴风作浪。它的嘴还没命地向外边喷水，这些水带有大量泥沙，向低洼的地方流淌，这就形成一条河，这条河就叫砂礓河，又叫沙河。沙河水向东南流，流到南新集，流过三号之后眼看就要冲毁下边的一个村庄。就在这个时候，突然出现一个美丽的姑娘，她为了保护这个庄子的人民大众，毅然变成一块巨大的石头，挡住沙河去路，逼迫它绕一个弯，结果保住了这个村庄。之后，沙河继续东流，一直流到王圩街，流到官柴洼，流进赵公河（亦称韩家大沟），最后流进了洪泽湖。"

毛头说："美人湾为什么叫美人湾，你还没讲呐。"

神仙提醒毛头说："毛头，你知道这个姑娘是谁吗？原来，她就是美丽的姑娘荷仙姑。这下，你该知道这个庄子为什么叫美人湾了吧？"

难怪毛头有点呆，听到这里，他还摇摇头，心里还没转过弯，很是着急。他没有工夫去猜，就催促道："你快说吧！"

月英眼看毛头就要知道答案，就对毛头说："毛头，这个故事都是神仙大爷瞎编的，不听他的。我们到学校那边去看看学生打球吧！回来再请神仙大爷告诉我们美人湾为

什么叫美人湾。"

毛头并不理解月英的用意，答应说："好！就去看看学生打球。"毛头最喜欢玩球，他的思路已经被月英打乱了，由美人湾，转到了学生打球场。

学校在大路北边，在茶棚对面，在沙河的东边，所以学校就叫"河东小学"。

这所学校是解放后，在三号建立的第一所公办学校。学校初建的时候，只有一位老师，就是赵秉松赵先生。当时没有教室，就借张奶奶家的两间旧房子做教室。没有课桌、没有板凳，学生都带一个小板凳。上课时，学生就把书放在膝盖上。现在的学校是后来新建的，北边三间老师办公、住宿，东边几间是教室，西边是厨房，前边拉了大院子，厕所和操场都放在大门外边，五星红旗高高地飘扬在操场上。

河东小学建校之前，月英就在钱家做童养媳了。月英想上学，婆婆怎么也不准，借口说会耽误时间，影响打席子。实际上，是怕月英上了学，有了文化，就看不上毛头了。后来经过老师、干部三番五次摆政策、讲道理，婆婆才勉强允许月英晚上来上夜校。她要求月英打的席子不得减少，也不许和庄上人乱说话，怕月英变心。

现在，学校已经放了晚学。毛头远远就听见打篮球的声音。到了操场上，毛头被打篮球的热闹场面吸引住了，他看着笑着，还不住地拍巴掌。

毛头正看得入神，一回头，月英不见了！他这才慌了神，球也不看，撒腿就去找月英。毛头急得像热锅上的蚂

蚁。他东一头、西一头，到处乱窜，到处寻找。

毛头估计，月英一定没有走远。他下定决心：月英就是拱到老鼠窟里，也能把她拽出来！她一定跑不了！

但是，操场上找遍了，没有。男女厕所也都看了一遍，还是没有。他又到学校周边，家前屋后都去转一圈，还是没有。

这怎么办？还是找！

毛头来到学校大门口，站在大门旁边，伸头向校院里边张着。

校院里，只有一些学生在打扫地面，看不到月英。

他又顺着教室的门，向教室里张望，两个教室里也有学生在打扫，扫得灰尘满屋，看不清有没有月英。

他想，月英也可能躲在墙拐子里，不到屋里是看不见的。他就一头钻进院子里。扫地的学生们都大吃一惊："你这人，是干什么的？"

毛头不理不睬，扎进一个教室，又扎进另一个教室。所有拐旮旯都找遍了，当然，都扑了一个空。

毛头叹了一口气，别的地方都找过，只有老师办公室没去找。

老师办公室能随便进去找人吗？平时，学生要进办公室，都要站到门口，都要立正，喊一声"报告"，等老师说"进来"学生才敢进去。毛头虽然每天晚上都跟月英来上夜校，那只是在教室里上课、唱歌、说说笑笑，却从来没敢进过老师办公室。这回毛头敢闯进办公室吗？他看到，在办公室里，有的老师正在办公，有的老师正在给学生做

辅导。

毛头站在办公室外边，远远地向办公室张望着。他看得清楚，办公室里没有月英，她会不会躲在西头房间里呢？他看不到，因为房间的门关着，而且还挂上了一把锁。

赵先生是学校的当家人。放学后，他有时坐在办公室，有时也要到外边看看学生的活动情况。

自从月英和毛头走近操场，赵先生就注意到了。

对于这两个孩子婚姻问题，他当然了如指掌。月英能够上夜校，赵先生还费了不少的口舌。赵先生对于月英，不仅是喜欢，更是关心。在校门口，月英怎样甩开毛头，毛头又是怎样寻找月英的，赵先生都看得一清二楚。

毛头像呆子一样，长时间站在办公室门口，两只眼不住地向办公室盯着。赵先生觉得老让他就这么站着，也不是个办法，也该跟他说话了。赵先生高声说道："毛头，你是干什么的？有什么事吗？"

赵先生一声招呼，毛头几乎吓了一跳。这是校长在招呼自己呃，这是从来还没有过的呀。他还是呆呆地站着，不敢吱声。

杜先生是学校的老师，见毛头还是呆呆地站着，不敢吱声，就插话说："毛头，你是不是有什么急事，来找赵校长的？有什么事，你就对赵校长说吧！"

毛头听了杜先生的一问，非常震惊，两眼直愣愣地望着杜先生，似乎想说话，又不敢说。

杜先生是后来的一位老师。他名叫杜玉成，是淮阴三树人。他虽然来得迟一点，但是对月英和毛头的亲事，也

是一清二楚的。他看毛头那个呆相，总觉得有点好笑。他走到外边，用手摸着毛头的头，说："毛头，你这头发长得这么长，像个毛球似的，是不是还想留个小辫子？"

毛头明知杜先生拿他取笑，但他也不敢说什么。

"有什么急事，你就说吧！"杜先生又说。

毛头还是不敢说话。

赵先生说："你是不是找月英的？"赵先生这么一问，如同一拳捣进了毛头的心堂窝。

"嘿！"毛头两手朝大腿上一拍，显得极端着急的样子。

"你嘿什么呀？到底是不是找月英的？"杜先生又追问一句。

毛头这才点点头

杜先生说："你还呆站这里！我听学生说，月英对西边河边跑，她去跳河去啦！你还呆站这里！"

赵先生说："毛头啊，月英对河边跑，那就危险喽！"

杜先生对外边高喊一声："同学们，西边河里淹死人啦！快去救人啊！"

毛头听这么一说，也就撒腿对河边跑。学生们听说救人，也一阵风似的跟在毛头后边，直往沙河边跑去。

跑到河边，大家停下脚步，向水面上张望。毛头鞋子也没脱，直接冲下水，往河当中走。

其实，这条河只有在夏天雷雨季节，暴雨之后才会形成洪流。平时都是断流的，只有少数低洼地才会留下一些水。现在，河水只有毛头腿弯深，哪能淹死人呢？

毛头在水里转了一会儿，连月英的影子也没找到，只

得灰心丧气地回到岸上。其他孩子也一个个上了岸，有的转脸回家，有的在芦苇地里找鸟窝，有的在浅水滩里摸鱼捉虾。

毛头只得没精打采地回家去。

毛头非常担心，到家以后，还不知道妈妈（高大个子）和三爷（钱三乱子）怎么给罪受呢。

2015.10.26

拓展阅读

一、泗阳"龙窝塘"：在江苏省洪泽湖北岸，泗阳县新袁镇北，约 3 公里的废黄河南岸，有个水塘，这就是泗阳龙窝塘。传说在"黄河夺淮"之后道光十二年（1832 年），黄河决口所致。

二、江苏泗阳龙窝塘附近 20 个"号"地：洪水退去之后，当地政府就把淤积的陆地依其出水的先后顺序，编号打桩，于是就留下了 20 个"号"的地名。如现今 1 号村（现袁东村）、3、4 号村（现三徐村）、7 号村（现坝南村）、8 号村（现马场村）、10 号村（现葛圩村）等。

上述资料摘自江苏泗阳龙窝塘史料编著委员会主席顾少洋的《江苏泗阳龙窝塘》。

三、砂礓河（亦作砂河、沙河）：张煦侯 1936 年著《淮阴风土记》（淮阴县同乡会出版）对"砂礓河"这样写道："先是泗阳有陈端者，一老书生耳，以田在河岸，逼于大湖，乃作奇想，以道光十二年（1832 年）八月聚众夜开

于家湾黄河南堤，欲借河淤以美其田。讵（岂料）大溜一动，不可遏止，水由龙窝直下南新集，经砂礓嘴（今称沙咀）后，沙质随流东泻，所经即成深沟，遂成此河。"

　　上述资料另见《淮安文献丛刻·淮阴区乡土史地》《淮阴风土记》，范成林、张煦侯著，方志出版社 2008 年出版。

六、
捉迷藏

钱家人和月英"捉迷藏"的游戏开始了。

毛头丢了月英，蹑手蹑脚回家去。

他生怕见到妈妈、更怕见到三爷。他知道，丢了月英，到家以后，一定没有好果子吃。但是，不回家又能行吗？

还没到家门口，他就停下了脚步。

他站在那里呆呆地望着家门。他那颗倒霉的心也一点儿不省事，就一股劲地怦怦地跳动起来。心没命地跳，浑身还有点发抖。毛头想教心不要跳，教浑身不要发抖，但是，哪里管得住呀？毛头自问道："我害怕，心呀，你跳的什么呀？"

毛头站在远处树棵旁边，偷偷地朝门口望着，他想看看妈妈在家没有。妈妈要是知道月英没追回来，还不知道她要发多大的脾气呢！

巧了，妈妈突然从屋里走出来，站在家门口，朝东南望望，又朝西南看看。她光看还不算，还朝南边走走、北

边走走。

真是倒霉，毛头被他妈妈一眼看到了。毛头躲也躲不住，就只得慢慢腾腾地走出来，来到妈妈面前。

高大个子（毛头妈妈）劈头就问："乖乖，你媳妇（指月英）呢？"高大个子语气又亲切、又温和。

毛头只是低着头，不吱声。

"乖乖，你怎么不说话呀？"

毛头还是不吱声。

高大个子生气了，问道："我让你追你媳妇，一定把她追回来，你怎么不长不短，连一句话都没有啊？"

毛头摇摇头。

"怎么，丫头（月英乳名）不见啦？"

毛头点点头。

"你不是跟着她的吗？"

"我跟着她，一步没离，一眨眼工夫就看不见了。"

"我不信！你一步没离，一个人就能看不见啦？就是一只麻雀在面前飞了，也能看得见呀，怎么会看不见呢？"

"一点不假，我一步没离。"

"你要是说蚊子、苍蝇，有翅膀，能在眼面前飞掉，看不见，我倒相信。丫头这么大的一个人，能有翅膀飞掉吗？"

毛头不敢再争辩，只得向他妈妈翻翻眼。

高大个子看着毛头这种甩相，越看越生气，越说越郁闷。她狠狠地打了毛头一巴掌："你这个没用的东西，妈妈养你十几年，算是白养了。就是养一条狗，要不了几年都

能听使唤。养你这个东西，连个媳妇都看不住！我不该养你这个没用的东西！你这辈子打光棍，是跑不掉了！"

毛头被他妈妈骂得狗血喷头，无话可说。

娘儿两个一个怄气，一个害怕，就这么站着，傲着。一个骂着，一个听着，傲了好一会儿。高大个子脑筋一动，说："你还这么站着，这么站着就算啦？还不赶快去喊你三爷！看看他有什么办法。"

毛头这才转过脸，去找他三爷钱三乱子。

这钱三乱子，虽然也是一个穷人，单身一辈子，却是出了名的地方上一个臭痞子。从抗战以来，庄上有什么大事小事，他总是跑在前面，积极掺和。他给人的感觉，既是一个"积极"分子，又像一个"捣蛋"人物。好事、坏事，经过他，既能出主意，也能添乱。所以，大家给他起这么一个绰号："钱三乱子"。

平时，月英既怕"婆婆"高大个子，更怕"三爷"钱三乱子。

毛头很快就把钱三乱子叫了过来。钱三乱子老远，就气喘吁吁地问道："大嫂，大嫂啊，有什么急事找我？"

"什么急事？你那侄儿媳妇飞啦！"

"什么飞啦？"三乱子还没听清楚。

"丫头不见啦！"

"啊？怎么，丫头不见啦？我不是交代好的，叫毛头一步不离，步步跟着的吗？怎么会不见了呢？"

"都怪我那没用的儿子。他说，就在刚刚，一转脸工夫，人就不见了。老三啊，这一下子，怕是丫头真的走了，

恐怕你这个没用的侄儿，非打光棍不可了。你一辈子孤身一人，无儿无女。我实指望有个丫头，能给我们钱家生儿育女、传宗接代。这一来，恐怕我们钱家，香火非断不可喽！"

钱三乱子听了这话，火冒三丈，把牛屎帽子往脑后一抹，脸上一块一块横肉直是颤抖，猪屎牙咬得咯吱吱直响，脚往地上一踩，说："我不信！小小的毛丫头，能逃出我钱三乱子手掌心！"

钱三乱子气狠狠地说："毛头，你过来！你这个甩料！你那亲大怎么养的？你妈要是早把我勾过来，能生你这个甩东西吗？现在没用了，你妈老了，你三爷也老了。嘿！你大姓钱，我姓前，音同字不同。今后，不许说你是我儿子！"

"老三啊，光气，光说狠话，有什么用？还要趁着天没黑，小丫头没走远，赶快想个办法吧！"

钱三乱子仰着脸，转了一下眼珠子，突然叫道："毛头，你快过来！三爷这边有话问问你。"

毛头走过来。

"我问你，丫头在什么时间、什么地点不见了的？你快说！快说呀！"

"就在刚才，就在学校操场上。那时候学生都在打球。我在看打球，就这么一转脸，她就不见了。"

"当时，你就没找找？"

"找了。学校家前屋后、里里外外都找了，一直又找到沙河边，我还下了水，都没找着。"

"学校里里外外，一点遗漏都没有？"

"就是先生睡觉的房间没去找。"

"你为什么不去找？"

"先生把房门锁起来了，我进不去。"

高大个子这一下听出了门道，她说："他三爷，我知道了，丫头一定躲在先生的房间里。在平时，学校里几个先生，还有在李先生家学医的那个什么三先生，他们经常和丫头在一起勾勾搭搭。你想想看，他们能有什么好心思吗？现在，小丫头，一定就躲在先生的房间里，你看怎么办？"

"你说的不错，小丫头一定就躲在先生的房间里。"

"这怎么办？"

"有办法！丫头躲在学校的房间里，我把学校死死地看着，看它一天一夜，不！看它几天几夜！就等于在学校四周撒上一张网，不！撒上几张网，叫她有翅难飞！"

高大个子说："不不不！依我看，不要几天几夜。我估计，就在天黑以后，丫头就能逃走。她很可能跑到李大奶奶家。昨天夜里，她就在李大奶奶家过一宿。别的，她没有地方可去。"

三乱子说："那就这样，你娘儿两个看学校，看好学校里边小门，也看好学校外边大门，看它一整夜，不要离开一步，眼都不要眨一下，万万不要粗心大意！我一个人负责看李大奶奶家。"

高大个子说："你看李大奶奶家还要留点神，乡干部常常在她家出出进进的。要是被干部碰到，那就不好办了！"

"这个我知道。"

钱三乱子把黑大褂子前襟往腰带里一塞，急急忙忙就走了。

高大个子拉着毛头说："乖乖，跟妈妈到学校去。"

他们在学校周边转了一圈，然后来到前边操场上，并没有发现月英的影子。

操场上有些学生仍在玩球。高大个子朝这里一站，引起学生们的注意。有的干脆球也不打了，都来看她。

学生看到，这个老大娘，身材高大，头发花白，脑后勾盘了一个烧饼鬏，还用一支筷子别着。鱼白大襟褂子，配上黑裤、黑鞋、白袜子，裤角扎得紧紧的，显得特别突出。有的学生就问："大娘，您找谁啊？"

"大娘不找谁。是看你们打球的。"

学生不相信，这么大年纪还来看打球？有的摇摇头，有的继续打球。

高大个子向毛头点点头。毛头走过来。高大个子靠毛头耳边轻声说："乖乖，你在这里看着，一定不要卖呆啊！"

毛头点点头。

高大个子说罢，就朝歪嘴茶棚走去。

黄昏之后，路上行人稀少。歪嘴拄着拐杖，站在茶棚外，朝大路南北张望着。高大个子兴冲冲走来，老远就打招呼："哟！老神仙，你在望谁呀？"

"哎呀！我早就想你呐！我就望你的呀！"

"看你那个熊样子，人不像人，鬼不像鬼，和尚不像和尚，道士不像道士，你想我干吗呀？"

“你看我，这样子不怎么样，就能教你快活快活！”

“你这个老不死的，还有那个骚劲啊？”

“怎么的，照样过你的瘾！保证教你哼得牙疼似的，不信，你就来试试！”

“你尽是吹牛！”

“你不信，今晚就来瞧瞧。”

“你不要把人嫌死了！”

高大个子说着笑着走进茶棚内。歪嘴也一瘸一拐地跟着进来。

高大个子径直走到棚子后边，走到歪嘴的窝铺前。

歪嘴说：“看我的窝怎么样，适合你用吧？”

高大个子鼻子一凑，轻蔑地说：“狗窝一样，嫌死人嘞。”

“管它狗窝猫窝，解决问题就行！”

“嘿！歪嘴呃，不要嘴上快活，跟你说正经话。”

“你有什么正经话？就说吧！”

“告诉你，我家那个丫头，最近变心啦。她已经不要我家毛头啦。”

“是吗？刚刚，两个人还在听我讲龙窝塘故事呢。”歪嘴假装不知道月英和毛头解除婚约的事。

高大个子说：“他们后来到学校去看打球，一转脸工夫，丫头就不见了，到现在都没找着，真是急死人喽！”

“那有什么值得急的？天一黑，她还不回去？”

“不！现在一定要想办法到处找。所以，我来求求你，帮我一个忙。”

"你这个忙，我怎么帮呀？我能帮你去南高北洼找人吗？"

"不要你南高北洼去找人，你只要在这茶棚里帮我看着，说不定今天晚上，没准明天早上，她就要走到这条路。你一看到，就把她哄着、缠着，不要让她走，我就有办法把她弄回家。事成之后，我一定报答你！"

"你怎么报答我？"

"随你说。"

"那你就一晚给我玩一次。"

"你这老不正经的！跟你说正经话呢。"

"我也说正经话，要是成功，我一定一晚给你一万块（旧币制）！"

"好呐好呐。你一定要把我的事情放心上！我不会白着你。我就要到学校去，看看到底有什么动静。"

高大个子又回到学校，天已经黑了。她一看，毛头还站在旗杆旁，目不转睛地望着学校的大门和小门。她看到儿子这样尽心尽责，很是感动，就深情地说："乖乖，你要早像这样认真，你媳妇也就走不掉喽！在学校里里外外，你看没看到有什么动静？"

毛头摇摇头。

稍等片刻，上夜校的人渐渐来了，有男有女，有没上学的孩子，也有已经上学的孩子，有的是来凑热闹的。有青年、中年男女，还有新婚夫妇手拉手也来了。

高大个子看到这些人，个个都信心十足，热情满怀，自己不免伤感起来，热泪夺眶而出。她拉着毛头的手，颤

颤抖抖地说："乖乖，你看人家，都是欢欢乐乐、无忧无虑。你呢？过去，你和丫头两个人一阵来，一阵去，现在……唉！"

毛头望着妈妈，不知如何表达是好。

学生陆续到校，教夜校的先生也手提马灯来了。

你知道教夜校的先生是谁吗？就是高大个子侄孙。民校教师见到高大个子，赶忙问道："大奶，您站在这里干吗呀？"

"嘿！大孙子啊，你还不知道？你小姑（指月英，童养媳没过门，是不能叫婶子的）走啦，到现在都没找着！"

继先点点头。

"大孙子啊，李先生家的三先生、学校的赵先生，都是你的好朋友。见到他们，你要多说几句好话，请他们帮帮忙，圆成圆成你小爷（指毛头）的婚姻。我最担心的就是那位三先生。听说你小姑，一见到他，就像掉了魂似的，有说有笑。拿你小爷和人家比，那真是一个天一个地。他们老是在一起，我就怕你小姑变心啊！真给我怕着了，你小姑真的变心了！"

"大奶，你不要多心。我了解，人家三先生，作风正派，品德高尚，是不会拆散小爷的婚姻的，关键在于小爷和小姑自己。"

"我现在估计，你小姑就躲在赵先生房间里。你看，不然，这个时候，先生为什么还把房门锁着？"

"那也不一定。赵先生不一定如您所想，人家是正派人。他不会无缘无故把小姑藏起来的。亲事成与不成，关

键在于小姑自己。"

"不是他把你小姑藏起来，她能飞啦？"

"好了，学生都到了，我要去上课。"

民校教师说着，就到教室去了。

教室里原来热热闹闹，说说笑笑。继先一进来，把挂在二梁上的油灯点亮，吹一声哨子，教室里顿时鸦雀无声。

"现在开始上课，我们先唱个歌，唱《没有共产党就没有新中国》，我先开个头，大家一起唱。"

　　　没有共产党，就没有新中国。
　　　没有共产党，就没有新中国。
　　　共产党辛劳为民族，共产党他一心救中国。
　　　……

唱完歌之后，老师开始教课文……

高大个子没心思听上课，就来到办公室外边。她伸头一看，老师都在灯下办公。那西房门还是锁着。她下定决心："我拼它一夜不睡觉，就在这里看着。你们要是把丫头留在房间里过宿，我就要告你们奸污少女！"

2015.10.29

拓展阅读

《没有共产党就没有新中国》这首歌，是 1943 年由曹火星创作。原名为《没有共产党就没有中国》，据称经过了毛泽东修改，添加了一个"新"字，就成了现在的名字。

歌词文本如下：

没有共产党就没有新中国，

没有共产党就没有新中国。

共产党他辛劳为民族，

共产党他一心救中国。

他指给了人民解放的道路，

他领导中国走向光明，

他坚持了抗战八年多。

他改善了人民生活，

他建设了敌后根据地，

他实行了民主好处多。

没有共产党就没有新中国，

没有共产党就没有新中国。

六、捉迷藏

七、
难忘的一夜

　　钱家和月英的"捉迷藏"游戏，这个"迷"捉到了吗？没有。原来，这个"迷"被赵秉松先生"藏"起来了，钱家怎么能"捉"得到这个"迷"呢？

　　且说这位赵秉松先生，真有秉持松柏精神的品格。他对旧的婚姻陋习，早就嗤之以鼻。赵先生、三先生和继先三个人是好友，他们对月英和毛头的婚姻，本来就持反对的态度。他们认为：婚姻要自主，反对包办、买卖婚姻。对于月英的不幸遭遇，他们都给予了深深的同情。

　　那天在学校球场上，月英始终被毛头紧盯着，难以脱身。

　　就在球场上学生玩得最紧张、最激烈的瞬息之间、毛头全神贯注球场之际，月英如电闪一般，一头扎进了老师的办公室。月英一进办公室，就慌慌张张地说："我……我……朝哪儿躲呀？"

　　赵先生见月英气喘吁吁一头钻了进来，来不及多思考，

也来不及说一句话，立即站起来，对着月英，往房间里一指，月英一头钻进了房间。赵先生又示意杜先生拿锁把房门锁上，大家才松了一口气。

门锁好之后，赵先生才对杜先生说："你赶快出去，把毛头引开！"

杜先生若无其事似的，一摇一摆地走出办公室，来到毛头面前。

此时，毛头已经站在办公室外边，远远地向办公室里张望着。

杜先生走过去，笑眯眯地用手摸着毛头的头，说："毛头，你这头发长得这么长，是不是还想留个小辫子啊？"

毛头知道杜先生拿他取笑，只是不理、不睬、不吱声。

杜先生又说："毛头，你是不是有什么急事，来找赵校长的？"

毛头还是不吱声。

杜先生说："你是来找月英的吧？"

"对啊！"

毛头立即吐出两个字。

杜先生双手往大腿上一拍，大声说："哎呀！你还呆站着，我听学生说，月英对西边沙河跑去了。她跳河去啦！你还不赶快去找！"

毛头听说月英去跳河，立即转脸向西，撒腿就跑，往沙河边跑去。

杜先生回到办公室，哈哈大笑，说："我们这出戏，演得不错吧？"

赵校长也笑了，说："戏玩得好，也有你的一份功劳唉。"

杜先生说："幸亏没有一个学生在场，否则，校长这个魔术就露馅喽！"

赵先生说："还亏你这个助手哦。"

杜先生对房间里的月英说："月英，你可以放心出来喽！毛头已经跑到河边，救你去啦！"

赵先生说："现在，还不能粗心大意。毛头到河边找不到月英，一定会马上就要回来的。"

杜先生说："他肯定要回来，现在怎么办呢？"

赵校长："他到河边找不到月英，一回来，月英又走不掉了。"

杜先生说："赶快想办法吧！"

"这……"赵先生也急得两眼直转。

杜先生又说："天，马上就黑了。月英在这里吃饭没问题。晚上睡觉怎么办？还有……"

赵先生思考一会，说："有办法！"

"有什么办法？"

"你快去，看看赵芳走了没有？要是没走，叫她赶快过来！一定要快！片刻不能耽误！"

真是天如人意。

赵芳是学校高年级学生，又是学生干部，她每天回家都最迟。杜先生说："我去看看！"

果然，赵芳在教室里刚刚扫完地，正拿起书包，准备回家。她听见老师一叫，马上就来到办公室。

赵先生指着西房房门，对赵芳说："赵芳，你看房里是谁啊？"赵芳也不知道是怎么一回事，只是对房门看。

赵先生随即把门锁打开，月英从房里走出来。月英的脸还是红红的，烫烫的，神色未定的样子。她似乎在想哭，又像在想笑。她的心呀，真是又酸又甜，说不出这一种是什么滋味。

月英和赵芳一下子紧紧地拥抱起来。这时候，月英真的哭了，而且哭得是那样的伤心！

两个孩子和杜先生都无比的激动，只有赵先生不动声色。他指着房门，对杜先生说："你再把房门锁上！"

杜先生不解地问："孩子出来了，还锁门干吗？"

"你快一点，我有我的用处。"

杜先生把房门锁上。

赵先生看几个人那样的高兴，似乎有一点忘乎所以的样子。但是，只有他意识到，天色已经不早，如果再拖延，说不定钱家人马上就到，因此说："好了，时间紧迫，不要这样啦！你们两个人赶快走吧！"

两个女孩松开手。

赵芳愣住了，说："我们往哪儿走啊？"

月英也说："我们往哪儿走啊？"

赵先生说："看样子，钱家马上就要来人。月英，你今晚跟赵芳去，先在她家过一宿，明天再想办法，好不好？"

赵芳说："那太好了。"

月英点点头，表示同意。

赵先生在她们临走时对月英说："月英，今后怎么办，

你想好了没有?"

月英说:"我能有什么好办法?只有按三先生以前对我说的,只有去找我姨娘、姨姐。我找到她们,看能不能替我想个办法,除此以外,我没有一个亲人!一点办法也没有!"月英说着,又哭了。

赵先生说:"你也不要哭。你看,我们虽然都不是你的亲人,但是,都和你的亲人一样,都在关心你。大家都是你的亲人!"

赵芳也流下了眼泪。

赵先生接着说:"你的事情,三先生和我早就讨论过,你要先去找你姨娘、姨姐,先有个安身的地方,有个做事的地方。然后,遇到合巧的,就找个对象,成个家。你在找对象的时候,既要慎重,又要灵活。不要急于求成,也不要随随便便。不要朝三暮四,也不要盲目攀高。不要今天谈这个,明天谈那个。只要对方人品好,作风正派,做事踏踏实实,待人胸怀坦荡,就行了。一旦对象定下来,就要忠贞不渝,不能三心二意。这些话,你能记住吗?"

月英点头:"能,我一定记住!"

赵先生说:"好吧,你们现在就走,要快!"

两个女孩子走了以后,赵校长问杜先生:"现在,你是不是已经知道我为什么要锁房门了吧?"

杜先生说:"我知道了。"

赵先生进一步解释说:"钱家人一定会来的。他们要是知道月英不在我们的房间里,就一定要到别的地方去找。这个时候,月英和赵芳就有可能被他们碰到。他们要是见

到我们的房门还锁着，他们就有可能推断月英还藏在房间里，他们就会在这里死守着，月英和赵芳逃走也就能不用担忧了。"

杜先生恍然大悟，叫道："噢！原来，你玩的是'空城计'啊！"

两个人都笑了起来。

赵芳拉着月英，快步走出校门。正巧，学校里里外外，也没有一个学生。

她们两个抄西边小路，急急忙忙往赵芳家走去。赵芳的家就在学校的东北角，大概里把路。到赵芳家的时候，天已经完全黑了下来。

赵芳，在河东小学初小快要毕业了。在学校里，她算是一个大学生，是老师的得力助手。在学生中，她是一个大学长，是一个拔尖人物。学校大事小事，除了老师，就数她了。赵芳和月英不但相识，而且早就成了好朋友。虽然一个是正规学校的学生，一个是夜校识字班的学生，在校时间也不同，却是在一个教室里上课。傍晚放学之后，赵芳往往迟走，月英有时早到，二人就在这段短暂的时间内，玩一玩，说一说，谈一些理想，说一些知心话儿。

赵芳的家在小赵庄，在三号的东北角。

这个庄子，南北排列，大门朝东，总共不过十来户人家。庄子虽小，而它的名气却传扬甚远，那就是因为钱三乱子活活打死小赵庄李大明而产生的"哑女救夫"的故事。这里离钱毛头的家也不远。

赵芳带着月英回到小赵庄，家家户户已经点上了灯。

赵芳家房子也不多，西边是三间堂屋，北边有两间锅屋。赵芳妈妈从锅屋里走出来。老人见到赵芳，就笑着说："哟！大芳，你怎么这么晚才回来？"

"学校有事，就迟了呗。"

老人抬头看见月英，就惊奇地问："哟！大芳唉，你还带来一个人，这是哪位姑娘啊？"

"她是我的同学，叫月英。"赵芳说。

"好吧，快进屋，吃晚饭吧。"老人还喊一声，"小芳，快来拾当饭，你姐姐带客人来了。"

月英看见一位小姑娘，就问赵芳："这是谁呀？"

赵芳说："她是我的小妹，叫小芳。"她还小声告诉月英："我小妹有一点呆，你别理她。"

吃饭时，赵芳问妈妈："我爸呢？"

妈妈说："你爸看奶奶去了。"

大家刚刚坐下来端起碗，进来一个身材高大的人，妈妈说："正巧，大凯回来了，快坐下吃饭吧。"

赵芳向月英介绍说："月英，你看，这是我哥，叫赵凯，在高湾高级班读书，很快就要毕业了。"

月英立即站起来，向赵凯点头、微笑。

赵凯挥着手笑着说："请坐！请坐！"

这个"高级班"，是在解放初期，新袁镇为了满足工作的需要，在镇东边高湾乡举办的一个培训班，因为赵凯的成绩比较好，被选拔进了"高级班"。

晚饭过后，赵凯站起来，向月英点头微笑，月英也站起来，点头微笑，表示敬意。他们并没有说话。赵凯说有

事，就出去了。

赵芳带月英走进堂屋，妈妈也跟着走过来。

老人对着月英，端详来，端详去，笑眯眯地说："大芳，看看，你这个同学，长得多俊喽，不胖不瘦，不高不矮，真是瓜子蛾眉脸，天下没处选！"

赵芳有点不耐烦，说："妈！看你说些什么话呀！"

老人继续念叨着："男大当婚，女大当嫁，这是天下常礼。唔家三个孩子，一个大凯，一个大芳，一个小芳。哥妹三人都没定亲。大凯已经二十一岁了，只顾上学，只顾念书，亲事还不知在哪里，一点儿都不焦心！大芳也是十七八岁，我正跟她到处张罗。眼下，只看中前庄李先生的姨兄弟，还不知成与不成。还有小芳，呆头呆脑，谁要啊？唉！……"

"妈！你能不能少说几句？"赵芳说。

"树老根多，人老话多。三号李先生家的地就在唔家后边。先生娘子经常带她的姨弟来地里做活。我打听了，说是她姨弟，正在这里学医，人都叫他三先生。我已经请先生娘子给你提亲，不知提得怎么样了？"

"提亲"这件事，赵芳早就知道，而且，还是她自己提出来的。妈妈这么一说，赵芳的心不免怦怦地跳动起来。她也经常考虑这件事，但她不愿妈妈在月英面前唠叨。她就拉着月英说："走，我们到房里去。"

妈妈看两个孩子都走了，自己也觉得再唠叨也没人听，就拉着小芳没精打采地回到北头房里去了。

赵芳家这三间堂屋，父母二人住北头房，赵芳和小妹

住南头房。哥哥赵凯平时住校，要是偶尔回来，就在锅屋里间住。

赵芳带月英回到南头房里。月英笑着问赵芳："你妈真想把你说给三先生啦？谈得怎么样啦？"

赵芳推月英一把，说："不谈这个。先谈谈我哥的事吧！"

月英问："谈你哥什么事？"

"谈谈他的婚姻问题吧，"赵芳说，"说起来，也有点怪。你看，他已经二十多岁了，人家替他谈几头，他就是不肯，不知为什么。"

"他是不是自己在学校谈好了？"

"谁能知道？"

"他们读书的那个班是高级班，不愁将来工作。他们那里人多，学生岁数也大，找个对象，一定没问题。"

"唉！不知道呢。"赵芳半开脸玩笑似的对月英说，"月英，你对我哥的初步印象，怎么样？"

月英只是笑，没有表示可否。

二人沉默片刻。

月英说："还是谈谈你和三先生的事吧！"

赵芳说："提起三先生，我早就认识了。几年前，学校一开办，赵先生、杜先生都在他姨娘家代饭，所以他们几个人都很熟悉。那个时候，三先生经常到我们学校来玩。他写字、画画，什么都会。你看学校里外墙上，都是他写的画的。我经常为他服务，搬板凳、拿墨水什么的。他二姨娘家姓葛，住美人湾，和我们赵家有亲。妈妈一打听，

才知道三先生家的底细。妈妈就请李先生娘子为我提亲。"

"现在，这门亲事提得怎么样了？"月英问。

"哎！他回答说要去念书。不知道是借口，也不知道是不是看不上我。这件事成与不成，现在都说不定。"

"你这门亲事要是能做成，那当然好喽。"

赵芳笑笑，站起来说："来，我拿个东西给你看。"她从抽屉里拿出一个小布包，把布一层一层揭开，拿出一枚印章。又拿印章蘸一下印色，在纸上盖了一下，给月英看。

月英一看，惊叫起来："哟！真是'赵芳'两个字，多显亮噢！这个印章是谁替你刻的？"

"你猜！"

"一定是三先生！"

赵芳推月英一把，笑着说："你真会猜！你想不想也要一枚私章？你要是想要的话，我就请三先生也替你刻一枚。"

"我哪能请得动人家呀？"

"你要是真请他，一定能请动。"

"实际上，我最想要的是一本书？"

"什么书？"

"老师说，有一种书能查字，不认识的字，一查就认识了。"

"我知道，这种书叫'字典'。这是学文化必不可少的工具书。你要是想要，也可以请三先生帮你弄一本。干脆，我们明天一起到镇上去，找一找三先生，看他那里有没有，要是有，你就向他借，你看好不好？"

"不！我明天，要去找我姨娘。"

"找姨娘，也不要这么急，迟一天两天，怕什么？你跟我到镇上去，去过镇上再去找你姨娘也不迟。我早就想去看看三先生了。我们一起先到镇上去吧！"

"你去看三先生，我跟你去，像个什么呀？"

"那有什么关系？三先生要是看不中我，说不定还能看中你呢！"

二人嬉笑一阵之后，吹灯睡觉。

2015. 11. 2

八、
两个姑娘任你挑

第二天早上，月英和赵芳简单地梳洗一下，立即出发，到镇上去看望三先生。刚刚出门不久，月英就停下脚步，犹豫了。

赵芳问："怎么，你不想去啦？"

月英坐在路边的石头磙子上，一动不动，两眼直愣愣地望着远方，似乎在思考什么问题。

赵芳急了，推月英一把，说："你怎么啦？昨晚还讲好好的，我们一起到镇上去，看望三先生。怎么，你现在又变卦啦？"

月英不答话。

赵芳又推她一下："你说呀，是去，还是不去？"

月英摇摇头，吞吞吐吐地说："你妈不是已经把你说给三先生了吗？今天，是你们两个人相会。你看，我站在旁边，像个什么呀？"

"嘿！就是为这个呀？这有什么关系？第一，我妈说的这个事，还不知道成与不成。第二，就是成了，我们小姊小妹的，一同去见见那个男的，有什么关系呢？"

"我站在旁边，是会影响你俩说悄悄话的。"

"我就是有什么悄悄话，不给旁人听，还能不给你听吗？"

"人说两口子讲话，是不给第三人听的。"

"我说过了，没有关系。我们的事还不一定成与不成。就是成了，将来结婚了，还要请你当'伴娘'呢。何况现在还八字没见一撇呢？"

"什么叫'伴娘'？"

"什么叫'伴娘'，你也不知道？说起来，也难怪，你也没结过婚，哪能知道什么叫'伴娘'呀？"

月英伸手刮赵芳鼻子，笑着说："不害羞！我没结过婚，难道你结过婚啦？和哪个结婚的？你说呀！"

赵芳的脸顿时红了起来，连忙辩解说："我一时说滑了嘴，你也不要抓住这句不放了。我向你解释什么叫'伴娘'就是了。'伴娘'，就是在举行婚礼时，陪伴新娘子的姑娘。你明白了吧？"

月英笑了，说："你结婚的时候，一定要请我去给你做'伴娘'哦！"

赵芳也笑了，回上一句："你结婚时，也要请我去给你做'伴娘'哦！"

两个人说说笑笑，一会儿抱抱，一会儿又跳跳。玩了一会儿，月英说："对象还不知在哪里，得又谈结婚的事，实在有点好笑！"

赵芳说："什么好笑不好笑，还不是迟早的事。那，现在就谈点别的话吧！"

月英说："其实，说句心里话，我早就想见见三先生了。"

没等月英一句话说完，赵芳就抢上说："我早就知道，你也喜欢上了三先生。我们今天一定要问问他，我们这亲事到底是做还是不做？我们并排站在他面前，让他说，哪个好看。问问他，两个人，到底想挑哪一个？"

"你说这话，嫌不嫌害臊？"月英一边捂脸笑，一边说。

"害什么臊？你说，你早就想见三先生，就不害臊？"

"你想想看，两个女的，一个男的，就不觉得害羞？"

"害什么羞？这更说明男的漂亮，一下子被两个女的都看中了。"

"其实，我早就想跟他谈谈心的。"月英想转一下话题。

"想谈心，还不是想吗？想，才能谈恋爱；不想，谈什么恋爱呀？现在人谈恋爱，哪个不是朝思暮想的？心里不想，谈恋爱还能有动力吗？"

月英补充解释说："第一，三先生对我的婚姻是那样的关心。最近，我们又闹得风风雨雨。现在，我已经离开了钱家，得到了自由。我必须把情况告诉他，感谢感谢他。第二，我虽然喜欢他，但我明白，我根本配不上他，所以我也就不去胡思乱想。第三，我们已经几个月没见面，心里总是觉得不安，好像欠缺什么似的。"

"那好啊！几个月没见面，心里总是觉得不安，见了面，心里不就安啦？好像欠缺什么，这次见面之后，欠缺

什么，就补上什么，不就行啦?"

"是不是什么话，都能当面谈呢?"

"那当然。不是自己当面谈，还能要别人背后谈? 还能像过去那样，终身大事，还要什么父母之命、媒妁之言，还要什么七媒八聘的?"赵芳接着说:"这次我妈到李先生家请先生娘子去为我提亲，还是我提议让妈妈去的呢。已经不少天了，还没有什么结果。今天见到他，我就要当面问个究竟，是同意，还是不同意?"

"为什么今天就这么急着要去问呢?"

"我小学就要毕业，下学期还不知道这书是念还是不念。我现在不去见他，以后还不知什么情况，那就难说了。"

"对，我也有这个想法。我到姨娘家去，还不知道姨娘家什么情况，也不知以后是什么情况，有没有机会再回来和他见面。"

"正好，我们两个人就抓住这个时机，赶快走吧。"

月英突然提出一个问题，说:"现在，这大路上行人太多，我怕被钱家人碰到。要是被钱家人碰到，恐怕我又走不掉了!"

"你怕被钱家人碰到，这倒是真的。"赵芳也担心起来。昨天，月英就是被毛头碰到，纠缠了一天。今天，如果再像昨天那样，谁能担当得起呀?

赵芳考虑了一会，突然想出了一个办法，说:"我们就学《天仙配》中的董永唱的那样，'大路不走，走小路'，走小路，就该没事了吧?"

月英说："当然也行。不过，走小路花的时间就多，我什么时候去找我姨娘呀？"

"最多不过这一天。小路上，行人少，我们两个人才能痛痛快快地玩，痛痛快快地谈，把心里的话通通都说出来。"

"好吧。"

二人沿着小路，弯弯曲曲，边走，边说，边走，边玩。四周无人，无拘无束，想到那儿，就说到那儿。

赵芳问："你知道三先生姓什么吗？"

月英摇摇头，想了半天，说："不知道。"

赵芳伸出三个手指说："你猜。"

月英一看说："姓三吧？"

赵芳哈哈大笑："只听说替人起名，没听说替人起姓。天下也没有姓'三'的呀。"

"那你说三先生不姓三，姓什么？"

赵芳左手伸出三个手指，右手伸出一个手指，一个手指往三个手指上一担，说："你看，三先生就姓这个字。你一定能猜出这是什么字了吧？"

"你说三先生姓'王'？你是怎么知道的？"

"我怎么知道的？他二姨娘家住美人湾，和我们赵家有亲，我妈经常到那边去，所以三先生家什么情况，我们都知道。"

"你知道三先生家住在哪里？"

"我怎么会不知道呢？他家就住王圩街南边，紧靠洪泽湖边，那里叫东河头。"

"既然有东河头，必然有西河头喽。"

"那当然。不但有西河头，在两个头的北边，还有一个后河头呢。"

"这些地名真有意思。哟！这个地方一定很好玩吧？靠湖就靠水，有水就有鱼有虾。湖边长芦柴，我要是在那边，打芦柴席子就有办法了。"月英非常向往三先生的家。她说："要能在这个地方生活，就好了。"

"什么好地方呀？要是叫你嫁过去，恐怕你还不肯呢。"

"为什么？"

"他家太穷了？"

"他家穷到什么样子？"

"说起来可能你不信。一家人，住人没有房子，睡觉没有床。恐怕没有比他家再穷的了。"

"那，他一家人住哪里、睡哪里呀？"

"住的是小山门屋，睡的是泥土块子砌的床。"

"他家既然这样穷，你为什么还想跟他做亲呀？"

"我看他人品好，相貌不错。特别是，他现在在学医，将来学成了，有个手艺，成为医生，到哪里都很吃香，还会穷吗？"

"那，你就是先生娘子了！"

赵芳举手要打月英，还说："我看你，不也喜欢三先生吗？你爱他什么？你怎么不说呢？"

月英随口应道："我怎么不能说？我爱的是，他人心好、人品好。至于相貌是丑是俊、家庭是穷是富，我看，都不是主要的。"

赵芳说："我的看法，就和你不一样喽。我看到他家庭条件太差，所以，我跟他做亲，首先提出一个条件：结婚后，我不到他家去。"

"结婚后，你不到他家去？你这个条件太不合人情了。你不到人家去，那，人家娶你这个媳妇干吗呢？"

"……"赵芳不说话了。

沉默了一会儿，两个人来到沙河边。她们顺着河岸继续往西走。走着走着，碰到一棵躺在河边的大树。赵芳提议："走了这么多路，天又热，人又累，来，我们玩玩再走。好不好？"

月英说："好！"

二人把鞋袜一脱，裤子挽到腿弯上，往树干上一坐，脚和腿通通放到河水里。"呀！好凉快哦！"她们双脚拼命地拍打着河水，打起的浪花，四处飞溅，水花澎得比人头还高。"哎呀，太好玩了！"

她们玩得非常愉快。

月英这时候，不禁天真浪漫起来，说："听歪嘴神仙说，沙河的水都是龙窝塘里小乌龙喷出来的。我想，小乌龙要是多多喷些水，让沙河的水周年不断，川流不息。到那时候，我们就坐一条小船，让小船顺着河流，慢慢地漂，慢慢地游，一直漂游到洪泽湖。我们就到湖里去玩水，去学打喷喷，学扎猛子，去捕鱼摸虾。我们玩够了，就到三先生家，看看他家的山门屋，看看他家土块砌的床。我们在他的屋里坐，在他的床上睡。睡醒了，就让三先生弄点鱼虾给我们吃。你看，那好不好？"

赵芳也有点忘乎所以，兴奋地说："说不定，到那时候，三先生的家还能就是我的家，三先生的娘子，可能就是我呐。"

月英说："你太自私了，为什么都是你的，就没有我的份儿?"

赵芳说："行！我们平分，两个人都做三先生娘子吧!"

二个人哈哈大笑，乐得一下子又抱起来，又跳起来。

她们玩够了，穿好鞋袜，继续走路。很快就走到大桥边，上了大桥，来到镇上。

这座大桥也很有意思。桥东头是新集，桥西头是袁集。一条沙河把新集和袁集隔离开来。而这座大桥又把新集和袁集连接起来，所以这座桥就叫新袁大桥，这个镇就叫新袁镇，这个区就叫新袁区。

恰好，今天不但桥上没人，街上也很少行人，因为今天不逢集，是背集，所以街上才这么冷静。

二人上了大桥，扶着桥栏杆，观看河里的水。这河水，清澈见底，平静如镜，两个人的倒影，清晰地映照出来。她们望着自己的身影，端详来，端详去，都在眯眯地笑着。

赵芳和月英肩并肩头靠头站着。粗粗一看，二人身高相仿，年龄相近，就像是一对双胞姊妹。但是，细细比较一下，还能发现二人的差异。赵芳面容宽厚，肤色红润，身材壮实。而月英则面颊清瘦，肤色白皙，体态修长。赵芳剪短发，戴军帽，身穿列宁装，腰勒宽布带，布腰带上的大方扣和左口袋上的钢笔挂子闪闪发光，俨然像个小干部。而月英则是红头绳扎辫子，长长的辫子披肩搭背，蓝

底白花大袂襟褂子，纯粹是一个农家姑娘。论他们的文化背景，赵芳是一个正规学校的学生，能识文断字；而月英则是从一个目不识丁的姑娘，刚刚上些业余夜校，才窥见文化的大门。这么一对可爱的小姑娘，都这么天真浪漫，都在追求美妙的梦想。

赵芳转过脸来，对着月英，整一下那件规整的列宁装，理一下闪亮的腰带扣，双手往大腿上一贴，摆出"立正"姿态，问月英："你看，我这样子，站到三先生面前，他会怎么样？"

月英双手捂嘴，直笑："他会一下子把你搂到怀里！"

赵芳说："来！我们两个人并排站在一起，看三先生会怎么样？"

月英又笑了，说："他一定会一下子把我们两个人都搂到怀里！"

两个小姑娘，一起哈哈大笑起来。她们，今天高高兴兴，无拘无束，敞开胸怀，畅所欲言，可谓是心满意足。但是，现在还没见到三先生。要是见到三先生，那才令人高兴呢！

赵芳说："好了，不要再玩了，正事还没做，快去找三先生吧！"

到哪儿去找三先生呀？她们只听说三先生到镇上来了，但具体在什么地方，并不清楚。只听说"医药""合作社"这些字眼，但具体是什么单位，也说不清楚。她们觉得这都没有关系，不过新集、袁集，这么一条街，来回找，没有找不到的。

她们在街心，先从袁集由东向西找，每个店铺、每个门市，都一个一个望遍，并没看到"医药""合作社"这几个字。

她们回过头，又来到新集，由西向东找，看了好多店铺，只看到"高家染坊""大众酱园""徐三义车行""朱有余杂货店"，这些店，都与三先生无关。

她们突然看到"合作社"三个字，高兴极了。赵芳首先走进去，见到一个做生意的营业人员，问道："你们这里有三先生吗？"那个人摇摇头。

赵芳又问："三先生是搞医药的。"

营业员说："你要买药吗？我们这里只卖米面油盐，不卖药。要买药，喏，对面是'同济生'药店，东边还有'大德生'药店，要什么药有什么药。"

她们到药店去找。

赵芳走在前边，月英跟在后边。她们走进药店一看，不对！那柜台里边都是多宽多高的架子，架子上都是密密麻麻的小抽屉，小抽屉抓出的都是一些花儿、草儿的，这哪里是三先生弄的东西啊？

她们又沿着街道继续找。工夫不负有心人，终于在街的南侧，看到一家店铺，门口挂一块好大的牌子，上面白底黑字写着："新袁区医药联营合作社"十个大字。赵芳双手一拍笑着说："好了，三先生这下跑不掉了！"

月英也跟着说："这下注定不会错！"

赵芳和月英站在"新袁区医药联营合作社"门口。赵芳说："月英，刚才都是我打头阵，这下该你进去了。"

月英说："我看，还是你先进去吧。你看我这样子，一身土里土气，还会给三先生丢脸呐。"

赵芳说："行！叫我去，我就去。不过，我见到三先生怎么说呢？"

月英说："你就说，我们两人找他，有重要的事情，请他出来一下。"

"他要是不肯出来，怎么办？"

"你就说，我们始终在这里等，一直等到他出来为止。"

"他出来了，我们又该怎么说？"

"你就说，你愿意嫁给他。"

"他要是不表态，怎么办？"

"你就说，我们两个都愿意嫁给他，任他挑选！"月英两手把脸一捂，笑起来。

还是赵芳胆子大，她说："好！我就是'脚大脸丑不害羞'，你等着吧！"

月英站在外边，两眼直愣愣地朝里边望着。她等了好久好久，赵芳才没精打采地走出来。月英急切地问："怎么样，三先生不肯出来？"

赵芳摇摇头，不说话。

月英急了："什么情况，你快说呀！"

赵芳还是摇头。

"真是急死人，什么情况，你不能说吗？"

"人家告诉我，说几个月前，三先生到县里去，学习什么'化验'去了，学什么特殊的专门技术去啦。"

"他什么时候回来？"

"他不回来啦!"

她们默默地站着,显得十分失望、十分懊丧。

二位姑娘,你们没见到心中的"白马王子",没有关系。你们不要失望,不要懊丧,将来只要你们把握住时机,掌握好分寸,你们的美好愿望一定会实现的!

2015. 11. 8

月英寻亲

九、
有理走遍天下

　　月英和毛头解除婚约，合情、合理、又合法。她去投靠姨娘、姨姐，既是无可奈何，也是理所当然。然而，月英的这个选择却屡屡受阻，难以如愿。你说，这个理儿，到哪里去讲呀？

　　月英从赵芳家出来，继续踏上寻亲之路。

　　这一天的早晨，天气远远不如昨天那么清亮。虽然也有太阳，而浮云却是丝丝一缕，飘来飘去，好像对阳光很忌妒。再加上那些飘飘绕绕的薄雾，大地就显得更加郁闷、阴暗。

　　月英一边走路，一边回忆昨天和赵芳去新袁镇会见三先生的情形。整个行程虽算愉快，却有最大的遗憾，就是没有见到三先生。

　　一说到三先生，月英心里总有一种说不出来的滋味。想来也有点奇怪，三先生这个人，有什么那么让人喜欢的呢？看他那样子，并不算怎么样的英俊，更谈不上什么美男子。可是，他那一言一行，却是让人看着顺眼，觉着舒服。他说话也不觉得怎么样的斯文、甜美，却是让人觉着清楚、明白，句句都说在点子上。他做起事来，不慌不忙，有条有理，做出的东西就是那么精巧、完美。比如，他在墙上画的那些画，写的那些字，怎么看，怎么好看。他还在木头上刻过一幅毛主席像，印出来，和书上、报上印的一模一样。因此，月英得出第一个结论：如果能和三先生这样的人生活在一起，一定很愉快、很幸福！

但是，这些想法有什么用呢？自己根本不能和人家走到一块儿。首先，自己条件太差，没有文化，又做过一段不光彩的"童养媳"，谁肯要做过"童养媳"的丫头做媳妇呀？没有家庭更不用说，自己凭什么能赢得人家喜欢呢？看看赵芳，她已经抢先一步，不但她妈妈已经请人去说媒，而且三先生还为她刻了一枚私章。这个私章，实际上，就是一个纪念物，或者叫"信物"吧？再说，三先生现在已经到县里去学一种什么专门技术。据说，这种技术，很独特，全县只有三四个人会。将来人家的前途一定非常美好。到那时候，不要说人家看不起我这样的老土，恐怕就连赵芳的心愿，都难以实现呢。因此，月英得出第二个结论：月英呀，你这个傻丫头，不要再在三先生身上胡思乱想了！

月英头脑是清醒的，根据自己的情况，在当前，必须按照三先生和赵先生的指点，走自己的路，解决自己的问题。首先去找姨娘、姨姐，找一个安身之处，找一个有事做、有吃饭、能住宿的地方。只有先把自己安排好，能够独立生活，等待机会，再去考虑找对象的问题。

说到找对象，月英就想起老师说过的一段话，她的印象特别深刻："有缘千里来相会，无缘对面不相逢。"当时，有学生就问这句话是什么意思，老师解释说："什么叫'缘'？缘，就是缘分。缘分，也就是情分。有了情分，缘分也就有了。有了缘分或情分，婚姻自然也就成功了。反过来，如果没有缘分或情分。这样的婚姻，是不能持久的，不牢固的、不可靠的。"这些话，都很值得深思。

月英沿着大路继续向东南走。不知不觉已经走了几里路。路北边，就是邵庄，再往东边走一点，就是张王熊庄了。

这个张王熊庄，对于月英，似乎有一种灵气，有一种魅力，有一种吸引力，它好像正在召唤着月英。因为，这是月英出生的地方。而且，在她的记忆中，姨娘好像离这儿不远，妈妈在世时还曾经带她去过姨娘家。不过，姨娘家的具体位置，她现在已经记不清楚了。

远远看着张王熊庄，月英那颗炽热的心，已经情不自禁地激动起来，眼眶里也就不知不觉地噙满了泪花。回想十多年前，月英父母在此双双亡故。那时，月英只有几岁。就在这个时候，月英被人卖到三号，做了"童养媳"。从此，十多年下来，她就没有回过张王熊庄。她为什么不回张王熊庄来看一看呀？一来，婆婆是一个最严厉的人，怎么能让童儿媳妇乱跑呢？二来，月英在张王熊庄不但没有父母，连一个兄弟姐妹都没有，她回来又来看谁呀？现在，月英的家还有房子吗？父母的坟墓在哪里？姨娘家在哪里？姨娘家除了有个姨姐，还有其他人吗？想着想着，月英的

心，已经颤抖了。她，巴不得一下子就飞到张王熊庄去看一看。

"张王熊庄"，顾名思义，最早是由姓张、姓王、姓熊三大姓构成的村庄。当然，后来也来了其他一些姓氏。

月英离张王熊庄越来越近，眼中的泪珠已经滚滚地滴落下来。

正当月英忧伤与悲楚的时刻，突然有两个身影从月英身边一闪而过。月英并没有注意到过去的人是谁。而这两个人刚走过去没有多远，突然又转过脸来，面对着月英，月英这才看清楚，原来是两个女人。她们对着月英，张开双臂，挡住月英的去路。月英猛然一惊，来不及多思考，大声责问道："大白天，你们胆敢短路？"

月英再定神一看，原来这两个女人，一个岁数大一点，一个岁数小一点。

这两个女人并没有抢先开口说话，只是眯眯地笑着，继续面对着月英，张开双臂，挡住月英的去路。

月英又重复责问一句："大白天，你们胆敢短路？"

"丫头，你不认识我啊？"其中一个岁数大一点的女人说。

"我不认识！你是谁？"

"我是你姨娘呀！"

月英听到"姨娘"二字，大吃一惊，心想："我正在找姨娘，难道就这么巧，能在路上遇到姨娘？"

月英再一想，这怎么可能呢？我姨娘会是这个样子吗？能这么年轻吗？十几年来，虽然没见过姨娘，但她遇到姨

侄女，也不会这样粗暴地拦住我的去路呀。而且，她怎么会知道我正在找她呢？月英断定：这两个女人不是骗子，就是拐子。她坚定地怒斥道："我没有你们这个姨娘，你让开！"

月英说着，就要冲过去。

年岁大一点的那个女人继续拦住月英，说："丫头，我真是你的姨娘，难道你还不相信？"

"我不信！"月英果断地回答。

"我是毛头姨娘，还不就是你的姨娘吗？"

月英这下明白了，原来，这是钱家耍的一个花招。一定是钱家请她们来，企图拦截我，逼我回去。月英气狠狠地说："我没有你这个姨娘，你让开！"

"看看！你这孩子，不懂礼了吧？难道你不认我这个姨娘？"

"我就是不认你这个姨娘！"

"我和你婆婆是表姊妹，不是你正正派派的姨娘吗？再说，我家就住在沙河南边，叫沙咀，从你们家上黄圩，来去都要经过沙咀。沙咀和三号不过是个前后庄，一声都叫得应。我这个姨娘，难道你就没听说过？"

"你少啰唆！"

"你看你看！毛头是我姨侄儿，你就是我姨侄儿媳妇。你们两口儿闹点别扭，算个什么呀？你们闹别扭，姨娘能不关心吗？"

月英听了这些话，心里的怒气不从一处来。她斥责道："你有多远走多远，我和毛头没有任何关系！"

"丫头啊，不要净讲气话。小两口拌个嘴，吵两句，算个什么呀？小夫小妻的，哪能随随便便，说没有关系、就没有关系呢？"

"你让开，让我走路！"月英不耐烦，想冲过去。

两个女人还是把月英拦住。"你一无亲二无故，往哪儿去呀？跟姨娘回去，两年不要，生个伢子抱在怀里，恐怕叫你走，你还舍不得走呢。"

月英听了这句话，更是火冒三丈！"你不要胡说八道！你们拦我的去路，究竟是什么用意？"

"姨娘没有什么别的用意，就是想劝你回去。你可以先到姨娘家过几天，消消气，姨娘再送你回毛头家去。"

两个女人把月英死死缠住，月英怎么也走不掉。月英想了个主意，先回到张王熊庄去，看看到那里能不能找到脱身的机会。月英说："我老家就在这庄上，我要先到我的老家去，有什么话以后再说！"

那个岁数小的女人说："行！有话以后再说，走！我们跟你到庄上去！"

"行！咱俩跟你一道去。"岁数大的女人说。

月英在前边走，两个女人在后边跟着。

正巧，庄上传来一阵唢呐声。走近一看，一家门口里里外外都是人。原来，是一家办喜事，带新娘子的。月英喜出望外。她心里想，人多，正好是讲理的好地方，摆脱这两个女人，就有办法了。

月英和那两个女人，刚到这家门口，就有人高声喊道："客人到了，家伙响起来！"

话音刚落，吹鼓手们吹的、敲的、打的，各种家伙立即响了起来。

家伙响起来，家院里边的男女老少，也都拥出来，以为是来了什么贵客。

月英快步走上前去，举起双手，向着众人和吹鼓手们，高声说："各位！各位！请不要误会。我不是来出礼的。我是来讲理的。"

月英这句话一出，人人都感到意外，有人惊诧地问道："人家办喜事，带新娘子，你们到这里来，不是出礼，还讲什么理呀？"

"各位！我有急事，请大家帮我评评理。"

"评理？评什么理？"有人插话问。

"评我的婚姻的理。"

"人家带新娘子，结婚，你要来评婚姻的理，这是不是与要带的新娘了有关系呀？"有的人担心了。

人们七嘴八舌地议论起来。

有一个人向院子里高声喊道："王二爷、王会长！快出来呀！婚姻问题来啦，有大事来啦！你快点出来呀！"

从院子里走出一位年近花甲的老人。他身穿深灰色大褂，腰勒一根布腰带，手持一杆旱烟袋，是一个地地道道的农民形象。

有人先说话："你要评婚姻的理，现在就评吧！请王二爷评，保证他能给你评个是非曲直。"

王二爷笑容满面，问道："你们喊我，有什么急事啊？"

"咹，"有人答道，"就这三个人，请您来评理呢。"

王二爷也觉得有点奇怪，向这个望望，向那个瞧瞧，愣了老半天才开口，问道："你们要评什么理啊？"

月英向前一步，说："老人家，请您给我评评理，就是这两个人，硬把我拦着，就是不让我走路！"

王二爷听着，觉得不可思议，问两个女人："奇怪，不让走路，'大路通天，走到天边'，哪有不让走路的道理？是不是你们两个人，不让这个姑娘走路的？"

一个女人答道："是的！"

"你们为什么不让她走？"

"她是我们……"

月英没等女人把话说完，就抢着说："老人家，不要听她瞎说。她们两个人不怀好心，就是大白天短路的！"

王二爷更摸不着头脑，问月英："短路的？这到底是怎么一回事？我问你，叫什么名字？是哪里人？"

"我叫李月英，我是这个庄上李奎龙的女儿，十多年前……"

王二爷一听到"李奎龙"三个字，没等月英一句话说完，就用一手罩住一只耳朵，抢着问："不动！你，你是哪个女儿？"

"李奎龙女儿！"

王二爷听说她是李奎龙女儿，十分惊讶地问道："啊？你是李奎龙女儿？你真是李奎龙女儿？是十多年前……"

"是的，在十多年前，我爸妈去世了……"月英抢着说。

"乖乖，你就是被卖到三号钱家做了童养媳的，是吗？"

月英寻亲

"是的！一点不假！"

原来，王二爷和李奎龙还沾亲带故，并不是外人。王二爷当年是"农会会长"，现在又是庄上"会头"，庄上红白喜丧大事，都少不了他。李奎龙夫妇去世，丧事都是王二爷操办的。王二爷对月英的不幸遭遇更是念念不忘，只是多少年没见到月英。时隔不过十几年，王二爷今天见到月英，她已经从一个几岁的小女童，变成这么一个高高大大的大姑娘，心中十分激动。他深情地说："孩子，你有什么问题对二爷说，二爷替你评评理！"

"二爷，您已经知道，十几年前我就被卖到三号做童儿媳。前些天，我提出坚决不同意和钱家做亲，经过政府处理，现在已经断绝了这门亲事。但是，钱家就是不执行，不讲理，不让我走。唉，"月英转过脸指着跟来的两个女人，"她们始终盯着，硬逼我回去，要我继续维持那种买卖婚姻。"

王二爷问月英："月英，我问你，你在钱家做童养媳，成家没有？"

月英说："没有！根本没有！"

王二爷说："童养媳没成家，那就不叫婚姻，只能叫婚约。"

一个女人说："童儿媳就是儿媳妇，就是婚姻！"

王二爷满胸怒气，招呼那两个女人，责问道："你们过来！月英说，她和钱家的亲事，经过政府处理，已经断绝了婚约关系。你们现在还盯住跟着，硬逼她回去，继续维持那种婚约关系，是这样吗？"

一个女人说："不错，是这话。但是，我们说，小两口拌个嘴，吵两句，算个什么呀？小夫小妻，婚姻大事，哪能随随便便，说断就断了呢？"

王二爷说："你说婚姻是大事，不错。但是，婚姻必须要男女双方愿意。月英已经表示坚决不同意，又经过政府处理，已经断绝了他们的婚约关系。现在，你们再逼她回去，那就完全错了。"

一个女人走上前说："我们有什么错？我俩是妯娌，家住沙咀。我们和钱家是亲戚，亲戚家的事，我们就不该帮帮忙吗？"

"你们帮的忙，没有道理，还不叫错吗？"

那个岁数大的女人说："你说我们没有道理？钱家花了钱，买了个媳妇已经十几年，亲事怎么能说不做就不做呢？"

"现在是共产党天下，人民政府当家，提倡婚姻自主，买卖婚姻是违法的，难道你们不懂？"

"你讲大道理，我们是乡下大老粗，不懂大道理。讲大道理没用，丫头今天，必须跟我们回去！"

"你们胆子不小，胆敢跟政府政策作对！"

"什么政策不政策，丫头，跟我走！"一个女人说着，伸手就拉月英。

王二爷发脾气了："你想走？先把两条腿留下！"王二爷向院子里高喊一声："来人！把这两个女人送到乡公所去！"

这时，四周已经围了不少人，连几个吹鼓手也都挤了

过来。

一个女人说："难道你们想动武？我们还能怕你？"

王二爷说："不是怕不怕的问题。凡事都要讲个理。有理走遍天下。"旁边有人补上一句："无理寸步难行。"

王二爷接着说："对！有理走遍天下，无理寸步难行。你们逼丫头回去，既是无理，也是违法！"

"我们不懂什么叫理，什么叫法。你们老大男人，在家门口欺压我们妇女！就是没有道理！"

"不论是男是女，都要讲个道理，都要讲党的政策法规。男女都一样！没有一个例外。"

"好！我们弄不过你，我们叫毛头三爷来，看看能不能弄过你们！"

"你说钱三乱子吗？我早就跟他打过交道了。抗战时，我当农救会会长，解放后，我当农协会会长，什么样的顽固派我都见过。你叫钱三乱子过来，好好较量较量，看看谁是谁非。你那边是泗阳三徐乡，我这边是淮阴沙河乡。不管文的武的，不管上政府讲理，还是凭棍子动武，随你们的便！"

"照你的说法，你们要把丫头留着，不给人，是不是？"

"对！月英丫头，我保定了！任何人，都不要想在她身上打主意！"

一个女人气急败坏地拉着另一个女人说："走！骑驴看账本，走着瞧！"

两个女人灰溜溜地逃走了。

2015 - 11 - 19

月英寻亲

"有缘千里能相会，无缘对面不相逢。"这个联句借佛教术语说人生哲理，通过前后句对比，突出缘的权威，从而暗寓感慨，表达人与人之间风云际会的偶然和难得，并以之对人间无缘得识或失之交臂的惆怅与有幸结识或天缘巧合的欢乐，作心安理得的自我慰藉。联句虽为常人习用的旧话，依然不失为一联机锋闪烁的格言。

出处：1. 宋·无名氏《张协状元》第 14 出："有缘千里能相会，无缘对面不相逢。"

出处：2. 明·施耐庵《水浒传》第 35 回："宋江听了大喜，向前拖住道：'有缘千里来相会，无缘对面不相逢'！只我便是黑三郎宋江。"

十、
王大妈一席话

　　威逼月英回到钱家去的两个女人走了以后，大家的心情也就平静下来。左邻右舍许多人围向月英，嘘寒问暖，问这问那。月英也不厌其烦，一一作答。大家这才知道月英本来就是张王熊庄的人，而且她家的不幸遭遇，大家也都清清楚楚。今天，她能平安回来，大家也感到欣慰。

　　王二爷说："大伙不要再问了，月英丫头走了这么多的路，又经过这么多的烦心事，也让她休息休息吧。大家有话，以后再说吧。"

　　"对！王二爷正在替人家办喜事，杂事太多，忙忙碌碌。大家有话，以后再说吧。"有的邻居也插话说。

　　王二爷对月英说："两个女人已经走了。月英，你告诉我，现在，你还准备往哪儿去、干什么？"

　　月英说："二爷，现在，我没有地方好去，我没有一点办法，只有去找我姨娘、姨姐。现在，还不知道她们在哪里，到哪里去找她们。"

王二爷说："你说的姨娘、姨姐呀，你说她们呀？我当然知道喽。那太好了！你来到这里，就等于找到你姨娘、姨姐了。不过，我现在太忙，没空带你去，你还要过天把，等一下。"

月英听了王二爷这么一说，就等于找到姨娘、姨姐了，心中当然十分高兴。不过，王二爷说现在没空带她去找，心里又有点烦了："这下怎么办呢？难道现在就坐在这儿等？还是到哪儿去等呢？"

王二爷已经看出月英为难的样子。他抽了口旱烟，想了一想，说："这样吧，现在时间已经不早，你先到我老大嫂家去，过它一宿、两宿，过几天都没有关系。明天，你的事情，再做考虑，你看怎么样？"

月英一时还拿不定主意，有点犹豫："我怎么去呀？"

王二爷说："孩子，你放心，这里的人都不是外人。我们王家和你们李家，原来就是老亲，而且处得不错，不会有人欺骗你的。你现在到她家，比到哪一家都好。吃饭、住宿都方便。"

月英觉得，自己原来还发愁，不知道姨娘家怎么去找。这下好了，王二爷什么情况都知道。幸亏今天碰到他，听他的话不会有错，就果断地答应说："二爷，我听您的。不过，您的老大嫂在哪里，我也不知道唉。我怎么称呼您的老大嫂呀？"

"你就喊她王大妈。"

"我就喊她大妈吧！但我怎么去呀？"

"噢！我找人送你去。"王二爷派了一个人，把月英送

到他的老大嫂家，也就是王大妈家。

王大妈是一个慈祥、善良的人，这在张王熊庄是出了名的，不管是张三、李四、王二麻子，什么事都有求必应，好事、善事做了无数。老人家儿女也不少，碰巧，这几天孩子们都走亲戚去了，只有王大妈一个人在家。大妈家房子还算宽敞，三间堂屋住人，两间西屋厨房做饭、吃饭，两间前屋是过道、放大磨、拴牲口。这时候，王大妈正好一个人在门口坐着，闲着没事。见两个人到门口，忙站起来。听了来人对月英的简单介绍，老人家既高兴又热情。她立即把月英带进家，一边忙着烧锅做饭，一边和月英闲谈家长里短。

月英见大妈这样热心，这样真诚，觉得心情无比舒畅，就像到了自己家一样。在西屋吃过晚饭，刷过锅碗，大妈就带月英来到堂屋东房。这是大妈和女儿的卧室。月英看到，房间也不大，杂七杂七堆的东西倒是不少，什么橱柜、土瓮子，摆了一转子。柜子上、瓮子上也堆满了东西。月英看到这些摆置，感到非常新鲜。她心里想，在这样家里过日子多好啊！就在她还在呆想时候，大妈说："孩子，天不早啦，准备上床休息吧！"月英说："好啊！"于是，一老一少关了门，洗洗脚，上了床。灯也没吹，在暗暗的灯光下，大妈坐这头，月英坐那头，随随便便，拉起家常来。

月英说："大妈，我爸我妈在世的时候，您都认识吗？"

大妈说："嘿！这孩子，你说的什么话呀，我和你爸妈岂止是认识，我们还是亲戚呐！你家什么事情我不知道？"

月英问："大妈，您知道，我是怎么样被人卖掉的？"

大妈说:"唉!说来话长。你爸你妈都是忠厚老实的种田人。你妈一辈子就生你这么一个宝贝疙瘩。在你四五岁的时候,你妈生病去世了。没过两年,你爸也生病去世。因此,你就成了没爹没娘的孤儿。"

月英听了,心情非常悲痛。"我爸妈都去世,又是谁把我卖掉的?"谈到自己被卖,月英的心,无比沉重,已经情不自禁地哭了。

大妈说:"世事有因。多年以前,你爸和庄上一个姓熊的人处得好。你出生以后,你爸就让你认他做'干爸'。"

"原来,我还有一个'干爸'?"月英非常惊讶。

"当时,你这'干爸',只有单身一人。"

"那我就只有'干爸',没有'干妈',是吗?"

"是的。你只有'干爸',没有'干妈'。"

"一个'干爸',认一个'干女儿',这……也算是一个巧合吧?"

"什么巧合、不巧合?岂只是一个'干爸',还有呢。"

"还有什么?"

"你爸在临终的时候,决定把你送给你'干爸',给他做女儿。"

"真的?'干女儿',变成'自己女儿'啦?爸爸,你的心够狠的了!"月英那颗稚嫩的心,就像被撒上一把辣椒面一样的难过。

"唉!"王大妈接着说,"可是,你这'干爸'不学好,吸上了大烟(大烟就是鸦片),吸上了瘾,成了'大烟鬼子',人称'熊大烟鬼子'。"

"我成了'大烟鬼子'的女儿啦！我的命好苦啊！"月英又哭起来了。

"你想，这样的人能把孩子抚养好吗？"

"后来呢？"

月英两眼泪珠直滚。她直瞪瞪地望着王大妈。

王大妈说："'熊大烟鬼子'抚养你只有几个月，他实在没有办法继续养下去，想把你推出手。就在这个时候，三号钱家人知道了，就请人来联系，结果钱家出五斗小麦，熊大烟鬼子就把你卖给三号钱家做童养媳了。"

"大妈！我就值五斗小麦啊？"

月英抱着大妈，痛哭起来。

"孩子，在当时，一斗小麦二十二斤，五斗小麦就是一百一十斤，只够一只小猪的钱啊。"

月英哭得更厉害了。

大妈安慰说："孩子，你也不要难过，不要哭了，这都是过去的事情。你还要想着你的将来，说不定，你将来还能有好的生活呢。你听说过吗，那个朱洪武，小时候要过饭、放过猪，后来还做皇帝呢。"

"大妈，您知道我在钱家受过多少屈辱呀！"

"我怎么不知道？我家大姑娘就住在你婆家的西边，离得很近很近的，当中只隔几家人家。钱家什么事情我不知道？"

"您家大姑娘？是谁呀？"月英不解地问。

"你知道三号有个医生李先生吗？"

"我当然知道。"

"李先生妈妈，就是咱家大姑娘，李先生就是我的大外甥。"

"啊？那您，就是李先生的舅母喽？"月英既惊又喜，一下子提起了精神。

"那还用说？我是他大舅母。"

"不用说，跟李先生学医的三先生，也是您的外甥喽？"

"那当然，那是我们三姑娘家的三儿子。"

"哎呀！原来是这样！世上的事情就这么巧，说来说去，还都是知根知底的人。唉！我明白了，在所有这些人当中，就要算我的命是最苦的了！"

"话也不能这样说，世上各种各样苦难的人多着啦，岂止是你一个？"

"就在您这个庄上，也有像我一样受苦受难的人吗？"

"那怎么能没有呢？"

"也像我这样子？"

"恐怕比你还惨呢。小守杰，就是一个。"

"您说这个小守杰，是男是女的？"

"听'守杰'这个名字，就知道守杰是个男孩，岁数和你差不多。说起小守杰，就更让人心酸喽！"

"是吗？您讲讲。"月英问。

"守杰几岁时，他爸就死了。他妈后来改嫁，嫁给我们庄上唐大明，守杰也带着，守杰就由姓张改姓唐。守杰就成为唐大明的'拖油瓶'儿子。"

"唐大明又是什么样的人？家住哪儿？"

"唉！唐大明本来就是一个穷苦的人，三十多岁才娶二

婚、守杰的妈妈。你问唐大明住哪儿，在当时，站在我家大门口朝东看，那第一家两间破房子，就是唐大明的家。说起唐大明的死，那就更惨了！"

"怎样惨法？"月英问。

"怎样惨法？"王大妈叹了一口气，继续说，"那时候还没有解放，有一天接近中午，咽家几个人都站在大门口，正准备吃中饭。忽然看到，唐大明被五花大绑，由一个人提着枪押着从东边走过来。在咽家门前汪塘南边路上，向西走。汪塘东西两头都和交通沟相通。当他们走到咽家对门的时候，提枪的人把枪口对着唐大明后脑勺，只听'砰！'的一枪，枪声也不大，唐大明就一头栽到汪西头大沟里。咽家的人都被吓得颤抖起来！"

"大家亲眼看到的？"

"这还能有一点假？说来也奇怪，当天中午，突然下起大暴雨。那雷声把房子都震得颤动了，那闪光把屋里照得闪亮闪亮。雨过以后，到外边一看，雨水沟满河平。庄上很多人都来看唐大明尸体，他的头已经被雨水和泥沙埋得很深，半汪的水都被鲜血染红了。"

"大妈，我听了都非常害怕！"

"咽家二房，就是孩子他二爷，人都叫他'王二爷'，他是个会头。他就带了几个人，把唐大明的尸体从水沟里拖上来，那种惨状，人人都不敢看！唐大明的头，血肉模糊，只剩半边了！几个人解掉绑他身上的绳子，用几张芦席把尸体卷起来，抬去埋了。"

"那个人为什么要把唐大明打死呢？"

"说起来，话又长了。我们庄上有个人叫蒋三狗子。前些时候，蒋三狗子和唐大明因为赌钱结下了仇恨。蒋三狗子儿子当了什么'大队长'，他就指使儿子派人把唐大明打死了。"

"蒋三狗子这么厉害！这些人太残忍了。"月英深深地认识到，旧社会那些为非作歹的人，就是这样的冷酷无情！

"守杰他妈妈，见到第二个丈夫也死了，而且死得是那样的惨，急成了羊角疯，到处乱跑，最后掉到沙河里淹死了。"

"我的妈呀，守杰也成了孤儿了！"

"那还用说？唐大明死了以后，守杰又由姓唐，改姓张。"

"守杰成孤儿了。他日子怎么过呀？"

"嘿！这家吃一顿，那家吃一顿。解放了，政府给救济粮，派人养活，稍微大一点，就到区里去当小鬼。"

"这样的孤儿，也算够苦的了！"

"他岂止是个孤儿，差一点，连个小命都丢了。"

"这又是怎么一回事？"月英更是惊异。

"说来话又长了。还是那个蒋三狗子的罪孽。"

"还是他？他已经杀了人了，还想怎么样？"

"也就在守杰成为孤儿以后。蒋三狗子有个三儿子，最小的儿子叫蒋小三子。这个小东西，和他老子一样，虽然只有十来岁，发起狂来，没人敢惹。"

"十来岁，能怎么厉害？"

"有一次，不知他在哪儿摸了一个手榴弹。你猜他怎么

玩？他把手榴弹信子拆了，还不算，还拿一根棍子往那手榴弹柄子里捣。"

"太危险了！"

"巧了，手榴弹偏偏没有爆炸。你猜他怎么着？他扒了两笆斗麦糠堆在家后，把手榴弹埋在麦糠里，点着火烬。从早饭后一直烬到天中，也没有动静。快到中午的时候，突然，火堆里冒出一股烟，直往外冲。你猜，蒋小三子怎么样？"

"怎么样？"

"小东西，不怕死，他不但没跑，反而冲到火堆跟前，把屁股对着烟，弯下腰，双手刨土，想把烟火埋掉。"

"烟火能埋得住吗？"

"就在这个时候，只听'轰隆'一声，手榴弹爆炸了！"

"人被炸到没有？"

"人被炸到没有？蒋小三子胸口被炸出碗口大的洞！当场就没命了。"

月英带着惋惜的口吻说："这蒋小三子死得也有点……"

"有点什么？太惨？完全怪他自作自受！再看蒋三狗子，不但不责怪自己管教不严，反而把赃栽到守杰身上。完全昧着天理良心！"

"他是怎样把赃栽到守杰身上的？"

"这一天，蒋三狗子上王圩街。他在街上吃过喝过之后回来，走在路上，送信人告诉他，蒋小三被炸死了。他一听小三被炸死，把手里提的鸡蛋往地上一掼，什么都不要了，飞跑到家。

"当时，有很多人在看热闹，守杰也在那里。他不问三七二十一，一把抓住守杰，五花大绑，捆到树上。发狠要叫守杰给蒋小三偿命。所有在场的人，都不服气的，但又敢怒不敢言。"

"这不是无法无天吗?"月英说。

"只有喝家二房，敢于和蒋三对抗。他一步冲上去，把捆绑守杰的绳子通通解掉！他翻着两眼，责问蒋三狗子：'你凭什么把赃栽到守杰身上?'

"蒋三狗子说：'不是他伙着玩，我三子能被炸死吗?'

"他二爷无比气愤，说：'蒋三，你胡说！我亲眼看见，大家也都亲眼看见，小三子一个人玩，守杰根本就没靠边！'

"'他没靠边，主意一定是他出的！'

"'蒋三，你怎么知道主意是守杰出的? 你把守杰老子杀了，还想把一根独苗也杀了，想斩草除根，是吧? 你的心太狠了吧?'

"'我三子就白死啦? 我非要叫小东西抵命不可！'

'你敢！张守杰，我保定了！你有多大本事，就来较量较量！你不要忘了，你杀害了唐大明，还没跟你算老账！现在，你又要杀害小守杰！我告诉你，解放军已经打到淮阴城。你为非作歹，到那时，你先摸摸你的脑袋！'

"蒋三狗子被王二爷责问，无话可说。

"王二爷理直气壮、不屈不挠，赢得大家一片赞誉。"

"结果，守杰就这样被保下下来啦?"

"那还用说?"

"守杰这条命，被保下来，真不容易啊！大妈，你说，在这个世上，为什么会有这么多的人受苦受难呢？"

"大妈哪能懂得那么多的道理，哪能说得那么清呀？月英你看，小守杰受的苦难不比你轻吧？"

"是啊，他受灾难比我重多了。大妈，守杰，现在在哪里？"

"他还在区里当小鬼呢。"

月英说："唉！大妈，我真想见见他！"

"想见到他也容易。他经常到我们这边来。"

"我要是到区里去，能见到他吗？"

大妈肯定地说："能！一定能见到！"

2015. 11. 30

十一、
日有所思，夜有所梦

"喔喔喔，喔！——"

高亢而清脆的公鸡啼鸣，把月英从甜蜜的梦乡中惊醒。月英哈了一口气，伸了一下腰，动了一下四肢。啊！好甜蜜的一夜啊！

月英回味着这甜蜜的一夜。这一夜，王大妈不但把许多事情告诉了月英，还把自己的体温传递给月英，就像妈妈把温暖传递给自己的女儿一样。月英已经有十几年没有这种母爱的感受了。

月英醒来以后还清楚地记得，在迷迷糊糊的睡梦中，见到了一位老人，和妈妈一模一样。月英认定，这不是别人，这就是自己的妈妈。月英惊喜万分，本想大喊一声"妈妈"，但是，她虽然嘴张得老大老大，劲攒得老足老足，但就是发不出声来，急得她手脚乱动，满头大汗。

月英看得清清楚楚，老人家笑眯眯地一步一步走来，还说："乖乖，月英啊，难道你认不出来？我不是你妈妈！"

"您不是我妈妈,您是谁啊?"

"我是你姨娘!"

月英更加惊喜,笑着说:"姨娘!你怎么和我妈妈一模一样的呀?"

老人说:"你看,我和你妈是亲姊妹,能不一模一样吗?"

月英这才醒悟过来,说道:"姨娘,姨娘,姨娘就和我妈妈一样!姨娘,我正在找你唉。"

"你就想找我一个人?"

"不!我还想我姨姐。"

"你是不是还想见到另外一个人呀?"

"是啊,我还想见一见另外一个人,那就是张守杰。"

"对了,我知道你想见一见的就是他。"

"姨娘,你知道守杰在哪里吗?"

"唉,你看,守杰不正好朝这边来吗?"

"在哪儿,我怎么看不见呀?"

"唉,不就在那边吗?"

"哪儿?"

"东边!"

月英抬头再一看,果然走来一位青年。月英从王大妈口中得知守杰的悲惨遭遇,对他产生了深刻印象,并给予他深切的同情。能在这里见到他,实在是一个难得的机会!月英正准备在这里详详细细地看一看守杰的体貌,再和他谈一谈理想,说一说日后打算,再研究一下日后如何走好人生道路。就在月英面对着守杰还没看清楚,要谈话还没开口的时候,一声鸡啼,打破了月英的美梦。月英一觉醒

来，才哈了一口气，伸了一下腰，动了一下四肢。"啊！好甜蜜的梦啊！"

王大妈说："月英呀，你今夜做了不少梦吧？"

"大妈，您怎么知道我做梦的？"

"我就听见你的嘴在不住地咕噜咕噜，还在不住地笑呢。"

"是吗？"

"人常说，'日有所思，夜有所梦'，你今夜都梦见谁啦？"

月英笑了，有点不好开口。

大妈说："你不说，我也猜得出来。"

"嘿！您能猜得出来，我就说吧。我迷迷糊糊地，既梦见了我姨娘，还又梦见了守杰呢。"

大妈说："昨晚和你谈到他们，今夜你就梦见他们，真是太巧了。你和他们还都讲了一些什么呀？"

"嘿，讲些什么，都忘了。"

"做梦都是这样。有的梦，一觉醒来，梦中的一切，都能记得清清楚楚。有的梦，一觉醒来，眼一睁什么都忘了。"

"我今夜的梦，只记得梦见姨娘和守杰，别的什么都记不得了。"

"你一心想找到姨娘，正巧，今夜又在梦中见到了她。说不定，你最近还能圆成这个梦呢。"

"在梦中见到姨娘，还有那位守杰，要是在现实中真能见到，那就再好不过了。"

王大妈说："能！一定能见到。因为这都是实实在在的

人啊！"

大妈一边说着话，一边坐起来穿衣服。月英跟着王大妈，也坐起来穿衣服。一老一少，一边穿衣，一边说话。月英问大妈："大妈，你家有哪些孩子，他们都到哪里去了？"

大妈说："我一辈子共生五个孩子：大儿子早年生病去世；二儿子丈人家有事，他带媳妇、孩子到丈人家去了。大女儿把给美人湾陈家。我的小妹也住在美人湾，她家也有事，二姐、三姐（母亲对女儿的爱称）都到她们小姨娘家去了。所以，就我一个人在家看门。"

月英又问："大妈，您和王二爷是什么关系啊？"

大妈说："我和王二爷是什么关系，到现在你还不知道？告诉你吧，我们王家也算是个大家。老一班兄弟姊妹共七个。男的兄弟四个：咱家是老大，早年过世；你说的王二爷，是咱家二房，他过去是会长，现在是会头；咱家三房，你就叫他王三爷，他是吴集粮行'开行'的；四房开油坊。他们都是外面场人物，虽然没官没职，不穷也不富，但是，不管大事小事，他们都能办得来。女的姊妹三个：大姑娘把给三号李家；二姑娘把给美人湾葛家；三姑娘把给东河头王家。在这七个兄弟姊妹当中，要数三姑娘最小，她家名气最大，受的磨难也最多。月英啊，你放心吧，在张王熊庄，只要有我们王家保护，就什么人都不敢欺负了。"

"大妈，有您这么一说，我就放心了。"

王大妈和月英讲讲说说，一边拉家常，一边到锅屋点

火做早饭。月英要大妈在锅门烧火，自己在锅上做饭。大妈说："你初来乍到，摸不着锅碗瓢勺，还是你烧火我来做吧。"

于是，大妈在锅上又是和面、又是掐葱叶子。接着和面，抹小麦面清水疙瘩，还打了两个鸡蛋。大妈正在忙得不亦乐乎，前边大门敲响了。

月英赶忙跑去开大门，一看，原来是王二爷来了。

走进了锅屋，王二爷就笑着对月英说："月英啊，这一夜，你跟王大妈睡觉睡得怎么样啊？"

月英也笑着说："二爷，今夜睡得太好了，十几年都没睡过这样的好觉！不但睡了好觉，大妈还给我讲了很多事情。这些事情，我一辈子也忘不了！"

"真的？你还不知道，大妈是个善人，是个活菩萨。不管是南来的北往的人，只要有困难，她都热心帮助。她对你能坏吗？"

大妈说："他二爷，在孩子面前，净是瞎说！"

"怎么是瞎说呢？一点也不假呀。"

月英说："是的，二爷说的一点不错。我昨夜还做个梦呢。"

王二爷问："噢，你还做个梦？做的是美梦，还是恶梦？"

"当然都是美梦喽。"

"什么美梦？说给二爷听听。"

"我不但梦见姨娘，还梦见一个人。"

"还梦见哪一个？"

"您猜。这个人，您一定不知道。"

"连我都不知道。那是什么人呀？"

"张守杰，您知道吗？"

"哎呀！你怎么会梦见他？你见过他吗？你听人说过他吗？"

"我没见过他，但是，我听人说过他了。"

"是谁对你说的？"

"咴，就是她老人家对我说的。"月英指指王大妈。

王二爷极端感慨，极端动情，带着颤抖的语气说："月英啊，你和守杰是两根藤上结的两个苦瓜呀！"

想到守杰的不幸遭遇，大妈和月英也都无比感慨。

冷静下来以后，王二爷说："梦见你姨娘，还不等于真正见到你姨娘。现在，你打算怎么办？"

月英说："我还要继续找姨娘，直到找到为止。"

"好吧！直到找到为止。"略加思索，王二爷接着说，"不过，人说狡兔有三窟。月英啊，依我看，你虽然不要有三窟，至少也要有两窟呀。"

"二爷，您说这话是什么意思？"

"这话是什么意思？你想想看，找你姨娘，当然有必要。找到她，不但你的生活有了着落，你姨姐还能替你找个工作，甚至还替你找个对象。但是，任何事情不怕一万，就怕万一。要是万一找不到，怎么办呢？依我看，不管你姨娘找到找不到，你还要做两手打算，先把户口安上。这是你的根呀。"

"二爷，安户口？什么叫安户口？我还不懂。"

"你还不懂？人要问你，你是哪里人，你怎么回答？有户口，就有根了。所以说，你一方面去找姨娘，另一方面，在村里把户口安上。"

王大妈插上说："你二爷说得对，找姨娘归找姨娘，安户口归安户口，要安户口、找姨娘两不误。"

王二爷说："张王熊庄，是你的根基。你就像一棵树苗，离开根基已经十多年。脱离根基的树苗，是不能成活的。我准备找村里人谈谈，把你户口安上。以后，不管你升多大官、发多大财，都要从张王熊庄出发。你懂吗?"

"我懂，我懂了。二爷，请您帮我把户口安上吧!"

王二爷接着又说："月英，找你姨娘，什么时候走?"

"二爷，我巴不得，现在就飞到姨娘身边。但我怎么飞、往哪儿飞呢? 十多年了，我一点头绪都没有!"

"我把情况告诉你：多年以前，你姨娘住在东庄。你姨父在抗战时期一次战斗中牺牲了，你姨娘就一个人带一个闺女过日子，这闺女就是你姨姐，叫魏琴。魏琴很有出息，自小念书就是个好苗子。很快，政府就把她带出去，参加了革命。听说她还在区里当了什么主任。她还找了一个当兵的丈夫。有了孩子以后，你姨娘就帮他们带孩子。今天，你到镇上去，就问'魏主任'还在不在区里。如果不在，就问她到哪里去了? 我估计，你姨娘的下落就一定能打听得到。"

月英听得非常入神，不住点头。

"你要是听懂了，就这样去吧!"

"二爷，镇在哪里，区在哪里，我都不知道唉!"

"嘿! 镇、区都在吴集。因为淮阴北边也有一个吴集，

所以北边的吴集叫北吴集，我们这边的吴集就叫南吴集。这个南吴集，还是一个古老的集镇呐。听说在八百年前，也就是南宋时期，这里还叫吴城县呢，后来又叫吴城镇。现在，吴集区、吴集乡的政府，都驻在南吴集。"

"二爷，您知道的事情真多哦。这个南吴集，我从来都没有去过，我自己能到区里去找吗？"

王二爷摸摸脑袋，一下子想出了主意，对王大妈说："今天，会上有事，我实在走不开。大嫂，我倒想起来了，今天不是逢吴集吗？三房（指王三爷）是吴集粮行'开行'的，他必定要上街，叫他把月英带着，你看好不好？"

王大妈说："好啊！今天正巧逢集，三房是'开行'的，肯定要上街，就叫他把月英带着吧！"

王三爷的家就住在东边隔壁，大妈说着立即就去喊他。

王三爷过来了，月英立即站起来，又搬个板凳请三爷坐下。月英看到，王三爷和王二爷虽然是亲兄弟，但从外表上看，差别很大。三爷比二爷矮得多，瘦得多，也黑得多，却显得很有精神，也很热情。

王二爷指着月英对王三爷说："这个小姑娘，你认识吗？"

王三爷对月英打量了一番，摇摇头，轻声念道："不认识。"

王二爷说："她叫月英。她就是李奎龙的闺女哎。十几年前，那时候她才几岁，就被熊大烟鬼子卖给三号钱家做儿媳的，你忘了吗？"

王三爷连连点头。"嗯嗯，嗯嗯，有印象，有印象。"

王二爷说："最近，女孩提出要求，和钱家解除婚约关

系，经过政府处理，已经断绝关系了。现在，她回到我们庄上，准备在这里安家落户。她姨姐魏琴是区上的干部，她姨娘可能也在那儿。月英今天要到镇上去找她姨娘和姨姐，你把她带着去，行不行？"

王三爷有点为难的样子，说："粮行太忙，恐怕我走不掉吧！"

王二爷说："也不是要你带她去找。你把她带到街上就行了。"

王三爷说："那行！不过，我现在还没烧早饭呐。"

王大妈说："那正好，我的早饭已经烧好，你就在这儿吃吧。"

于是，大妈盛了两碗小麦面清水疙瘩，让月英和三爷一人一碗。月英和三爷二人吃饭，王二爷回家去了。丢了饭碗，一老一少立即上路。

月英跟王三爷刚刚出门，王大妈把月英叫住了，说："月英啊，你今天上吴集，要是能圆了你见到姨娘的梦，那当然很好。要是暂时没能见到你姨娘，你就回到大妈家来。你在大妈家过多少天都行，直到你找到你姨娘为止。你要记住啊！"

月英回答道："大妈，我记住了。"

月英和王三爷出门向西，没走多远，就上了南北大路。王三爷一边走一边向月英介绍来往路径。他说："月英，你要记着，自己来来去去，不要把路摸错了。你看，出张王熊庄向西走没多远，就上南北大路。这条大路还是一条交通要道，向北边直通吴集街，向南边直通王圩街。抗战时

期和内战时期，沿着这条路还有一条四尺多深、五尺多宽的交通沟，这就是和敌人作战的战壕。顺着大路向南走，路西边是邵庄，再向东南走不远，就到王圩街了。我们上南吴集要向北走。你看，"王三爷向西北一指，"前边那个庄子叫小赵庄，战争时期在这里一天就打死过八个人，伤的人更多。再往北走，过了张土圩子，就到南吴集了。"

月英看到，在路东边，是看不到边的、好大的一片空地。她好奇地问："三爷，路东边，这么大一块地方怎么没人住啊？"

王三爷看了月英一眼，说："你这孩子，还肯动脑筋呢。你问这么大一块地方为什么没人住？说起来，话又长了。我小时候，听上人讲，在一百多年以前，也就是清朝道光十二年（1832 年），这一年发大水，在泗阳那边黄河决口，大水下来，把黄河以南几十里地方都淹了，大水和洪泽湖连成一片。东边这块地很低，叫吴家人洼，洪泽湖底的船一直开到这洼子里。你想，这个地方能住人吗？"

"这洼子里，现在怎么没有水呢？"

"你倒喜欢打破砂缸锥到底。后来，大水下去了，但吴家大洼，还有王圩南边的官柴洼，以及砂礓河（也叫沙河），水都很深，人们就在东边开了一条河，叫赵公河，把水放到洪泽湖里去了。"

二人说着讲着，不知不觉，已经来到吴集街头。

王三爷说："月英，你看街上人这么多，我那粮行一定很忙。你看，是跟着我走，还是你自己去找姨娘？"

月英说："我从没上过这个街。现在到街上还分不清东

西南北呢。我就先跟着您，顺便看看您那粮行是什么样子，看看您这'开行'是怎么做的。"

王三爷说："那行！街上人多，你要紧紧地跟着我，不要落下一步，也不要左右卖呆。你的美梦还没圆成，今天要是把你丢了，我就罪该万死了！"

月英被三爷这句话逗笑了。

2015. 12. 10

拓展阅读

一、根据专家解释，"日有所思，夜有所梦"的意义与成因：

1、梦的意义：我国古代思想家几乎毫无例外地认为日有所思，夜有所梦。做梦是一种生理现象。科学家认为，做梦可以锻炼脑的功能。但过度做梦则会损害人的身心健康。

2、梦的成因：心理专家说，做梦的成因有三：（1）思虑致梦；（2）情感致梦；（3）性格致梦。

二、"狡兔三窟"，意思是说：狡兔有三个窟才免去死亡的危险。你只有一处安身之所，不能高枕无忧啊！

出处：《战国策·冯谖客孟尝君》。冯谖说："狡兔三窟，仅得免其死耳。今有一窟，未得高枕而卧也。"

十二、
救命时刻当逃兵？

王三爷带月英到吴集区里去找姨娘。

跑了半天，月英不但没找到姨娘，反而在路上遇到了一个意想不到的突发事件。可以说，这件事虽小，而对于月英来说，对她的人生道路却产生了极大的影响。那么，这是一件什么样的事件呢？

来的时候，月英跟王三爷沿着南北大路向北走，过了小赵庄，就来到了张土圩子。王三爷向西北角一指，对月英说："月英你看，这就是张土圩子。这个地方很不简单唉。"

月英顺着三爷手指的方向，对着张土圩子望，左看右看，看了半天，也没看出一个所以然来，就好奇地问："三爷，您说这个张土圩子不简单，我怎么看，也没看见什么圩子，只见一个村庄，怎么看不见什么圩子呀？"

王三爷笑了笑，说："你这个孩子真是有点儿傻。张土圩子，就是一个村庄，并不是什么圩子。"

"既然不是圩子，为什么又叫圩子呢？"

王三爷笑得更厉害了，摇摇头，说："说你这孩子傻，其实你并不傻。你对不懂的事情总是要问个明白，这就说明你是一个聪明的孩子。既然你问'不是圩子，为什么又叫圩子'，这话说起来就长了。我听上人说，几百年前，北方黄河发大水，冲进了南方的淮河，南方的淮河也就变成了黄河，这就叫'黄河夺淮'。一百多年前，南方的黄河又决口，把黄河以南、洪泽湖以北几十里的大片土地都淹没了。人们为了防水，就打起土圩子，人在圩子里边居住，所以后来就出现'圩子就是庄子''庄子也叫圩子'。圩子就是庄子，在我们这里很多。譬如，北边有张土圩子，南边有王圩子，西南有黄圩子，东南还有张圩子等，多着啦。"

月英听了王三爷这么的一解释，就哈哈大笑起来，说："三爷，您知道的事情真多。您这么一说，我就都懂了。"

一老一少，说说讲讲，来到了吴集街。

啊！街上人真多，多么热闹啊！月英长这么大，从小到大都是在家打席子，所以还没见过这种场面。以前，她记得，老师讲过"人山人海""摩肩接踵"这些词语，她还难以理解这些词语的含义。这下她才体会到，用这些词语来形容人多的场面，是多么地准确，多么地恰如其分呀！

街上的人太多太多，月英紧紧地跟在三爷的后边，一起向前挤，一点也不敢大意。

说来也奇怪，月英已经是十几岁的大姑娘了，怎么会没见过农村"逢集"这种场面呢？难道她没上过街吗？

不错，她曾经跟赵芳上过南新集去找三先生，但那不是逢集，街上自然没有这么多人。她从几岁来到钱家，除了这次上过新集以外，还就从来没有上过街呢。她又为什么不上街呢？就是因为"婆婆"不让她上街。"婆婆"说，女孩子上街，她的心就会"变"。女孩子在街上，要是看到那么多男孩子，她的心就"花"了。朋友，您看月英十几年"童养媳"的处境，能不有点心酸吗？

南吴集主街道是东西向排列的。王三爷指着南北大路对面的店铺，对月英说："月英你看，坐北朝南那家门口挂着'许庭贵饭店'牌子的，是我的亲家，我的闺女和饭店老板许庭贵小儿子做了'娃娃亲'。今后，你要是摸错了路，就到他家去问。你如果不去问也可以，就从他家门口向南走，很快就到你王大妈家了。我说的这些话，你能记住吗？"

月英说："您说的，我全记住了。"

三爷说："你记住就好，你要是摸迷了，三爷可没法找你噢！"

"您放心，我不会摸迷的。"

"不摸迷就好。"

月英跟着王三爷穿过拥挤的街道，来到了南吴集的粮行。

这粮行，又是什么情景呀？月英又是从来没有看见过。

这儿，人，比街心的人要少一些。但是，却多了另一样东西——粮食袋子。这些粮食是怎么拿的呀？全部是用口袋装的。粮食，家家少不了，饭，人人都要吃。来到粮行的人，不是买粮食，就是卖粮食。而买粮的、卖粮的，都离不开王三爷手中的斗来量。因为，王三爷是粮行开行的，就做这种工作。月英觉得，王三爷的工作真是不简单，牵涉千家万户，牵涉每一个人。她仰望着王三爷，从内心中不禁发出感叹："三爷啊，您的工作，太重要了！"

三爷来到粮行"办公室"。说是"办公室"，其实就是粮行存放工具和杂物的两间小屋。粮行除了王三爷，还有账先生、管理人员、勤杂人员，总共才有几个人。办公室门口已经站了不少人，都在等待王三爷的到来。有人见到三爷后边跟着姑娘，就笑着说："王三爷，您今天把大闺女、贵小姐也带到粮行来啦？"

三爷没时间跟他们详细解释，只是笑笑说："我要是有这么大一个闺女就好喽。"他说着就打开办公室的门，取出他作为粮行开行的主要工具——斗。

大家一定不要小看这只斗。它并不像普通的柳条巴斗，而是用名贵木料由工厂精心制作的，如同一件工艺品。斗的外形很像腰鼓，肚子大，上下小，上、中、下三道铜箍，金光闪亮。上口还有一道横梁。这横梁，既便于提携，又是粮食既"满"又"平"的标尺。这只斗，是在当时最普遍、最适用的标准量具，是具有权威性的一种统一量具。

粮食袋子，在场地上摆了好大一片，又宽又长。口袋挨口袋，一层又一层。口袋站在地上，一般都是二尺多高。口袋头全部打开，粮食全部显露出来。小麦、玉米、高粱、豆类……粮食种类很多，数也数不清。

月英心想，今天一定要好好看看，王三爷这个"开行"

的是怎么开的。

　　卖粮食的人并不站在粮食跟前，而是站在粮食袋子的后边，静静地看着自己的粮食袋子，也看看前来买粮的人。买粮食的人并不是站着，而是不停地走动，不停地看看这个口袋，看看那个口袋。如果看到中意的粮食，就大喊一声：

　　"开行的，来噢！"

　　卖粮的人看到有人要买粮，也就走过来。

　　这时候，王三爷就提着小斗走过来，问一声："哪份货？哪个买的、哪个卖的？"买卖双方都走过来。王三爷抓起一把小麦，摊在手心，看看籽粒是否饱满，杂质多少，水分含量，然后报价：

　　"这份小麦七毛八！"王三爷喊价之后，就等待买卖双方表态。

　　卖粮的说："七毛八，是多少钱呀？"当时人民币币值已经改变，卖粮人对新币旧币如何换算还有点闹不清。

　　王三爷解释说："根据这份小麦的质量，我给的价格，每斗是新币七角八分，旧币就是七千八百块。明白了吧？你卖不卖？"

　　卖粮人说："行！我正要用钱。"

　　王三爷高唱一声："过斗喽！"

　　过斗之后，买卖双方到账先生跟前一手交钱，一手交货。

　　王三爷就这么不停地"喊价"，不停地"过斗"，忙得几乎喘不过气来。粮价的涨跌都从王三爷口中发出，他的

一举一动就如同粮价的晴雨表。

　　这就是当时粮食市场上，买卖交易的基本状况。缺钱的卖粮，缺粮的买粮，都是穷人对穷人做的小生意，愿买愿卖，公平交易。王三爷实际上是小买小卖双方的调停人。

　　当然，还有大买大卖的。农民们新粮收下来，要用钱，就上街去卖新粮。大部分农民都要用钱，都要去卖粮。这么多人都要卖粮，谁买呢？这时候，有钱人财路就来了。他们有的是钱，就在粮行后边，摆设一个摊子，把粮价压得低低的，愿卖者通通过来，有多少收多少。等到第二年春夏之交，青黄不接的时候，大部分穷人都缺粮，就要去买粮。这就是粮商们来钱的方式。春荒到来，他们就把囤积的粮食拉到粮行，同样摆设一个摊子，把粮价抬得高高的，愿买者来吧！粮食大买大卖，基本上是奸商们压榨穷人的手段，根本谈不上什么公平交易。当然，这种大买大卖也离不开"开行"的王三爷。这时候，王三爷已经不是买卖双方的调停人，而成为摊主的用人了。

　　月英虽然也是一个穷人家的孩子，但她对于关系到每个人的一日三餐的粮食流通情况，却一无所知。今天，她才亲眼看到了王三爷的繁忙工作，也看到了人间社会人与人的纷繁复杂的关系。王三爷忙忙碌碌的工作，月英有千言万语也无从表达，在她的心中只有一句感叹话："三爷啊，您的工作太辛苦、太重要了！您的工作关系到多少人家呀！"

　　今天，在月英心中，最迫切的还是希望王三爷尽快带自己去找姨娘。姨娘可能离这儿不远，也可能走不了多远

就能见到姨娘。可是，往哪儿走呢？自己一无所知，所以必须由三爷带着去找。你看，三爷这样忙，能叫他把手里的活停下来吗？月英心中非常着急。这又怎么办呢？

她不停地在原地走动，不停地望望三爷，又不停地望望街心。三爷也理解月英的心意，一边忙着手中的活儿，一边偷闲望望月英的脸色。他深知月英的焦急心情，也不忍心让孩子久久地等待着。

过了一会儿，三爷终于说："月英呀，你可以在周边走走，看看。等我手中的活儿忙清，就带你去找姨娘。你一定不要走远，要经常来看看我哦！"

月英高兴地应声道："好呐！"

王三爷继续忙他的工作。月英走到街心只逗留片刻，就赶紧回到粮行，生怕三爷找不着自己，让三爷着急。

月英走一会儿，回到粮行看一看。买卖粮食的人还多着呢，三爷还是忙得不亦乐乎。看到他头上的汗珠，足有绿豆粒那么大。

月英又回到街心去。她刚刚走了不远，就来到区公所大门前。她的心顿时狂跳起来："姨娘、姨姐是不是就在这区公所里边呢？"

正当月英伸头向院内张望的时候，突然后边上来一个人，双手捂住月英的两眼。这个人还笑着说："你猜，我是哪一个。"

这双手、这声音，月英能猜不到吗？"小鬼！我知道，你就是赵芳？"

赵芳和月英两个人哈哈大笑起来，高兴得紧紧地拥抱

起来。

月英问："赵芳，你怎么到这儿来啦？"

赵芳说："学校放假了，我在姨娘家玩两天。现在回家，顺便走这儿玩一玩。这么巧，碰到你了。我正想你唉。"

月英说："你光想我，还能没想三先生？"

"嘿！我巴结不上人家。"

月英吃惊地问："怎么？你和三先生没谈成？"

赵芳有点灰心丧气地说："嘿！我巴结不上人家。具体情况，以后慢慢说。"

月英说："我倒是常常想念你家的人呐。"

"你想没想到我哥哥？"

"你说的是赵凯吗？"

"你把人家忘啦？他不但想着你，还想和你谈恋爱呢！"

月英向赵芳瞅了一眼。

赵芳说："说正经话吧。自从我们分手以后，你去找姨娘，找得怎么样了？对象找到没有？我时时刻刻都在关心着你呢。"

月英说："我感谢你对我的关心。你提的问题，我可以这样给你回答：1. 估计姨娘很快就能找到。2. 我遇到王大妈、王二爷、王三爷，他们对我都特别关心。3. 我知道在张王熊庄有个男孩子，遭受的苦难比我还要惨。"

"你见到这个男孩子了吗？"

"没有。我很想见见他！"月英突然说，"赵芳，我有急事，以后再谈吧。"

月英说着就赶回粮行去见王三爷。赵芳转脸回三号去了。

月英来到粮行一看，惊叫一声："唉呀！"粮行一个人都没有了。

这是一个农村集镇，生意买卖都在上午做完。到了下午，街上就基本上没人了。

月英来到"许庭贵饭店"，问饭店老板："大爷，请问您，粮行的王三爷来过你们这儿吗？"

饭店老板回答说："嘿！王三爷来过好一会儿了。他说要找一个姑娘，找不到，他快要急死了！"

"他没说到哪儿去了吗？"

老板摇摇头。"他没有说。"

月英急得浑身冒汗，不知如何是好。她想来想去，天色已经不早，只得先回到王大妈家去，看看三爷回来没有。人家还不知急成什么样子！

月英慌慌忙忙，撒腿就往南走。出了街头，没走多远，就听路东边有人在喊："快来啊！快来救命啊！"

月英听到有人喊"救命！"大吃一惊。她停下脚步，抬头一望，只见东边低洼的地方，有一个青年男子站在那里。再一看，在他的面前，还有一个妇女坐在地上。那个男子向月英一边招手，一边喊道："快来啊！快来救救这个大嫂吧！"

月英连走带跑，来到这两个人面前。月英一看，那个男的是一个小青年，一身稚气，最多不过二十来岁。那个女的是个中年妇女，是个孕妇。她满头大汗，双手捧着肚

子，不住地喊叫："哎哟，哎哟，我妈呃，我肚疼，我要命喽！"

"哎哟，哎哟，我妈呃，我肚疼，我要命喽！"

月英问小青年："她是你什么人？"

小青年摇摇头："她不是我什么人。我不认识她。我是过路这里遇到她的。"

月英指着小青年，问孕妇："你认识他吗？"

孕妇一边哼着一边说："我只知道，他是区里通信员，经常在我门口走。小姑娘，你们俩快想办法救我一条命吧！"产妇说着又呻吟起来。"哎哟，哎哟，我妈呃，疼死我喽！我肚里孩子，快要落地喽！"

荒郊旷野之地，四周空无一人，只有一个童男子，一个小姑娘。他们面对着危急的、痛不欲生的临产孕妇，既是慌又是怕，真是束手无策、毫无办法。

就在这个时候，孕妇突然大叫起来："快啊！快啊！请你们，快把我裤子脱掉啊！快啊！孩子快落地了！"

小青年听到孕妇要脱裤子，害羞得转脸就要跑。

月英急了，命令似地责问道："你跑？救命时刻当逃兵？来！快来！你把大嫂抱起来，我给大嫂脱裤子！"

小青年无可奈何，只得又转回来，站在孕妇背后，伸手把孕妇抱起来，自己转脸朝后，双目紧闭。月英弯下腰，迅速、麻利地解开孕妇的裤带，将裤子往下扒。裤子刚刚扒到屁股下边，婴儿就一下子蹿了出来，一头经过半脱的裤子，顺势又掉到地上，"哇！"的一声，大哭起来。

这个娇嫩、幼小的生命，浑身都是黏水，躺在冰冷

月英寻亲

的土地上。小生命双拳紧握，两腿乱蹬，二目圆睁，直瞪瞪地望着月英。月英望着小生命，怜爱之心油然而生，正要脱下自己的褂子，来包婴儿，小青年说："你别动！"他放下产妇，迅速脱下自己身上的外褂，让月英把婴儿包起来。

月英问产妇："大嫂，你家在哪里？姓什么？叫什么？"

产妇说："我是'许庭贵饭店'大儿媳妇。请你们……"

月英对小青年说："你快，跑到西边庄上去请几个人，带个小凉床来。"

西边就是张土圩庄，小青年很快就带几个人来，把产妇扶上床，婴儿放产妇怀里，盖上单被。几个人抬起小床，把母婴娘儿两个一起送回家去。

月英和小青年，看着母婴得到妥善处置，这才喘了一口气，如同放下千斤重担，相互笑了一笑。

月英对小青年说："我叫月英，张工熊庄人。你姓什么？叫什么？家住哪里？"

小青年说："你不必多问，我是区里跑腿的。"

天色不早，二人无暇多谈，就此匆匆分手。

月英回到王大妈家，天已经黑了。王二爷、王三爷都等在这儿，正在讨论寻找月英的事。大家见到月英回来，都非常高兴。

大妈说："月英啊，三爷把你丢了，急得他到现在还没吃一口饭呢！"

王二爷说："我还估计你被钱三乱子抢去了呢，我正准备带人到三号去，找钱三乱子呢！"

月英听了老人的讲话，感动得既想哭，又想笑，一时说不出话来。

2015. 12. 18

月英寻亲

拓展阅读

"青黄不接"：汉语成语，指庄稼还没有成熟，陈粮已经吃完，比喻暂时粮食缺乏。有时也比喻人才短缺。

出处：《元典章·户部·仓库》："即日正是青黄不接之际，各处物斛涌贵。"

十三、
落叶归根和天赐良缘

　　天一亮，王二爷早早就来到王大妈家。月英和王大妈也刚刚起来。王二爷说："月英，今天你有什么打算？"

　　月英说："二爷啊，昨天本到区上去找姨娘、姨姐。结果七叉八叉，不但区公所大门没有进，还给王三爷急得不轻，我真是对不起王三爷！今天，我应该到区公所去了。"

　　王二爷说："月英啊，依我看，你上区公所的事还可以再压一天。我跟村里几个干部都说好了，今天人家就要开会，讨论给你上户口问题。人家给你上户口，你本人又不到场，这不太好吧？"

　　王大妈说："他二爷说得对。古人说'树高千丈，落叶归根'。朱洪武做了明朝开国皇帝，还到盱眙去寻根问祖，建造了一处规模宏大的明祖陵呢。你离开张王熊庄已经十几年了，现在回来，人家都认不得你，你也认不得人家。今天，二爷带你去和人家见个面，把户口定下来，不是正好吗？再说了，不管你将来在外边能做多大的官、能发多

大的财，也不能忘记生你养你的故土呀！"

月英说："好！我听您的话，今天不上区公所，先跟二爷到村里去。明天，上区里也不迟。"

王二爷在前边走，月英在后边跟着。走到大庄子中间，这里有一个大大的空当子。在空当子中间，有一座高宅大院。大院北边、东边和西边，都有几间一条龙式的房子。房子高高大大，整齐明净。院子里，有不少人来人往。院内还有不少小孩在玩耍。看样子，这里好像是一所小学校。往里一走，里边还有一股药性味飘散出来，月英断定，院内一定还有医生在工作。

王二爷看得出来，月英对这里的一切都显得惊奇，必定产生不少疑问。王二爷主动地说："月英啊，你看到这个大院，看到这些房子，感到陌生吧？其实，你爸你妈在世的时候，对这里的一切都是很熟悉的。张王熊庄的人都知道，在这个院子里，还发生过的许许多多的事情呢。"

"这房子到底是哪家的呀？"

"简单地说，这是张家的院子。"

"张家是什么人？他家怎么会有这么多的房子呀！"

"嘿！说来话长。相传一百多年前发大水。这个庄子四周都是水，它的后边是吴家大洼，南边是官柴洼，东边是赵公河，西边是砂礓河（也叫沙河），四周的水都和洪泽湖连成一片。洪泽湖里的许多大船都拉满船棚，把船一直开到吴集街头。我们张王熊庄地势高一点，大水一退，我们这里首先现出来。官家就把这些地划分给老百姓。一家姓张的，就是这个院落的上人，他家是第一个得到大片土地。

后来我们山东姓王的来了。姓熊的原来是北方回族，也来了。所以，这个庄子就叫张王熊庄。像你家姓李的，还有姓薛的，等等，来得迟一些，所以，庄名就没有他们的份儿了。"王二爷说着，笑了起来。

"现在，张家人哪里去了？"

"你问张家人。这话还要分两头来说。先说一头是有钱人，就是这个大院的主人。小鬼子一打进中国，这家人就远走高飞。先听说他们到了上海，后又听说他们去了香港，还听说他们去了美国。他们究竟去了哪里，没人知道。再说一头是穷人，就是现在庄上姓张的，人口还有不少呢。这些人和我一样，都过着巴巴结结的日子。他们不想走，也没有能力走，就都留了下来，跟着共产党闹革命。日本鬼子过来了，就跟鬼子打，国民党反动派过来了，就跟国民党反动派打。最后，夺得了胜利。"

"有钱人留下这些房产是怎么处置的呢？"

"是啊，他家留下这些房产，怎么处置，这倒是一个问题。政府不好没收，穷人也不好抢占。这些房产就在我们村里，村里只好一方面帮助保护，一方面加以利用，房子坏了还要进行修理。村里有什么公务活动，就在这里办。孩子想念书，就在这里办个小学校，让有文化的人来教书。遇到特殊困难的人，没房子住，就把他暂时安排在这里住。村里的张守杰，没爸没妈，找个继父也被蒋三狗子杀死，实在没有办法，村里就把他安排在这里临时住着。"

"守杰的情况，我听王大妈说过。现在，他不在这里住了吧？"

"嘿！这孩子有出息，不住这里喽！"

"他怎么样有出息呢？"

"他自小就知道生活的艰辛，刚一懂事，就知道该爱什么、该恨什么，爱憎分明。他能吃苦耐劳，非常勤快，非常懂礼貌，所以人人见了，人人喜欢。"

"他现在到哪里去了？"

"嘿！早就被区里要去啦。"

"区里把他要去干什么呢？"

"干什么？小时候，不能做什么，就教他念书。大一点，区里有什么杂事，就叫他跑跑腿。"

"现在，要是到区里，还能见到这个守杰吗？"

王二爷说："那就不知道了。"二爷说者无心，月英听者就有意了。二爷说着说着，就把月英带进了村里办公事的地方。

来到大门口，村里的干部早就在这里等着了。有人打趣地说："王二爷，你这段路不到二里远，好难走啊！"

王二爷笑着说："月英这孩子初来乍到，对一切都觉得新鲜，不住地问这问那，我给她解释解释，时间就耽误了。"

王二爷带着月英走到人群中，众人的目光，一齐投向了月英。

王二爷说："月英过来，向各位叔叔、大爷磕个头！"

熊村长说："什么时代啦，还兴磕头？月英，向大伙儿鞠个躬就行啦！"大家都被村长的话逗笑了。

王二爷指着熊村长对月英说："月英，这是我们村里的

当家人熊村长，向村长鞠个躬吧。"

月英向村长弯腰致意。

熊村长说："月英，你王二爷礼数真不少。你给他也鞠个躬吧！"

月英笑了，真的转过脸来给王二爷鞠躬。

有的人就说了："你们不要拿人家孩子开玩笑，跟玩猴子似的。该谈正事，就谈正事吧。"

说跟玩猴子似的，又引起大家一阵哄笑。

熊村长说："月英啊，你是李奎龙的女儿吗？"

月英二手贴身、双脚并拢，庄重地回答："报告村长，我的父亲叫李奎龙，千真万确！"

熊村长说："好！你的情况，王二爷已经向我们介绍了，这里也就不必重复。你想回到村里来落户吗？"

月英答道："是的。王大妈说，树高千丈，落叶归根。我希望把我的户口，安在我出生的地方张王熊庄。村长，您能允许吗？"

熊村长笑了，说："你这孩子岁数不大，倒是很会讲话。不但村长我，同意了，我们村里所有的干部，都同意了。"

"我感谢各位叔叔、伯伯对我的关爱！"月英再一次向在场各位鞠躬致谢。

熊村长说："听说你是打席子能手，是吗？"

月英点点头。

熊村长说："那好！明儿个，把村里的小姑娘通通组织起来，成立一个打席子合作社，由你当领导、做师傅，你

看行吗?"

月英稍为犹豫一下,也微微点点头。

有人问:"听说你识字,你能当老师吗?"

月英又犹豫一下,笑了。

有一人立即补充说:"月英,既然识字,就叫她在我们学校当老师吧。"

月英说:"我在三号,断断续续地,在夜校、在识字班念过几年书,学了一点文化。不过,文化水平还不高。"

有人插话:"文化不高,可以边学边教嘛。"

王二爷说:"月英姨姐在我们区里当干部,等她见过姨娘、姨姐以后,看她们什么意见,然后村里再安排,大家看好不好?村长,你说呢?"

村长说:"行!"

月英的户口解决了,她满面春风,蹦蹦跳跳地回到王大妈的身边。

大妈看月英这么高兴,就问道:"月英,今天,你这么高兴,有什么好消息告诉大妈呀?"

月英说:"好消息真是不少,主要的还是村里同意我把户口在这儿安上。还有人要安排我工作呢。"

大妈说:"安上户口当然是好消息,有人还想安排你工作,更是好消息。你看,还是家乡人好吧?你今后的日子就不用愁喽。"

"唉!大妈,家乡人对我太好了!"

晚饭后,大妈带月英要回到东房去。大妈端着针线匾子,叫月英拿小干瓢把灯罩着,别让风把灯吹熄了。一老一少来到堂屋东房，又一起坐到床上。

月英说："大妈，您那针线匾子里都盛些什么呀？"

大妈说："针线匾子里自然盛些针头线脑喽。"

月英说："把您的针线匾子给我看看吧。"

大妈说："针线匾子，有什么好看的呀？"大妈一边说着，一边把针线匾子递给月英。

月英一看，惊叫起来："哟！大妈，您的针线匾子里还放这么大的一本书呀！您这么大的年纪还能看书？您到底是做针线，还是看书呀？"

大妈笑了，笑得是那样的甜美，那样的慈祥。"孩子，不瞒你说，大妈小时候在家还真念过几年书呐。大妈娘家姓卢，算是个书香人家。早年嘚念书，都是请一个先生来到家里教。自家的兄弟姊妹，都在一起念书。哪像现在的学校，那么多的男男女女，团在一起，打打闹闹，嘚看不惯。你看看，我这书本里都是一些什么呀？"

月英把大书本翻开，一看，又大吃一惊："哎哟！大妈，这些花，都是您自己剪的吗？您的手怎么这么巧？你看，花像花，叶像叶，圆的像蝙蝠，方的像蝴蝶，一个一个，活灵活现，美妙极了！您真算是手艺高超的人呐。"

大妈说："只是剪个花，还能算什么手艺高超？手艺是真、是假，还要看花绣得怎么样呢。"大妈说着就去打开箱子，拿出一件绣花兜兜（绣花兜兜，是当地妇女围在腹部、类似小围裙的装饰品）给月英看。

月英一看就惊呆了："这花，就像要离开布一样。这鸟，比公鸡还要好看，就像要引吭高歌一样！"

大妈笑了，说："傻孩子，兜兜上绣的不是公鸡，是凤凰。这叫凤凰吹牡丹。你把这兜兜儿围在肚子上，给大妈看看，怎么样？"

月英下了床，站在床面，果真把兜兜儿围在自己的肚子上，还扭了一扭。大妈一边看着，一边用手摸着，说："哟！月英唉，你真成了一只小凤凰呐！多俊啦！"两个人都哈哈大笑起来。

稍稍平静之后，月英突发奇想，说："大妈，您说这剪花、绣花，都是女人的手艺，有没有男人会的呢？"

王大妈摇摇头："没听说过。"

"您说，这剪花、绣花，男人不会便罢，为什么连烧锅、做饭这些粗活儿都非要女人做不可呢？"

"你问这话，就难答了。这剪花绣花、烧锅做饭、针头线脑、浆洗补连，是天生的，都是女人做的活儿。"

"这都是谁规定的呀？我在钱家，打席子全部是我的，那个小毛头连手都不伸，这太不合理了。家家户户，就连生孩子都要妇女来承担！"

大妈听月英这么一说，哈哈大笑："连生孩子都要妇女来承担！"简直笑得大妈前仰后合。"你这孩子呀！说话连个谱儿都没有！生孩子不让女人来生，难道能叫男人去生吗？叫男的从哪儿去生呀？"

大妈说着，连自己都觉得害臊。月英也被羞得双手把脸捂了起来。

大妈说："月英呀，生孩子，你没经过，痛苦着啦！人说行船走马三分命，老婆生孩子只有一分命啊！"

"大妈，生孩子，我经受过啦！"

"生孩子，你也经受过？净瞎说！你什么时候经受过的？"

"昨天，就在昨天！"

"胡说！你昨天何曾生过孩子的？"

"不！不是我生孩子，是我亲眼看见人家生孩子的。我还帮人家一个大忙呢！"

"这是怎么一回事？说给大妈听听。"

于是，月英就把昨天在路上抢救孕妇生产的经过，一五一十地说了一遍。

大妈听了月英的讲述，深为感动，亲切地说："月英啊，这件事你完全做对了。我们遇到有难处的人，一定要有慈爱之心，一定要拿出最大的力气帮助人家。人生在世，不过几十年光阴，哪能没有三灾五难的？一个人啊，说不定随时随地都能遇到难处，随时随地都需要得到别人的帮助。俗话说：'财主无三代，清官不到头。'这些话你都要记着啊！"

"大妈，您说的话，我都记住了。不过，我要问你，那个小青年，是个男孩子，他帮助那个产妇，他的做法是对还是不对呢？"

"那个小青年做的，当然是对的喽。没有他的帮助，把产妇抱起来，你怎么能把产妇的裤子脱下来呢？裤子不脱下来，说不定婴儿就被闷死了。"

"但是，当他见到产妇要脱裤子，竟然转脸就想逃跑。您说，他这种做法是对还来对呢？"

"男孩的做法，当然也是对的。"

"大妈，您这话就矛盾了。怎么能说帮助产妇也对，逃离产妇也对呢？"

"这，你就不懂了。中国有'男大避母，女大避父'的传统。儿子大了，要与母亲回避。女儿大了，要与父亲回避。你想想看，那个小青年，作为一个男孩子，他路遇一个孕妇，要脱裤子生孩子，他不该回避吗？"

"但是，当我强令他回来，他居然回来了。这又怎么说呢？"

"他回来，当然也是对的。"

月英笑了："大妈，您讲的话是不是自相矛盾呢？逃跑也对，回来也对！"

"大妈说的话并不矛盾。在危急关头，人命关天，就要打破传统观念，救命要紧。所以说，小青年做得完全正确！"

月英双手一拍，大笑起来："我的好大妈，您真会说话！"

大妈想了一下，又说："月英啊，依我看，你和那个小青年，是不是还能有点缘分呀？不然，怎么会这么巧？"

月英听大妈说和那个小青年有缘分，感到吃惊："大妈，您说我和那个小青年有点缘分，这从何说起呀？"

"俗话说'有缘千里来相会'。想想看，你和那个小青年素不相识，却能在一个荒郊旷野之地，共同救助一个危及生命的产妇，使得母婴二人能够安全回家。世上，有多少人能遇过这种情况呢？虽然说不上是'千年难遇'，至少也是一个奇迹。两个人遇到这种事情，不就是缘分吗？"

"这么一点小缘分，有什么意思呀?"

"你还嫌缘分太小，还想要个大缘分? 那行! 要想将来有个大缘分，那就是男女二人'喜结良缘成婚配，白头偕老度时光'，那就是'天赐良缘'喽!"

月英笑了:"大妈，您不要拿我取笑了。现在，我还不知道人家姓什么、叫什么呢，能成什么'婚配'呀?"

大妈也跟着笑了起来。

2015. 12. 31

拓展阅读

树高千丈，叶落归根，意思是: 树长得再高，落叶还是要回到树根。比喻离开故土时间再长，最终还是要回归故土。

出处:《平妖传》第八回:"常言道:'树高千丈，叶落归根'。这小厮怕养不大。若还长大了，少不得寻根问蒂，怕不认我做外公么。"

十四、
和教导员对话

今天早晨，天气特别晴朗。

太阳刚刚升起来，就轻柔地向大地传送着温和的气息。风儿也轻轻地吹向人间，使人感觉到非常少有的清爽、轻松和愉悦。

月英告别大妈，独自要到吴集区公所去，寻找姨娘和姨姐。大妈说："到区公所，你跟谁去呀？"

月英说："我知道区公所在哪儿，我自己去就行了。"

"你到外边去，遇到生人说话、做事，都要有一点心眼儿，不要随随便便，出现差错噢！"

"我知道，您放心吧。"

月英走在路上，不免想起昨天在村里申办户口的情景。

她没想到，村里这些长辈们，虽然从来没见过面，竟能如此真诚和热情地对待一个初来乍到的女孩子。

她还联想到王大妈、王二爷、王三爷，十几年没见过面，都像对待自己的孩子一样的亲热。

想想这些人，为何都这么好呢？这不都是解放了，毛主席、共产党教导的结果吗？她看着天上的太阳，一首最熟悉的歌曲，不由自主地从她的嗓子里流了出来：

东方红，太阳升，
中国出了个毛泽东。
他为人民谋幸福，呼儿嗨哟，
他是人民大救星。
……
共产党，像太阳，
照到哪里哪里亮。
哪里有了共产党，呼儿嗨哟，
哪里人民得解放。
……

一首歌曲，月英还没哼完，转眼工夫，已经来到了南吴集。今天是背集，街上行人并不多。

月英像一只涉世未深的小鹿似的，走起路来轻盈、快捷，不知不觉就来到了区公所大门口。月英睁大眼睛，向院内一扫，院子里也没有什么人。她愣住了，是进去，还是不进去呢？就在她犹豫不决之际，门旁走出一位老人。没等月英开口，老人就笑呵呵地先开了口："姑娘，你，有什么事吗？"

"大爷，您是这儿的人吗？"

"我不是这儿的人，也能算是这儿的人？"

"这话怎么讲呀？"

"看门人刚刚出去，我只是在这儿照应一下。所以说，不是这儿的人，也能算是这儿的人。"

"原来是这样。"

老人问："姑娘，你来这儿，有什么事情吧？"

月英点点头。

老人问："你有什么事，能不能跟大爷说一说？"

"我是来找人的。"

"你找谁呀？"

"找我姨姐。"

"谁是你姨姐？没名没姓的。"

"她姓魏，叫魏琴，是区里的什么主任。"

"你说的是魏主任呀？我只听说过，对她不是很熟悉。"

"现在，她在不在区里呢？"

"我也不太清楚。不过，我已经好多日子没见到她了。"

月英哑一下嘴，为难了，自言自语道："这怎么办呢？"

就在月英踌躇不定的时候，从里边走出一个四十上下的中年人。月英一看，觉得这个人，不像一般的干部：他那身材，壮实高大，动作稳健。他那衣着，不是军装又像军装，半新不旧，整洁合体。他那容貌，满面红光，神采奕奕。尤其是他那一双眼睛，目光敏锐，炯炯有神。月英对这个人很是敬畏，却又不知和他说话好还是不说话好。

就在这个节骨眼上，临时看门老人应时而动，他立即对月英咳嗽一声，努一努嘴，挤一挤眼，使了一个眼色。

月英是一个聪明伶俐的孩子，她一下子就完全明白临

时看门老人的用意。她快步走上前去，躬腰向来人说道："叔叔，您好！"

月英这个突如其来的动作和问候，使来人吃了一惊。他站住了，直瞪瞪地望着月英。稍待片刻，他问月英："小姑娘，你有什么事吗？"

"我是来向您求教的。"

"你有什么事，求教我呀？"

"请问您，我姨姐在不在区里边？"

"谁是你的姨姐，她是干什么的？"

"我听说她是区里的什么主任，具体干什么我就不知道了。"

"她姓什么呀？"

"她姓魏，和我姨父是一个姓。"

"她叫什么名字？"

"她叫魏琴。"

"噢？你找她？她就是我们区里的魏主任唉。"

"叔叔，您认识她吗？"

"嘿！岂止是认识，我们还是同志呐。"

"叔叔，我怎样称呼您呀？"

这个人哈哈大笑起来。他面对着月英，显得为难的样子。他两眼直愣愣地望着月英，轻声念道："怎么称呼我呢……"

"您不要客气，该怎么称呼，就怎么称呼！"

"你这个小鬼呀，就叫我老吴吧！"

"哟！不敢，不敢！"

"不敢叫我老吴？那……你就叫我吴殿仁吧！"

"叔叔，要是这样叫您，我就有罪了！"

"你这个小鬼呀，还是怪懂礼貌的。叫这个不敢，叫那个又是有罪，那你究竟该叫我什么呢？"

他哈哈一笑，而月英则笑得更加灿烂，更加甜美。

那位临时看门的老人，站在一旁，听着二人的对话，看着二人的表情，也不禁笑了起来。他看到一老一少，就为称呼问题僵持不下，实在忍耐不住，干脆插嘴说道："小姑娘唉！你不认识，他就是吴教导员唉！他是我们全区的当家人！你有什么大事小事、怪事难事，就找他，他会给你解决的！"

月英心中大喜：这下找对人了！她非常激动，眼中渗出了晶莹的泪花。她抓住吴教导员的手，深情地说："教导员叔叔，我对您没有什么别的要求，我就要找到我的姨娘和姨姐。"

"你为什么一定要找到姨娘和姨姐呀？"

"找不到她们，我就连一点活路都没有了！"

吴教导员叹了一口气，又看了看手上的手表，自言自语道："还有一点时间。看起来，小姑娘的问题还很复杂呐。"他又想了一下，对月英说："你要找的姨姐，暂时她到外地学习去了。"

"我姨娘也学习去了吗？"

"你姨娘去没去学习，由你姨姐回来告诉你。那就这样吧，就先到我的办公室，把你的情况简单谈一下。"

"好！谢谢叔叔！"

月英跟随吴教导员来到办公室。

月英向办公室扫了一眼。这是普普通通的两间房子。对着大门的这一间，放两张面对面的桌子和椅子。后边墙上挂着一张毛主席像。在毛主席像两边，还有一副对联："听毛主席话，跟共产党走。"办公室东侧墙根，放一个报纸架子，报纸架子上放了不少报纸。办公室西侧墙根，放一辆不新不旧的自行车。车头上挂着一只帆布包，帆布包盖上还绣了一颗鲜红的五角星。车轱辘上还沾了不少的泥土。

月英看了教导员的办公室，很有感触。这么大的一个干部，办公室是何等的简朴、何等的有个性呀！她对教导员的景仰之情，油然而生。

进了办公室，教导员先到东房套间里倒了一杯开水，自己坐下来，又示意月英在对面椅子上坐下。月英不敢坐，教导员说："小姑娘，你既然来到我这里，就要像在自己的家里一样，不要客气，不要受拘束。你先坐下来，喝一点开水，再把话说清楚。"

月英说："我要是有家，就不来找姨娘、姨姐了。"她说着眼里已经渗出了泪水。她把椅子拉到旁边，侧身坐下来。

"你怎么没有家呢？"

月英告诉教导员："我叫李月英，原来家住张王熊庄。几岁时，父母去世，只留下我一个牙牙学语的孩子。后来，实在没人抚养，一个姓熊的'熊干爸'把我卖给了三号钱家做童养媳。十多年来，我那个'未婚夫'钱毛头，实在太差劲，我根本看不上，我坚决不愿意和他成亲。"

"你既然看不上'未婚夫'钱毛头，又坚决不愿意和他成亲，为什么还维持了十几年呢？"

"我当时孤单一人，又没有一个人帮助我，实在没有一点办法，所以才维持到现在。"

"你现在有办法了吗？"

"我现在有办法了！我通过学习，我依靠政府，依靠婚姻法，坚决地和钱家解除了婚约！"

"你怎么知道提出这个办法的？"

"有好心人的帮助，我学习了婚姻法，我懂得了买卖婚姻是违法的。"

"现在，婚约解除了吗？"

"我的要求，得到政府的支持，婚约已经解除了。"

"办过什么手续没有？"

"手续已经办过了。鄢乡长亲自写了十六个字的字据：'双方同意，解除婚约。恐口无凭，立此为据。'我和钱毛头还都摁了手印。鄢乡长还在字具上盖了红通通的大印和他的私章。"

"你们的婚约已经解除了，你的愿望已经实现了，你还要找你姨娘、姨姐干什么的呢？"

"叔叔啊！婚约是解除了，但是，解除婚约之后，我到哪儿去呢？我没有家，没有一个亲人，又没有一个钱，我到哪里去生活呀？我只有找我的姨娘和姨姐，除了她们，我再也没有一个可找的人了！"

月英在诉说过程中，始终仰望着教导员。她非常坦率，非常动情，数次哽噎，泪如雨下。

吴教导员听了月英的诉说，也被这女孩子的悲惨遭遇深深地感动了。作为一个领导干部，平时说话、办事大刀阔斧的硬汉子，听了月英的诉说，眼眶里的泪水也在不停地打转。

　　月英叙述完了，坐在那里一动也不动。

　　教导员也坐在那里，仰望着屋梁，正在苦苦地思索着什么。

　　就在这个时候，突然进来一个人，对教导员说："首长，请您赶快去接听一个紧急电话!"

　　教导员出去接电话，月英仍坐在办公室里。月英听到，吴教导员通过电话和对方大声交谈，但听不清他们具体谈些什么。月英心里在嘀咕："下边，教导员还会和我谈些什么呢？我该怎么回应呢？……"

　　就在月英头脑中反复思考的时候，教导员接完电话，匆匆忙忙回到办公室。教导员笑眯眯地望着月英，说："小鬼，你还呆呆地坐在这里？"

　　"叔叔，我别的没有地方可去呀!"

　　"我问你，找到姨娘、姨姐以后，你还想做什么？"

　　"我想请她们帮我想个办法，帮我找个吃饭的地方，找个住宿的地方，找个做事的地方。"

　　"有饭吃、有住处，还要有事做，还想要些什么呢？"

　　"别的，什么都不要了!"

　　"我不信！作为一个小姑娘，别的什么都不要啦？"

　　"……"月英好像想说什么，又好像不好说出口。

　　教导员笑了，说："你不说，我猜得出来！那就是……"

教导员一句话没说完，外边又进来一个年轻人。他手里拿着一份文件，对教导员说："这份文件，请您审阅。"

教导员接过文件，一行一行地仔细审阅。看完一页，又翻开下一页。就这么一行一行，一页一页，继续往下看。月英仍然坐在那里，看着教导员一行一行在看，一页一页在翻。直至教导员把文件全部看完、全部翻完，他才"嘿！"了一声，松了一口气，摇摇头，拿起钢笔，在文件的末尾"龙飞凤舞"似的批了一些字，交给送文件的人拿走。

教导员喘了一口气，对月英笑了笑，又说："月英，我刚才跟你都说到哪里啦？我都忘了。"

月英笑着说："您问我别的还有什么要求。"

"对了。我问你'有饭吃、有住处、还要有事做，还想要些什么？'你说'别的，什么都不要了！'我说'我不信！'对吧？"

月英点点头："对！是这么说的。"

"月英，你给我说真心话，你真的'有饭吃、有住处、还要有事做'别的什么都不要了吗？"

月英只是笑而不答。

教导员说："你不说，我也猜得到，你生活安定了，还要找个对象，对不对？"

月英满脸羞红了。她双手把脸一捂，羞涩地说："叔叔，您不要瞎猜了！"

"好！我不瞎猜了。叔叔就猜到这里。今后，只要你看中哪个小青年，叔叔就一定替你牵线搭桥！"

月英那颗火热的心，激动得几乎要蹦出胸膛。

吴教导员最后说："月英啊，你提出的问题，让叔叔联系一下，核实一下，明天再给你答复！好吗？"

"好！"听了吴教导员的谈话，月英心里充满了喜悦。

2016.01.5

拓展阅读

一、歌曲《东方红》是在抗日战争期间陕北人民用以表达对领袖毛泽东主席、对中国共产党的感激之情而创作的颂歌。这首民歌原为陕北民歌《骑白马》。1943年冬，陕西葭县（今佳县）农民歌手李有源（1903—1955）依照《骑白马》的曲调编写《移民歌》。歌曲编成后由李有源的侄子李增正多次演唱，并改名为《东方红》，1944年在延安《解放日报》上发表。

二、吴殿仁同志，江苏省淮阴县人，1927年3月出生，1943年11月参加革命工作，同年加入中国共产党。先后在淮阴县吴集区、淮泗县总队区大队、华东警备41团2营、安徽军区高干招待所工作。历任副乡长、指导员、教导员、副政委等职。1954年5月调到马钢，先后在马钢二铁厂、二钢厂、三轧钢厂、教育处工作，任副主任、区长、书记、处长等职。1982年12月离职休养。享受地市级待遇。

吴殿仁同志，中共党员、离休干部、原马钢教育处处长，因病于2011年9月11日在马鞍山市逝世，享年85岁。

引自2011年9月15日《安徽日报·中安在线》

十五、
感谢信激发了爱情火花

　　一封感谢信，怎么会激发出爱情火花呢？故事还要从头说起。

　　这天一大早，一个"不速之客"走进了吴集区公所大门。看门人问："喂！你一大早来区公所有什么事吗？"

　　来人说："我有要事，我是来找吴教导员的。"

　　他说着话，就直接往教导员办公室走去。走到教导员办公室门口，一看，教导员的门带上了，但没有上锁。他自言自语道："教导员能这么早就下乡了吗？不会的吧，他的门没锁呀？"

　　就在他犹豫之际，突然肩膀被人拍了一下。他回过头一看："哟！是教导员啊！"

　　"老许，你有什么事吗？"

　　"教导员，您认识我呀？"

　　"嘿！开饭店的许老板，我能不认识吗？"

　　"嘿！什么老板不老板的？小老百姓许庭贵。想不到，

您这么大的干部，一天处理那么多的公务，还能认识我这个开饭店的小老百姓许庭贵！"

"不是这样说法。老百姓没有大小之分。干部，也是从老百姓中走出来的，都是为人民服务。你一大早过来，有什么事呀？"

"事情不大，倒很重要。"

"来来来，有事，到我办公室谈吧。"

许老板跟随教导员走进办公室，坐下来。

"许老板，你大清早，有何贵干？"

"唉！无事不登三宝殿。我有一点小问题，向您请教。"

"有什么事，你就直说吧。"

"说起来，还有点不好开口。"

"看看！有事又不好开口，那你就不说吧。"

"不说不行。不说，我实在过意不去。"

"实在过意不去，你就说吧。"

许老板摇摇头，说："我家媳妇，前天生产……"

没等许老板说完，教导员感到十分诧异，插话问道："你家媳妇前天生产？你媳妇多大岁数啦？还能生产？"

"不不不！我自己媳妇都五十多岁了，还能生什么产呀？我讲的是我儿子的媳妇生产的。儿子媳妇，不就是我家媳妇吗？"

"儿子媳妇生产，作为老公公，你忙乎什么呀？"

"还说呢！儿子不在家，儿媳妇的事情，自然就落到公公身上喽。公公不帮儿子忙，谁帮儿子忙呀？"

"你儿媳妇生产，你帮忙？是不是你做了见不得人的丑

事啦?"

"不不不！我儿媳妇前天在半路上生产，多亏两个年轻人的帮助。要不是他们俩的帮助，我儿媳和我的小孙子，两条性命就危险喽。这是救命之恩。我要是知恩不报，就是忘恩负义呀！这个恩，我又不知道怎么个报法。实在无法可想，所以才来求您的。"

"有恩没法报，那就不报呗。"

"不行！我实在于心不安，我就想感谢感谢两位年轻人。"

"知恩图报，这是对的，这是中国人的传统美德。你想怎么感谢就怎么感谢吧，这还有什么为难的呀?"

"嘿！我就是不知道一对小青年姓什么、叫什么，也不知道他们家住哪里，没地方去感谢呀！"

"你不知道一对小青年姓什么、叫什么，也不知道他们家住哪里，你来找我，我就能知道啦?"

"不！我儿媳妇说，那个男青年，是你们区公所的。"

"哦? 那个男青年，是我区公所的?"

"我儿媳妇说，那个小男青年，岁数不大，二十来岁，瘦瘦的，高高的，头戴鸭舌帽，身穿中山装，身上还挎一只帆布包，帆布包上还绣了一颗红五星。"许老板说着说着就指一指教导员自行车上挂的那只帆布包，说："那个帆布包和您这个帆布包，一模一样。"

许老板这么一说，教导员哈哈大笑起来，说："不要你再介绍，我知道了，这个小青年是哪一个了。他就是我们区里通信员小张。"

教导员走到门外，喊一声："薛秘书，你把小张，张守杰，叫一声，到我这里来一下，快一点。"

很快走来一位小青年。

教导员问许老板："许老板，你看，是他吗？"

许老板说："是不是他，我也不认识。让我儿媳妇来一看，就知道是不是他了。"

教导员说："那就叫你儿媳妇来认吧！"

许老板说："嘿！她正在做月子，哪能随便出来呀？"

教导员说："这就不好办喽！"

许老板说："您就先问问他吧！"他向守杰指一指。

教导员问张守杰："守杰，我问你，最近你在路上做了一件什么大事没有啊？"

守杰摇摇头。

"你做一件与妇女有关的事啊？"

"报告首长，我从没做过什么与妇女有关的违法的事！"

"不，不！最近几天，你在路上救助一个生产孩子的妇女吧？"

守杰说："说起来，我现在心里还有点害怕。那天，我到沙河乡送文件回来，走到张土圩东边的时候，就听见路旁有人在大声地哼，'哎哟，我妈妈！''哎哟，我妈妈，肚子疼啊！'她还不住地喊：'救命啊！''快点救命啊！'……"

"听人喊救命，你怎么办的？"教导员问。

"我就跑过去，一看，原来是一位大嫂。"

教导员指指许老板，说："守杰呀，你还不知道，那位

大嫂，就是这位许老板的儿媳妇唉。"

守杰继续说："我看到，这位大嫂坐在地上，肚子很大，满头是汗，双手在肚子上揉，双脚在地上蹬。这个时候，四周没有一个人。大嫂说：'小兄弟，我孩子要出生了！请你把我的裤子脱掉吧！'我怎么能敢脱大嫂裤子呢？我心里非常害怕，我又没有办法。我想走，去找人来替大嫂接生。但是，大嫂怎么也不让我走。真的，我急得一点办法都没有。"

"后来，孩子就是你接生的？"许老板问。

"嘿！"守杰直摇头。

"你是一个男孩子，会接生吗？"教导员问。

"就在大嫂肚子疼得最厉害的时候，北边，从街上来了一个小姑娘，我就喊她，赶快过来。"

"小姑娘过来没有？"许老板问。

"她立即就跑过来。"守杰说。

"你一招呼，小姑娘就能过来，那太好了。"教导员说。

"幸亏她来，要不是她来，我一点办法都没有。"守杰说。

"小姑娘来了，你做了什么啦？"教导员说。

"小姑娘来了，我觉得自己是男的，在这里不方便，就要走，小姑娘坚决不让我走，还骂我'救命时刻当逃兵'！没有办法，我又转回来。大嫂坐在地上，怎么好脱裤子呢？我在大嫂背后，把她抱起来，让小姑娘帮大嫂脱裤子。就在大嫂裤子刚刚脱下的时候，小宝宝一下子就掉到大嫂裤子上，一下子又滚地上来了！小宝宝一掉到地上，哇哇直

叫。我被吓得全身发抖。"

许老板听完守杰的讲述，无比激动。他双手抓住守杰的手，又是躬腰又是点头，连声说："谢谢你，守杰同志！谢谢你，守杰同志！"

"幸亏你们俩，相互协作，才使产妇得以顺利生产。否则，那还真就不好办呐！"教导员说。

许老板对教导员说："为了表扬他们二人助人为乐的精神，我特地写了感谢信。感谢信写好，就是没写他们名字。我回去，把他们的名字填上，您看好吧？"

教导员说："行啊。要把两个人的名字都写上噢。"

许老板没走几步，又急急忙忙转回来，急切地说："哎哟！我还不知道小姑娘叫什么名字呐。"

教导员说："不知道小姑娘名字，好办。问问守杰，不就解决问题啦？守杰呢？你来，把小姑娘的名字告诉许老板。"

守杰摇摇头，说："我也不知道她叫什么名字。"

教导员惊讶了，问："怎么？你和她一起救人，还不知道她的名字？"

守杰说："我没问，她也没有说。"

教导员说："笑话，笑话！难道你不认识她？"

守杰说："我从来没见过这个人。"

许老板问："你知道她家住在哪里？"

守杰说："不知道。"

教导员两手往大腿一拍："这就麻烦喽！不知道人家姓什么、叫什么，又不知道人家住哪里，这怎么办呢？"

"我说守杰啊，你要是见到这个小姑娘，能不能认得出来呢？"许老板问。

"能！一看就能认得。"守杰点点头。

"光认得出来有什么用？问题是，人家何时来到你的面前？许老板唉，你这个感谢信恐怕送不成喽！"教导员说。

"那怎么行呢？看看我那白白胖胖的小孙子，人家帮了忙，救了急，连一封感谢信都没有，我一辈子也不安呀！"许老板着急地说。

"两个人做的好事、善事，现在只知道一个人的名字，另一个人……"教导员思考了一会儿说，"许老板，这感谢信是不是摆一下再说？"

许老板说："不行啊！还有一件衣服呐！"

"什么？还有一件衣服？"教导员问。

"守杰一件衣服，包了我刚落地的小孙子。这包过新生儿的衣服，我能就白白算了吗？"许老板说。

"这样吧！干脆一点。你把守杰的衣服洗干净送过来。把写好的感谢信也带过来。至于小姑娘的名字，暂时空着，等以后了解到再填上去。你看怎么样？"教导员做出临时决定。

许老板说："这件事，只有这样了！"

说完，许老板就连走带跑，回家去。他为了把此事做得大一点、热闹一点，还特地请了一些人来帮忙，敲起了锣鼓家伙，轰轰烈烈地向区公所走来。

街上很多人，听到街心这么大的动静，这么多的一大趟人，这是干什么的呀？都跟来看热闹。

月英寻亲

许庭贵老板带的一大趟人，到区公所门口停下来。看热闹的人都围拢过来，锣鼓家伙敲得震天动地。

教导员听到锣鼓家伙响，知道是许老板送感谢信来了，就带着守杰来到大门外。区公所其他干部，也都来到在大门外。

许老板见教导员出来，赶忙向人们挥一挥手，示意锣鼓家伙停下来，他要说话。锣鼓家伙立即停下来。他迎上前去，一边满脸带笑，一边弯腰鞠躬，忙把裱在木板上的感谢信举起来，让教导员观看。教导员看了看说："感谢信写得不错，就挂门旁墙上吧。不足之处，就是少了小姑娘的名字！"

就在这个时候，还是守杰眼力敏锐，他一眼就认出人群中一个人。他用手一指，告诉教导员："呶！就是她！就是她！"

教导员顺着守杰的手势望去，也恍然大悟似的哈哈大笑起来："噢！原来，小姑娘就是这个小鬼啊！"教导员说："你们都不认识她，我认识她，她就是张王熊庄的李月英唉！"

教导员向月英招手，说道："过来过来！你这个无名英雄，怎么老是躲着，不出来，可难倒我们喽！"

月英还是穿着那件红褂子、蓝裤子，乌黑油亮的大辫子挂在胸脯上，高挑而清瘦的身材，显得非常的端庄而俊秀。她满脸微笑，从人群中走了出来。

教导员说："守杰，快过来。你仔细认一认，那天和你一起抢救产妇的是不是这个小姑娘？"

守杰走到月英面前，满脸带着憨笑，对着月英眼盯盯地望着。他的双手似乎要去拉月英的手，刚伸一下，又缩了回去。

月英见到守杰，更是双目凝滞，无比激动，恍若梦幻，惊愕异常。她微微一笑，笑得是那样地甜美，那样地诱人，那样地让人神魂颠倒。她略举双臂，似乎想去拥抱守杰，但刚刚一动，却又微微低下了头。

看着这一对青年男女的一举一动，教导员也有一点按捺不住了。他笑着说："守杰唉，不要呆看喽，这到底是不是那个小姑娘哎？"

守杰羞羞答答地点点头，小声说："是她！就是她！"

教导员又问一句："不会有错吧？"

"不会错！"

许老板走到月英面前，不是握手，更不是拥抱，而是鞠了一躬，说："姑娘，你救了我的儿媳和我的小孙子，我许庭贵万分感谢！万分感谢！"

月英说："许大叔，您不要这样说。我曾经到过您的饭店，那天我是去找王三爷的，您还记得吧？"

许老板说："嘿！人老啦，不顶用啦！我哪能记得那么清楚？姑娘，你叫什么名字，告诉我，我把你的名字补到感谢信上。"

月英说："我叫李月英。"

教导员说："对！一定把月英的名字补到感谢信上。"

月英的名字补到感谢信上之后，许老板招呼人把守杰那件衣服拿过来。衣服是放在托盘里捧来的。许老板把衣

服理开来，给教导员看。

教导员说："哟！还是一件刚刚新做的！"

许老板说："守杰同志，来！你的衣服还给你！"

守杰走过来，拿起衣服一看，摇摇头，说："这不是我的衣服。"

教导员急了："许老板，这是怎么一回事，你怎么把别人的衣服拿来啦？"

许老板说："守杰同志唉，跟你说，你那件包过我孙子的衣服，我留下了，做个纪念。我又替你新做一件，我跟你协商了！"

守杰果断地说："我那件是旧的。你这件是新的，我不要！"

许老板急了："教导员，你看看！我小孙子一落地就得到那件衣服的保护，那是救命衣啊！我要教小孙子记住，是谁救了他的命的，所以我要把那件衣服保存起来，做个永远的纪念。教导员，请您帮我说个情！"

教导员想了一想，说："算啦！守杰唉，你满足一下许老板的心愿吧！"

守杰这才勉强收下这件新衣服。

全场报以热烈的掌声。

许老板送感谢信之后，人们也都一个一个散去。只剩下教导员、月英和守杰。

教导员说："月英、守杰，我没想到，你们两个小鬼不声不响，竟然能做出这么大的惊天动地的事！我真没想到啊！"

月英听了教导员夸奖的话，微微笑了一笑。而守杰，只是笑眯眯地，不住地朝月英望，似乎想说话，但又没说什么。月英也不住朝守杰望，也没说什么。

教导员又说："守杰啊，你不要老是那样呆相。那天不认识月英，也不知道人家姓什么、叫什么，现在该知道了吧？你有时间，要跟月英好好谈一谈，多多交流交流，说不定今后你们还能做出更多的好事呢。话谈完了，你们回去吧。"

守杰转脸要走，月英却对教导员说："叔叔，我的事情，您说帮我联系一下，联系了吗？"

教导员说："哦！我忘了告诉你了，已经联系过了，我现在有事，你还要再等一下。你明天再到我这儿来，我有话对你说，好吧？"

月英说："好！谢谢叔叔！"

2016. 01. 10

拓展阅读

"无事不登三宝殿"：原指佛教寺庙中的规定：有法事方入佛殿，无事不得随便在此走动吵嚷。后引申为有事而来。

"三宝殿"本指佛教寺院中的佛、法、僧三个主要活动场所。通常也指中国的三大殿：北京故宫中的"太和殿"、山东曲阜孔庙中的"大成殿"和泰山岱庙中的"天贶殿（贶同况）"。

十六、
功夫不负有心人

人说，功夫不负有心人。月英多少年来，苦苦追求的有尊严的生活，由自己当家做主的婚姻爱情，现在，有眉目了吗？

今天，月英按照教导员的嘱咐，早早来到了区公所。

她来到院中一看，院子里已经米了不少人。正巧，教导员手里拿着一扎文件从办公室走出来。他一下子撞见了月英，就说："你这孩子记性不错，我昨天说的话，隔了一宿，还能记得。"

月英笑笑说："叔叔，您说的每一句话我都能记得清清楚楚。今天，我特地早点赶来，想听您说话。"

教导员也笑了，说："好吧！我还真的有话要和你说。不过，今天，我正在招集各乡干部前来开会，有主要的事情要研究。你要等我开完会，才能有时间。你不要着急，慢慢等着。"

"行！您的会就是开到八更八点，我都在这儿等！"

会议在一个很大的会议室举行。教导员说着就到会场去了，其他参加会议的人也都跟着教导员走进了会场。

教导员去开会，月英在哪儿等呢？

月英在院子里无事可做，也无处可去，就走走站站，慢慢地转悠，这里看看，那里瞧瞧。遇到那些花草树木，也这里摸摸、那里摸摸。她还时不时地朝会议门口看一看，看一看有没有什么动静。

突然间，从会议室走出一个人，两手提着竹壳热水瓶。月英一看，两眼一亮，笑着说："这一下，你该认识我了吧？你该知道我姓什么，叫什么名字了吧？"

"月英，李月英，我一辈子也忘不了！这一下，你也该知道我姓什么，叫什么名字了吧？"

"守杰，张守杰，我一辈子也忘不了！"

月英和守杰，这下子才是"一见如故"。他们三步并两步，快步走到一起。守杰两手都拿竹壳热水瓶，他将双瓶一举，像是要拥抱月英似的，月英伸手接住一只，两个人同时都笑了起来。

月英说："人家开会，你是干吗的？"

守杰说："人家开会，我为开会服务呗。"

月英说："我还以为，你是一个干部呢。"

守杰说："你还拿我开玩笑？我是为会议服务的。"

"我也跟你一起去，反正我现在没事做。"

"你站这儿干吗的？"

"教导员去开会，叫我在这儿等他。"

"那好。我们一道冲水去。"

"行。"

他们二人每人拿一只空水瓶，走出区公所大门，向西没走几步就看到"李三茶馆"的牌子。

说是茶馆，其实就是一个茶水炉子。门面不大，总宽不过两米，往后看，却是很长，光线灰暗，好像有一些桌子和板凳。当街西侧是一个长长的茶水炉子。茶水炉子砌得非常巧妙，除了四个火口，还有一个进炭口、一个出灰口，却没有烟囱，它的烟是从地下走的。炉子上边并排四个火口，每个火口上都蹲上一只茶水吊子。茶水吊子高高的，把子更高，嘴子更长。茶水吊子虽然全身都被烟火熏黑了，而倒出的茶水却是清澈的、透明的、热气腾腾的。

烧茶炉的是一位老人，看样子已经是古稀之年了。银发满头，两颊深陷，衣着宽松，犹如一位卖炭翁。老人虽老，脊背微驼，但手脚麻利，身板硬朗，精神矍铄，待人和善。他说起话来，总是笑嘻嘻的，人称不老翁。

老人见月英和守杰一道走进来，笑眯了眼，乐张了嘴，连胡须都颤动了。他那整个面容，就像一朵花儿。老人说："小张呀，你找到这么一个俊巴巴的媳妇，真是不丑啊！"

守杰说："老人家，您不能乱说唉！人家还……"

没等守杰说完，老人就说："我明白了，你们还没公开，是吧？"

月英说："老人家，我们不是那么一回事。"

老人说："好啦，好啦！你们是也罢，不是也罢。不过，你们都是来冲水的，这话没错吧？"

守杰说："对！请您给我们每人冲上一瓶开水！"

"好呐！"

老人说着就提起最前边的那只茶吊子，举得高高的，那开水就像彩虹一般，准确无误地注入到地面上的竹壳热水瓶中。老人又将第二吊子、第三吊子、第四吊子各自向前移动一位，而第一吊空壶灌上了冷水，放到第四个火口上。就这样循环往复，不住地冲开水，不住地添冷水，所以，冷水热水都有，随到随冲。

老人冲满一瓶之后，月英立即弯腰去盖瓶盖子。恰巧，月英辫子一下子拖了下来，拖到瓶口上。

守杰一看，急了，说："你看你看！辫子拖过了，这瓶水还能喝吗？"

月英急了，急得像要哭起来，双手在腰里摸，说："都怪这倒霉辫子！我要是有钱，就重买一瓶水赔上！"

老人说："姑娘，你不要怪辫子，只怪我没去盖瓶盖子。你怪辫子长，有人想长这样长的辫子，还长不出来呢！一瓶开水算什么？把水倒下来，留我洗手洗脚，我补你一瓶，不就行啦！"

守杰说："那就谢谢老人家！"

于是，老人补上了一瓶开水，守杰掏出两个热水牌子，放到老人的盒子里。二人提着热水瓶回来。

月英和守杰走进区公所大门，会议还在继续进行。

守杰对月英说："你在这儿等着，我把开水送进去。"

"你要快点出来哦。"

"我知道。"

月英一个人在院子里，又这里转转，那里看看。人要

有事情做，不经意时间就过去了。人要是在那里等什么，就觉得时间过得太慢。月英在那里左等右等，就是不见守杰出来，心里实在急得难受。她有点后悔，刚才要是跟守杰一道进去就好了。但是一想，她又觉得好笑。她自问道："月英唉，你是干什么的？有资格参加人家的会议吗？要是被人轰出来那就丑了！"

就在月英思绪繁杂的时候，会议结束了。

教导员首先从会场走出来，去办公室。接着其他与会人员也都陆续出来。守杰拿些东西也跟着出来了。

月英对守杰说："你让我好等哦！"

守杰说："我觉得好像只是一会儿。你可以去找首长了吧？"

月英说："对！我现在就去。"

月英和守杰来到教导员办公室。教导员见他们来了，就说："哟！你们两个人，是不是要像前大帮助产妇一样，来帮助我呀？"

教导员这一句笑话，把月英的脸都羞红了。

教导员进了办公室坐下，对守杰说："守杰，我和月英有话说，你是不是也在这儿听呀？"

守杰摇摇头，说："不！我不在这儿听。"他转脸就出去了。

教导员对月英说："月英，你和守杰原来互不相识，偶然走到一起，遇到一个突发事件，在没人指使的情况下，能通力协作，有效地救助了一个危及生命的产妇，使母子得以平安回家。这件事可以说是一个奇迹，值得肯定，值

得赞扬啊。"

"叔叔，您夸奖我们了。"月英说。

"这不是夸奖，事实就是这样。正是因为你们有相似的遭遇和经历，所以才能有如此助人为乐的精神和品德。由此看来，你们俩还是有机缘的呐。"

"您说'机缘'，这是什么意思？"

"'机缘'，你不懂？'机缘'，简单说，就是机会和缘分。"

"什么叫'机会'呢？"

"什么叫'机会'？我举个例子，比如那个产妇肚子疼喊人救命，就在这个时候被守杰听见了。如果产妇早喊，或者迟喊，守杰都听不见，产妇再怎么喊也是白喊，没有用。守杰听见那个时刻，就是机会。所以说，机会就是指事情恰巧就在那个时间、那个地点发生，在这之前、在这之后都不行。所以说，机会随时都能到来，随时就能失去。所以说，机会来了，一定要及时、紧紧地抓住，不可犹豫。"

"那么，'缘分'又是什么意思呢？"月英这一问题，问得教导员哈哈大笑起来。教导员说："你这个毛丫头呀！这倒把我问住喽，我还真的没法解释呢。不过，这'缘分'嘛，我想，就像一男一女两个人，无意间碰到一起，天生的自然的就配成了一对。这种情况，大概就叫'缘分'吧。"

月英也笑了，说："您说我和守杰有机缘。王大妈也是这样说的，她说这就叫'天赐良缘'。是不是这样？"

教导员说："你们两个人有缘分，那不是很好吗？你们有相似的经历，都受过苦难的磨炼。只要你们能继续努力学习、锻炼，树立为人民服务的观点，将来一定能够成为有用的人。"

月英说："叔叔，我现在连个立足的地方都没有，怎么去学习、锻炼、怎么去为人民服务呀？"

教导员说："是啊，你当前首先要解决的就是你的生活问题。"

月英说："所以，我要找我姨娘、姨姐。请她们帮我解决吃饭的地方、住宿的地方、做事的地方。"

"还有，找个对象，是吧？"

"叔叔，您又取笑了！"

"不取笑了，叔叔和你谈正经话。关于你的生活问题，我们已经和你姨姐联系过，也和你们的村联系过了。我们政府也进行了研究。……"教导员一本正经地说。

"他们都怎么说的？"月英抢着问。

"首先，"教导员说，"大家对你的情况都很了解，也非常同情。村里干部说，如果你愿意回去，村里有学校，可以让你去教书，当老师。也可以组织一个打席子合作社，可以让你去做领导，当师傅。你姨姐希望你能够有一个边学习，边锻炼的机会。不过，不管干什么，首先就是要解决你的生活问题。就如你自己说的，要有饭吃，有住处，有事做。现在，我就要听听你自己的意见喽。"

月英听了教导员的谈话，显得非常激动。她说："我从内心，十分感谢家乡父老对我的关心！我也感谢政府和您

对我的关心！"

教导员说："你就具体谈谈，对村里的考虑有什么看法吧。"

月英说："您已经知道，我有多高的文化呀？只上过几年扫盲班和夜校，能去教书当老师吗？恐怕只能误人子弟！"

"你的意思是文化低，不适合当老师，是吧？"

"是的。"

"那么，办合作社做领导、当师傅呢？"

"您知道，我会打席子，这不错。但是，我做了十几年'童儿媳妇'，和外边的人没有打过任何交道，能当好合作社的领导、当好师傅吗？我一点把握都没有，真的不敢承担这么大的责任。"

"如此看来，老师不想当，师傅也不想当。叫你去念书，当学生，是吧？你这么大的一个姑娘，到哪儿去念书啊？那是不可能的。目前，最紧急的，却要解决你的生活问题。这怎么办呢？"教导员为难了。

月英说："要是能有一点小事给我做做，像守杰那样，有碗饭吃，那就好了！"月英婉转地表达出希望能有像守杰那样的工作。

"你说守杰呀，他是区里的通信员，人都说他是跑腿的。可是，区里不能用两个通信员呀。"

月英以渴求的眼神，望着教导员。

教导员恍然大悟，向大腿一拍，说："好！世上无难事，只要有心人！我想起来了，前天，张土圩小学向区里

提出来，想要一个勤杂人员。月英，你去，当个勤杂人员，好不好？"

"张土圩小学在哪里？"

"这，你还要问，张土圩小学，自然就在张土圩喽，就是你前天和守杰救助产妇的那个村子呀。"

"勤杂人员，是干什么的？"

"勤杂人员，顾名思义，就是什么事都干。在学校里，勤杂人员，既不是教师，也不是学生。"

"按照您的说法，勤杂人员，上边有教师，下边有学生，我没有名分，叫中间人物，是吗？"月英这一问，把教导员都逗笑了。

"这样吧，给你一个名分，叫'辅导员'，你看好不好？"

月英高兴地说："辅导员，就是帮助别人做事，太好了！实在太好了！"

教导员看月英愿意做辅导员，就认真地叮嘱说："安排你到学校去当辅导员，也符合你姨姐的心愿。到了学校，你既要帮助老师做事，也能帮助学生做事，学校安排你的生活，包括住处，这费用吗，由政府给。这样，就如你自己所说，有饭吃，有住处，也有事做。你到那里，要听从领导指挥，要团结同志，努力工作，刻苦学习，以便将来更好地为人民服务。不过，我要告诉你，这个辅导员，是个临时安排的，不是永久性的哦。"

月英说："您说的，我都懂。我从内心，感谢共产党，感谢人民政府！我表示，我永远都不会辜负党和政府对我的培养!"

教导员说:"你现在,就去准备准备吧。"

"谢谢叔叔!"

月英把教导员的安排告诉守杰,守杰也十分高兴。守杰建议,在月英上班之前,先到张圩圩小学去看一看,再考虑一下要做哪些准备。

守杰当即把月英带到离区公所不远的张圩圩小学。

到了张圩圩小学,这时候已经傍晚,学校里也没有多少人。月英和守杰不声不响地在学校里里外外、前前后后转了一圈,看了一遍。

月英说:"看样子,这个学校还不小呐。"

守杰说:"当然不小喽,这是我们吴集区比较大的学校唉。"

"有多少老师呢?"

"听说有一二十个吧。"

"学生就更多喽。"

"那还用说?至少也有几百呀。"

"在这样的学校里当辅导员,恐怕不容易吧?"

"那自然喽。"

月英异想天开,提出一个问题,她说:"我们两个人的工作能不能调换一下,我替你跑信,你替我做辅导员,你看好不好?"

"你想得太天真!政府定的,想换就换啦?再说,你一个姑娘家,到乡下去送信,恐怕能被人抓去做媳妇噢!"

"你怎么能说出这种倒霉话呀!我被人抓去做媳妇,你

178

高兴啊？"月英生气了，举手要打守杰。吓得守杰撒腿就跑。

月英说："你跑，跑就算啦？"

守杰说："我不说这种倒霉话，行了吧？"

两个人玩了一会儿之后，守杰说："学校看完了，怎么办呢？"

月英说："怎么办？你说。"

守杰说："我说，你能听我的？你跟我回到区里去。"

月英说："晚上跟你到区里去？不行！"

"不行，那怎么办？"

"我还是回到王大妈家去。你送我一程吧！"

"好！"……

2016. 01. 17

拓展阅读

"功夫不负有心人"是一句很有名的俗语或谚语，它告诉人们只要勤奋、认真地对待所做的事，就一定能做好这件事情。它说明事情的成功，在于肯付出辛勤的劳动。

出处：1. 王润滋《卖蟹》："功夫不负有心人。"

2. 张行《武陵山下》："功夫不负有心人，又多了逃命的一条路。"

十七、
灯光看才子，月下看佳人

　　月英和守杰在张土圩小学看了一遍之后，守杰说："学校看完了，现在，我们怎么办？"

　　月英说："怎么办？你说。"

　　守杰说："叫我说，你能听我的？"

　　月英说："那就看你怎么说喽。"

　　守杰说："看我怎么说？依我说，我们现在就回去。"

　　月英说："回到哪儿去？"

　　守杰说："回到区公所去，晚上你就在我的房间里住。"

　　月英一听，说就在守杰的房间里住，勃然大怒："你胡说！你是个男的，我是个女的，现在，我怎么能和你在一个房间里住呢？"

　　守杰见月英生气了，就慌张起来，连忙解释道："你不要误会。我是说，我的房间给你一个人住，我到别人的房间去住，和别人通腿。并不是说叫你和我一同住在一个房间里。"

月英这才消了气。

误会消除了，二人才又心平气和，将怒气换成了愉悦。

月英说："我还是要先到王大妈家去一趟，把叔叔安排我的工作告诉大妈。你能送我一程吗？"

守杰说："行啊，正好，我今晚也没有什么事。"

说说讲讲，月英和守杰就往张王熊庄走去。

太阳，慌慌忙忙地钻进了西边的地平线，同时也带走了落日的余晖，却留下了一丝丝的暖意。

月亮，摇摇晃晃地爬出了东方地平线，裹挟着银白色、柔和的月光，温情脉脉地洒遍了方圆大地。

天已经晚了，夜色也随之来临。片刻之间，月亮升起，夜色就渐渐亮了起来。眨眼工夫，夜间就宛如白昼，形成了一种难以言状的美妙的意境。

月光如水，晚风轻拂。暖气退去，凉意徐来。整个夜幕下，让人感觉到更加凉爽宜人，清幽静谧，不免使人产生一种感觉：这不就是一个美妙的童话世界吗？

常言道，灯光看才子，月下看佳人。

在这皎洁如银的月光下，月英看看守杰，觉得他比白天显得更加英俊、诱人。那高高的、挑挑的、健壮的身材，好像浑身都有一种无穷的内在魅力。月英说："守杰，你站着，端端正正地站着，不要动，一丝一毫不要动！"

守杰不解地问："你叫我这样站着，干什么？"

月英说："我要好好地看看你，看看你到底是一个什么样子！"

守杰说："我是什么样子，你到现在还能没看见？"

月英说："我记得，我们小时候好像在一起玩过。我一见到你，似乎有一点印象。但是，那时候我看得还不够仔细。现在，我要仔仔细细地看一看你！"

守杰摆出一个"立正"的姿势，说："好！你就仔仔细细地看吧！"

月英面对着守杰，直愣愣地望着他。守杰看到月英这种神情，那颗心也怦怦地加速跳动起来。月英说："不错，你那时就是这个样子！"他们两个人面对面站着，看着，站着，看着……一下子就碰到一起了！

守杰伸出双臂，要去拥抱月英。

月英将守杰一推，说："不要乱来！现在不是时候，我们就说说话吧！"

于是，二人都平静下来，慢慢地向前走动。

在这恬静幽寂的月夜里，他们二人就毫无保留地、无拘无束地敞开心扉，直抒胸臆，畅所欲言。在言谈中，他们不仅看到了对方的外貌，而且听到了对方的心声。不仅看清了对方的外貌特征，而且，也看清了对方的内心世界。

他们自由自在地行走在南北大路上。他们时而走走，时而站站。时而谈谈，时而笑笑。悠闲自得，心旷神怡。这是一个多么美妙的月夜啊！

月英说："我到王大妈家去，要把吴教导员安排我到张土圩小学当辅导员的事情告诉老人家。"

"为什么？"守杰问。

"为什么？我已经在大妈家过了几天了，吃呀喝呀住呀，什么都是大妈的。我马上就要上班了，不去告诉大妈

一声，能说得过去吗？"

"对！你应该去一下。"

月英说："想起来，我初回老家，两眼一抹黑，一个熟人都没有。我到哪儿去吃、到哪儿去住呀？多亏王大妈，老人家拿我当作自己的闺女看待，给我吃，给我住，还给我讲那么多的事情，前前后后住了多少天。所以，我要走了，我应该去一趟。"

"对！应该去一趟。"

"还有，王二爷，王三爷，他们对我都是那么好。在我的心中，这种深情厚谊，真是感激不尽呀！"

守杰说："你只说王大妈、王二爷、王三爷对你好，你怎么就没提到王四爷呢？其实，王四爷也是一个好人。他家开油坊，在我无依无靠的时候，是他把我带家去，过了多少天，让我度过了最艰难的时刻！"

月英说："是啊，关心我们和帮助我们的人太多了。我们怎么报答他们呢？我想，我们只有把这种感激之情，投入到今后的为人民服务之中去，为集体、为他人多做好事，多做善事，这就是最好的报答。你说呢？"

守杰说："对！我也是这种想法，只能用这种方法去报答他们。"

月英说："通过这许许多多的事实，我深深地体会到，在这个人世间，还是好人多。你说是不是？"

守杰说："那当然，肯定还是好人多。但是，坏人也是有的。"

月英说："你认为，对于你，哪个是坏人呢？"

守杰说："那当然是蒋三狗子喽。他不但杀死了我的继父，他小儿子自己玩手榴弹被炸死，还硬要逼我去抵命！"守杰说到这里，已经哽咽了。"多亏王二爷救了我！不然，今天你就见不到我了！"

月英安抚守杰说："有恩报恩，有仇报仇。你现在，是不是还想去报这个血仇呀？"

"嘿！自从他儿子被炸死之后，他自知做的坏事太多，问心有愧，精神崩溃，现在已经卧床不起。看起来，他也活不长了。这个仇，不用我报，老天爷已经代我报了！"

"人们有一个口头语说得好：善有善报，恶有恶报！不是不报，时间没到。时间一到，必定要报！"

"对！这是个顺口溜吧？"两个人都笑了。守杰继续说："月英，对于你，有没有最恨的人呢？"

"当然有。我最恨的，第一，是旧社会。"

"第二呢？"

"第二，就是与人不善的人。"

"什么叫与人不善？"

"与人不善，就是对人不怀好意的人。"

"具体地说，对你不怀好意的是谁呢？"

"对我不怀好意的，当然就是钱毛头妈妈高大个子喽。"月英沉思片刻，转变口吻，说："当然，高大个子也是为了毛头有个媳妇，将来能有子孙后代，这种想法还是有情可原的。但是，像那个钱三乱子，许多与他毫无瓜葛的事情，他也要掺和进去，非把事情搞坏不可。他还杀过人。我和钱毛头解除婚约，本来已经平安无事。谁知道钱三乱子从

中煽风点火，叫毛头死命地跟着我，寸步不离。他还唆使毫无关系的两个女人，一直闹到张王熊庄，逼我回到钱家去。多亏王二爷，拿出极大的勇气，把两个女人硬邦邦地顶了回去。到现在，钱三乱子还没死心。他还发狠说，我就是做了别人的媳妇，他也要叫我一辈子不得安生！"

"这个钱三乱子，真的够坏了。你还要提防提防呢。"

"怎么提防？没有办法，只有到时再说。"

"唉！如果他现在来闹事，只要有我在场，就也要叫他脑袋开花！"在守杰心中，产生一种强烈的义愤，好像有一股烈火正在燃烧。

月英说："好了，不谈这些伤心事儿。我们谈谈令人高兴的事吧！"

"什么事情能令人高兴呢？"

两个人，你望着我，我望着你，静静地沉默片刻，月英说："守杰，你猜猜看，教导员说我们什么话吧？"

"教导员说些什么，我哪能知道？"

"他说我们两个人有'机缘'，你相信吗？"

"什么叫机缘？"

"他说，机缘就是机会和缘分。你相信我们两个人，有缘分吗？"

守杰笑了，摇摇头，说："我不知道。"

"你不知道？你想想看，事情为什么这么巧，我们一见面，就不约而同，帮助一位大嫂接生了一个孩子。"月英说。

"是啊，这是有点巧。"守杰说。

"而且，我们两个人的遭遇也差不多。"月英说。

"遭遇都差不多，也能叫缘分?"守杰说。

"这虽然不叫缘分，也叫凑巧。但是我一见到你，就觉得你这个人呀，有点儿……有点儿……"

"有点儿什么?"

"有点儿……有点儿……"月英说。

"有点什么? 你说呀!"守杰问。

"我也说不清。"月英说。

守杰说:"说不清，就不说吧。不过，自从那天我见到你，我心里就早早晚晚都想着你，总想和你见面，总想和你在一起。你呢?"

月英说:"我也和你一样。我觉得，我们俩绝对有缘分。不知怎么的，我心里想的和你心里想的一模一样，一点差别都没有。"

守杰说:"我们两个既然有缘分，情投意合，就永远在一起，你同意吗?"

月英说:"我们就永远在一起、永远不分离! 我同意!"

守杰说:"既然我们两个都同意永远在一起，现在，我们拥抱一下吧!"守杰说着就激动得迫不急待地要去拥抱月英。

月英看到守杰那种热切情绪，自己的那颗心猛烈间没命地跳动起来，胸中突然来了一股气，让她窒息。她立即稳定情绪，后退一步，将守杰一推，说:"不行!"

"为什么?"

"我刚才说过，现在还不是时候!"

守杰无可奈何地说："什么才是时候？那我就看看你的辫子吧？"

"辫子有什么好看的？看辫子可以！但是，不准你碰到我的身体！"月英和守杰又一次面对面站到一起。

守杰说："行！我不碰你！"他仔细地端详一会儿月英的辫子，又用双手抚摸着月英的辫子，然后慢条斯理地说："我看你这个辫子呀……"

"我这辫子，是不是不好看？"

"不！不是。正是因为你有了这条辫子，才使得你更好看，更漂亮！但是……"

"但是什么？既然有了辫子更好看，那还有什么可说的？"

"我考虑的是另外一个问题。你马上就要到学校去上班。你想想看，有哪个老师现在还拖这么长的辫子的？你留这么长的辫子，土牛木马，太俗气了，学生看了一定觉得好笑。"

"你说，那怎么办？还能剪掉？"

"我看，最好剪掉。"

月英说："你叫我把辫了剪掉，我还真有点舍不得呢。但是，考虑到工作，剪掉，也行。不过，我这辫子必须要你亲手给我剪。"

"为什么？"守杰问。

"你以后对我要是变了心，你就要亲手把我的辫子，一根一根接上！"

"要是你对我变了心呢？"

"我以后如果对你变了心，我也要自己把我的辫子，一根一根接上！"

"好！我们对天发誓，月亮做证！现在就剪吧！"守杰说。

"行！对天发誓，月亮做证！现在就剪！但是，剪子在哪里呢？"月英说。

"来！就用手指剪！"两个人哈哈大笑起来。

月英提议说："月光这么好，我们唱个歌，好不好？"

"好！唱就唱吧！"守杰响应道。

于是，二人就唱了起来：

（男）十五的月亮升上了天空哪，

为什么旁边没有云彩？

我等待着美丽的姑娘呀，

你为什么还不到来哟嗬？

（女）如果没有天上的雨水呀，

海棠花儿不会自己开。

只要哥哥你耐心地等待哟，

你心上的人儿就会跑过来哟嗬。……

"喂！前边是不是放电影啦？声音小啦，听不清楚啊！"

月英和守杰正在有意无意的哼唱着，忽然听到后边有人喊话，就停下脚步，停下唱歌，转过脸来，向后边张望着。

虽然是皓月当空，却有薄雾萦绕，所以只能隐隐约约见到一个人影，向这边快步走来。

月英和守杰直愣愣向来人望着。片刻之间，来人走近了。月英一看，惊叫起来："哟！王三爷！还是您啦！"

守杰说："三爷，您的粮行开得这么晚，到现在才回来？"

王三爷哈哈一笑，说："嘿！粮行哪能开到这么晚呀？是我那亲家，喜抱个大孙子，非叫我来喝两杯喜酒不可，所以就晚一点喽。"

月英说："您说的就是开饭店的许庭贵许老板吧？"

王三爷说："对啊。听说前几天，亲家的小孙子，还是你们俩接的生呢！"

月英说："那也是碰了巧啦！"

王三爷："这就叫无巧不成书嘛。月英，前几天，我带你去找姨娘、姨姐，人没找着，却把你丢了。现在，姨娘、姨姐找着啦？"

月英说："姨娘、姨姐没找着，却找到了吴教导员。吴教导员还给她分配了一个工作岗位呢。"

王三爷大吃一惊："真的吗？那太好了！什么工作呀？"

守杰说："一点不假。张土圩小学辅导员，明天就去上任。"

月英说："三爷，天已不早了，我跟您到大妈家去，行吧？"

王三爷说："行！"

守杰独自回区公所去。

2016.01.21

十七、灯光看才子，月下看佳人

一、"灯光看才子，月下看佳人"，是一句俗语，青年男女谈情说爱的美好意境。

"才子佳人"，是成语，指的是年轻貌美的女子和才华横溢的男子。才子，有才华的人，多指男性。佳人，貌美的人，多指女性。泛指年貌相当，有婚姻或爱情关系的青年男女。它的出处：唐·李隐《潇湘录·呼延冀》："妾既与君匹偶，诸邻皆谓之才子佳人。"

二、"善有善报，恶有恶报，不是不报，时间没到，时间一到，必定要报。"

这句话本是佛教因果律的一种说法。它劝人要学好，做好事，不学坏，不作恶。做好事，对己对人都有好处，必然受人赞扬，受法律保护。做坏事，害人害己，遭人反对，还会受到法律制裁。这句话已成为早期的一种公益广告，甚至成为口头禅。作为一个普通人，我们只是要尽量去做好事，善待他人，而不去做坏事，那么我们的一生虽然不一定会大富大贵，不会高官厚禄，但会过得很坦然。至于说，是否真有所谓的"因果报应"，那只是佛教人士的说法。

三、"十五的月亮升上了天空哪"是歌曲《敖包相会》的歌词。它是电影《草原上的人们》的插曲。电影上映之后，这首插曲也随之飘向了祖国的四面八方。概括地说，这首歌是马拉沁夫、海默作词，通福编曲，张振富、耿莲

月英寻亲

凤原唱。后来，蒋大伟、彭丽媛等许多名家都演唱过。现将男女对唱歌词引录如下：

男：十五的月亮升上了天空哪，
　　为什么旁边没有云彩？
　　我等待着美丽的姑娘呀，
　　你为什么还不到来哟嗬？

女：如果没有天上的雨水呀，
　　海棠花儿不会自己开。
　　只要哥哥你耐心地等待哟，
　　你心上的人儿就会跑过来哟嗬。

男：十五的月亮升上了天空哪，
　　为什么旁边没有云彩？
　　我等待着美丽的姑娘呀，
　　你为什么还不到来哟嗬？
女：如果没有天上的雨水呀，
　　海棠花儿不会自己开。
　　只要哥哥你耐心地等待哟，
　　你心上的人儿就会跑过来哟嗬。

合：只要哥哥（妹妹）你耐心地等待哟，
　　你（我）心上的人儿就会跑过来哟。

十八、
辅导员上任

秋天，天高气爽，风和日丽，也是收获的季节。

月英和钱毛头解除婚约之后，在寻亲过程中遇到了守杰。二人情投意合，发誓要"永远在一起、永远不分离"。这是月英第一件喜事。月英还有第二件喜事，那就是有了"辅导员"这样的一份工作。这样，就使月英实现了有饭吃、有住处、有事做的基本愿望，暂时解决了燃眉之急，自然欣喜异常，激情满怀。

这一天，是月英开始上班的日子。她按照昨天和守杰的约定，首先要到理发店把辫子剪掉。她早早就起来，换上一身新衣服，来到理发店，请理发师傅理发。恰巧，守杰也来了。二人见面没说什么话，只是相互笑一笑。当月英坐到椅子上、围上理发巾、师傅拿起理发剪正要开剪的时候，月英说："师傅先别动！"她又对守杰说："你来，你来开第一剪！"

守杰站在旁边只是笑，一动不动。月英说："你笑什

么？昨天发的誓变卦啦？"

师傅站在旁边不解地问："姑娘，你们这是什么意思？"

月英笑了，说："师傅，你不要问，这是我们的小秘密！"又对守杰说："来呀！"

守杰也笑着说："好啦！好啦！"他就拿起理发剪将月英的辫子剪去一段。然后，理发师傅开始理发。师傅的手艺真是高超，只见他像演奏钢琴的音乐家，那梳子在他手里挥挥洒洒，那剪刀在他手里吱吱嘎嘎，节奏鲜明，旋律悠长，一转脸工夫，头发就理好了。这下子，再配上一身新衣服，月英简直就变成了另外一个人了。

她站在镜子前边，仔仔细细地看一看，看看自己，到底是一个什么样子。她先后退几步，把全身体形展现出来。那身材大大方方，那气质端庄持重。看样子，俨然是一个知识分子的形象。她又前进几步，那就是面部的特写镜头。丰润的脸颊，圆黑的眼睛，鼻梁端正，口形婉丽，唇红如梅，齿白如雪。说不清月英对这样的容貌，是喜欢，还是厌恶。她指着自己的头像，骂道："丑死了！"

"真丑死了！这下就没人要喽！"守杰说。

月英一边笑着，一边随即跟上一句："没人要？我就自己留着！"

月英和守杰，还有理发师傅，三个人一同笑了起来。月英和守杰告别了理发师傅，走出了理发店。

月英剪掉辫子之后，给人的印象，不仅人的外貌形象起了变化，而且人的内在气质似乎也不同了。抗战时期，女孩子剪掉辫子，人叫"二刀毛子"。解放后，女孩子剪掉辫子，人称"青年头"。月英以前扎辫子，头发扎得紧，容貌显得紧绷而瘦小，纯粹是一个农村小姑娘的形象。现在，发型长短适宜，略有蓬松，容貌丰满，活力显现。她虽然是个"辅导员"，似乎属于教师行列。她也有自律能力，所以言行举止，更显得成熟，而且多了一些沉稳，少了一些稚气。

守杰说："你今天上任，要不要我送你去？"

月英说："你送我去，有个伴，当然好喽。"

守杰说："那，我就送你吧。"

稍等片刻，月英又说："你今天送我，可以。明天送我，也可以。后天，怎么样？以后你还能天天送我吗？"

"行！我就天天送你！"

"你看，你越说越没谱了。你能一辈子都天天送我上班？你的工作不要啦？算了，第一天上班，我也不要你送！"

"行，不送就不送！"守杰说，"我马上还要下乡。我想，你第一次到新单位，说话、做事，处处都要小心谨慎。不要像平时那样，说话疯疯傻傻，做事无拘无束。从今天起，你说话、做事，都要多用头脑，以免给人产生不好的影响。"

月英说："这个我知道。你放心吧。"

太阳已经升起来，照在月英身上，月英感觉到全身暖洋洋的。

她看看自己的身影，觉得和以前相比，真是大不一样了。回想几年以前，看到赵芳，她作为一个学生，头戴鸭

舌帽，身穿列宁装，是那样地俊俏，那样地时髦，自己曾经感叹道："我何时能像赵芳这样有福气呀？"如今看来，她也不过如此。

在月英的心中，充满了兴奋和喜悦，也有一点紧张和激动，不知到了新单位，会遇到些什么情况？见到些什么人？她迈开脚步，精神十足地向张土圩小学走去。

月英走进了张土圩小学的大门。学校第一节刚刚下课。学生像潮水似的涌出教室，涌出校门，涌向操场。月英走在学生中间，有的学生驻足观看，有的学生则视若无睹。月英没有停步，直往校长室走去。她站到校长室门口，摆一个"立正"姿态，放大一声："报告！"

办公室里边几个人都吃了一惊。有人头也没抬，就应了一声说："进来！"

月英走了进来，笑着问："请问，哪位是刁校长？"

一个体形矮敦敦、脑袋胖实实、两眼滴溜溜转的小老头儿站起来，说："我就是刁某，你有什么事吗？"

月英从口袋里掏出一张纸，说："您就是刁校长？我是李月英。这是我的介绍信。"她说着，就将介绍信递给刁校长。

刁校长接过介绍信一看，哈哈大笑，说："噢！你就是月英同志！快坐！快坐！你还没来，我早就知道啦！领导已经向我做过交代，你来我校，担任辅导员工作，我已经给你安排好住房，每月按时给你发工资。这是领导对你的厚望，也是领导对你的培养。月英同志，你的前途无量，你还是社会主义建设的后备力量呐！"

月英笑笑，说："校长，您过奖了！月英年轻、幼稚、文化有限，经验不足，各个方面，还请校长多多指教才对噢！"

刁校长说："哪里！哪里！月英，你放心好啦！你的办公座位和年轻有为的姜主任对面，有问题随时可以交流。你的房间也在姜主任房间的隔壁。你那个房间是平时给值班老师住的，现在给你一个人住。吃饭问题，你先从总务主任那里拿饭票、菜票，食堂里有碗有筷，吃什么喝什么你自己挑选。"校长接着向外边叫一声："姜主任呢？请姜主任过来。"

很快，姜主任从外边走进来。刁校长说："姜主任，你把这位新来的月英同志，带到宿舍去看一看。你再把她的工作任务交代一下。"刁校长还强调一句："你们今后，在工作上和生活中，都要很好协作，互相帮助，互相学习，学校的大梁都要靠你们俩扛喽！"

姜主任把月英带出办公室，来到宿舍。

姜主任先打开自己宿舍的房门，二人走了进去。

月英一看，宿舍布置得很有讲究。墙上挂着两幅西洋名画，一幅是列奥纳多·达·芬奇名画《蒙娜丽莎》，另一幅是安格尔布名画《大宫女》。桌上放着西洋乐器，一台手风琴和一把小提琴，还有一把萨克斯。床帐被褥，一应俱全。衣架上还挂着美式牛仔和笔挺的西装，鞋架上放着东洋高靴和锃亮的皮鞋，真是西装革履，好不阔气！月英心中自问道："这样的摆设，是小学教师吗？是一个大学教授吧？"

姜主任热情地搬过椅子，请月英坐下。又倒一杯热开水，请月英饮用。月英受到这种款待，有一点受宠若惊的感觉，连忙说："不敢不敢！谢谢主任！谢谢主任！还是去看看我的房间吧！"

说着，主任带着月英走了出来，来到隔壁。主任打开了房间的门。

这个房间的设备，和姜主任的房间，当然不可相比了。除了有一张床，床上有一条席子，窗前有一张小桌，桌前有一只凳子。除此以外，也就什么都没有了。姜主任说："这个房间，现在还不好住人吧？"

月英说："这没有关系。我们是乡下人，简单生活过惯了。现在，请主任谈一谈我的工作吧！"

姜主任说："你来我校当辅导员，根据上级指示，主要还是要让你经过一段时间的学习和锻炼，提高你分析事物和解决问题的能力，并不是要你担任什么繁重的教学工作。校长对我说，你现在的主要工作是这几项：

第一，协助维持学校教学秩序，如学生出席情况，以及课堂秩序等。

第二，监督和检查学生课外活动，如班级课间活动、文体活动等。

第三，检查和督促环境卫生工作，如教室、校园、厕所的打扫。

第四，协助和组织学校的集体活动，如全校校会、文体训练、文艺会演等。"

姜主任将四项工作交代完之后，问月英："你对这些工

作有何看法？可以提出你的意见和要求。"

月英说："我对这些工作，从未接触过，可以说是一窍不通，还请主任多多指教！"

姜主任说："谈不到指教，相互学习吧！"

月英和姜主任正在谈话，刁校长匆匆忙忙走来，说："月英同志，会计正在发工资，你快点去领工资吧！"

月英爽快地说："好呐，来喽！"

月英来到会计室。会计室已经站了好几个人。会计是一位女同志，看样子已经有四五十岁了。女会计猛抬头，一眼就看见月英走进来，就连忙摘下老花眼镜，手里拿着笔，站起来，笑眯眯地说："噢！你是……新来的月英同志吧？"

有人插话问："吴会计，你认识这位新来的女同志？"

吴会计说："我足不出户，哪能认识她呀？"

"那你怎么知道她是新来的月英同志的？"

"你看，在我们学校里像她这样的人，能有几个？来我这里领工资的不是她，还能是谁呢？"

"佩服！佩服！佩服吴会计的分析、判断能力！"

"佩服什么呀？领导早就交代过了！来！一个一个签字，一个一个给钱！不签字，不要想用钱噢！"

会计的话，引得大家都笑了起来。

月英领过钱以后，说："谢谢吴会计！"并弯腰向吴会计鞠了一躬。

吴会计很感意外，忙说："哎哟哎哟！月英同志，哪有像你这样客气的？下次再来领工资，就不要这样客气了！"

月英应了一声："好！谢谢！"

月英手里攥了一大把钞票，她那颗心啊，激动得怦怦直跳。她看看手中的钱，自我慨叹道："我长了这么大，手中从没抓过这么多钱呀！岂止手中没抓过，连眼看都没看见过呀！回想起来，在钱家做童养媳十几年，钱是不沾边的。"

月英领了工资以后，向领导请了个短假，到街上去买了一些必要的铺盖衣物，以及必要的生活用品。

月英来到新单位，生活有了基本保障，就把全部精力，投入到日常工作中。

月英在学校里，看起来不教书、不上课，不过做点琐碎杂事。其实，她的任务并不轻松，甚至于超过一般教师的工作量。

学校实行"坐班制"，绝大部分老师都住校，早上统一起身活动，晚上统一熄灯就寝。早上起身之后，统一晨练，晨练之后统一学习。每周一三五学政治，二四六学业务。早餐之后，学生到校早读，有关老师要到班、要巡视。早操之后上两节课，做"课间操"。再上两节课就放中学，上午任务完成。下午学生到校之后是"午睡"，午睡之后上两节课，课间小活动之后再上一节课，接下来就是各项文体活动。放晚学之后，学生离校，老师自由安排。晚餐之后老师有短暂活动，接着老师集体办公两小时，余下的时间都是老师自己安排。

整个一天，学校所有的活动都离不开月英，很多事情，月英还是个主角。例如，学生到校情况，有无迟到、早退或缺席。各班、各科课堂纪律怎么样，纪律最差的，月英还要去"蹲点"解决。早操、课间操、课外活动开展得怎么样。各教室卫生工作，校园卫生工作，特别是厕所打扫得怎么样，月英更要管，经常还要亲自动手，给学生做示范，直到完全满意为止。

人说"功夫不负有心人"。一段时间以来，由于月英的工作热情极高，能吃苦耐劳、认真负责，她的工作成绩特别显著，领导赞不绝口，屡屡受到表扬。老师都竖起大拇指说："月英同志，好样的！"学生普遍喊月英"李老师"。偶然，个别教室没有老师，学生就"鸭子操塘"，只要月英朝前边一站，教室里就立即"鸦雀无声"。可见，月英在师生中已经树立了良好的形象，大家都乐意和月英交谈、相处。她成为人们心目的榜样。

学校里，有一位老教师，见到月英总是笑眯眯的，好像有意想和月英攀谈。月英就主动说话："老师，您贵姓？"

"嘿！三横一竖——王。"

"噢！王老师！"

"您，大号怎么称呼？"

"唉！什么大号、小号的？我叫王振和。"

"您真会说话。只听说人有大号，倒没听说过人有小号的。"

"小号没听说过，小名听人说过吧？"

"小名倒是听人说过。小名，也叫乳名，文雅一点。"

"乳名虽然文雅，但是，有的人还就是不喜欢人叫。"

"王老师，难道你喜欢人叫你小名，或者乳名吗？"

"叫小名有什么不好？俗话说'要得好，小名叫到老'。"

"王老师，您的小名叫什么呀？"

"我的小名呀，叫'大燕子'，你的小名叫什么？"

"我的小名叫'丫头'。"

"谁给你起这个小名的？'丫头'是过去被人使唤的人哎。哪如我这个'大燕子'好听啊！"

"'大燕子'好在哪里？"

"你知道，燕子是益鸟。它捕食害虫，与人友善，这就叫疾恶扬善。我小时候念过一课书，背给你听听：燕子，汝又来乎？旧巢破，不可居。衔泥衔草，重筑新巢。待汝巢成，吾当贺汝！"

"王老师，您的记性真好，小时候念的书现在都能记得。"

"那还用说？我五六岁时父亲去世。七八岁时，我就一个人跑几里路，到小王集去念书。没有记忆力，也就是没有一定的智力，现在能当老师吗？"

"王老师，您说得对！我很佩服！您家在哪儿？"

"东河头，你知道吗？在王圩街南边，紧靠洪泽湖。"

"东河头？您家住在东河头？"

"你还不信？不信，我明儿带你去看看。"

"东河头有个人，不知您知道不知道？"

"哪一个？你说给我听听。"

"三先生。"

"三先生？哪个三先生？"王老师摇摇头，"我还从来没

听说过。有这个人吗？没有吧？"

"他也姓王。他在三号，跟李先生学医的，他们还是姨兄弟呢。"

"噢！你说是他呀？我怎么能不知道呢？他是我的家族兄弟，是我的老三唉。以前三号有个学生叫魏胜，在我这儿念书，我和三弟通信，来回都是他带的。后来他毕业了，我们至今就未能通信。"

"王老师，告诉您，三先生对我特别关心。由于他的帮助，使我才顺利地解决了终身大事。您既然和三先生是弟兄，您就不要拿我当外人。希望您也要像三先生一样，关心我、照顾我呀。"

"那当然，说来，都不是外人喽。"

"王老师，请您说说，我在这里工作，要注意哪些事情，可能会遇到哪些问题，都该怎么办？"

"嘿！"王老师叹了一口气，说，"一个人活在社会上，不容易啊！就像人走路一样，不但头上有雨雪风霜，脚下也会有坎坷崎岖，所以要眼观四面，耳听八方，随时都会遇到意外。"

"王老师，您说得太好了。难怪有人说，听君一席话，胜读十年书！"

"目前，在学校里，你首先，要把分给你的工作做好。其次，你要和校长、主任搞好关系。当然，也要和同志们搞好关系。你要知道，搞好这些关系，是不容易的。往往有些事情，是你自己所料想不到的……"

就在他们谈出兴趣的时候，下课铃响了。

月英说："王老师，以后再谈吧！"

王老师说："好！以后再谈！"

2016. 01. 2

拓展阅读

"听君一席话，胜读十年书"，比喻听你的一番讲话，比读十年书还管用。

出处：《增广贤文》，它是明代编写的道家儿童启蒙书目。清代周希陶进行过重订。人称"读了增广会说话，读了幼学走天下"。

相传有这么一个小故事：据说明朝初年，四川有个穷秀才进京赶考。他遇到一个屠夫，二人交谈。屠夫问："先生，万物都有雌雄，您知道大海里的水有雌雄吗？山上的树有公母吗？"秀才摇摇头。屠夫说："海水有波有浪，波为雌，浪为雄。"秀才听了不住点头，又问："那么，何为公树何为母树呢？"屠夫说："松树是公树，因为'松'字里有个'公'字。梅花树是母树，因为'梅'字里有个'母'字。"秀才听了又连连点头。他进京城考试时，卷子上果然如屠夫所说，水有雌雄、树有公母，结果中了状元。后来，他特地亲笔写了"听君一席话，胜读十年书"的匾额送给屠夫，表示感谢。

十九、
树欲静而风不止

"树欲静而风不止，子欲养而亲不待也。"这句话是从《孔子家语》中引来的，它的原意是说：树木想安静，但是，风却不让。儿子想孝敬父母，但是，二老等不及了（双亲已去世）。这就印证了一个哲学概念：客观事物的存在与发展不以人的意志为转移。这一命题，颇具哲理性。

对于月英当前的情势来说，颇有相似之处。她有了工作，有了对象，本想全力以赴地进行工作，安安稳稳地为人民服务。然而，她虽然这样做了，成绩也不错。而意外的干扰也随之而来。就像一棵树木一样，它本想安安静静地生长、开花、结果，而风却偏要不住地吹来，而且一阵比一阵大，吹断了枝，吹破了叶，吹落了花，吹掉了果。这样一来，这树还能长吗？向月英吹来的，就是这么一股风呀！

一天课外活动时间，刁校长遇到了月英。校长说："月英同志，你来到本校工作，已经有不短时间了。你的工作态度、工作能力以及和师生相处，大家都很满意。你对学校还有什么意见和要求？"

月英说："自从我到学校以来，学校领导，以及全体老师，对我都很好，我非常满意，也非常感谢！我提不出什么意见和要求。"

"你对我个人，有什么意见和要求？"

"校长，从年龄上来说，您是我的长辈。从工作上来说，您是我的领导。我真是无话可说。您对我的关心和照顾，我更是感激不尽！我希望您，对我要多加教育、指导和帮助，使我今后把工作能做得更好。"

"你对姜主任，有什么意见和要求？"

"我的初步印象，觉得姜主任为人不错，我也提不出什么意见和要求。我打算今后，多多向姜主任学习文化和业务。"

"好！你能有初步印象，觉得姜主任为人不错，就很好。我就是希望你能有这个初步印象。有了个初步，才会有下一步呀！你认为他为人不错，这就是一个基础。人与人相处，就好像盖房子一样，有了基础，才能有高楼大厦。我希望你和姜主任能把这座高楼大厦盖起来！"

"校长，您讲这话，我不太懂。"月英说。

"噢！你对这话不太懂。我估计你现在可能不太懂。经过一段时间磨合之后，我相信，你就会慢慢懂得的。"

月英是个聪明的姑娘，校长讲这些话，明明是暗藏着玄机。他谈到姜主任时说的那些话：什么"你能有这个初步印象，觉得姜主任为人不错，就很好。"什么"有了个初

步，才会有下一步呀！你认为他为人不错，这就是一个基础条件"。还有什么"人与人相处，就好像盖房子一样，有了基础，才能有高楼大厦。我希望你和姜主任能把这座高楼大厦盖起来"。月英听得出来，这就明明是话中有话，明明是在暗示我和姓姜的发展什么关系。月英怀疑，难道姜主任还没有成家吗？

月英感到烦恼。自己已经和守杰做出了"永远在一起、永远不分离"的承诺，并且发过誓，守杰亲手把我的辫子剪去。这下校长要是提出了姜主任的问题，这该怎么办呢？月英记得，前不久，王振和老师曾经告诫说，要和校长、主任搞好关系。现在，校长提出这个问题，该如何处理呢？刁校长真给月英出了一道难题了！

不久，校长又对月英说："现在，我就准备向你重点介绍两个人。"

"哪两个人？"

"自然是本校的拔尖人物，也可以说是本校的顶梁柱人物喽。"

"是吗？具体说，是哪两位呀？"

校长说："第一个，就是姜主任。"

月英问："第二个呢？"

"第二个，就是王老师。"

"听说本校有几个老师都姓王，您说的是哪位王老师呀？"月英问。

"具体地说，就是王振和老师。"

"您说的是他呀？我认识，王振和老师是东河头人。"

"哟，你的消息还怪灵通嘛。不错，他是洪泽湖岸边东河头人。他来本校工作已经有些年头了。但是，恐怕你还没有我了解得更清楚，更全面呐。"

看样子，刁校长对王振和老师似乎十分赏识。于是，他就滔滔不绝地介绍起来。"算起来，他也是个苦孩子出身。如你所说，他家住在东河头。你知道，东河头是个什么样子呀？那里紧靠洪泽湖边，湖水经常漫到他家门口。他母亲就生他一个人，所以他没有兄弟，也没有姐妹，只有他一个人。在他五六岁的时候他父亲就去世了。七八岁时，他就一个人跑几里路，经过'官柴洼'，到小王集去念书。这个'官柴洼'是个什么样子啊？在东河头东边，是一片很宽很长的洼地，是一片无主荒地，人说是'官地'，长年积水，只长芦苇（芦苇，当地就叫柴），不长庄稼，所以这里就叫'官柴洼'。你想想看，王老师那么小，一个七八岁的孩子，竟能天天要经过'官柴洼'，去读书。能如此刻苦地去念书。这是一种什么精神呀？"

"后来呢？"月英问。

"后来？你想想看，七八岁时竟能如此刻苦，后来成绩能差吗？可以这样说，在东河头，他们姓王的是个大家族，在同代人中，就要数王老师水平最高！"

"他是怎样走上教师岗位的呢？"

"他是怎样走上教师工作岗位的，说起来也很简单。在东河头最西头，有几家人也姓王，但他们与王老师不是一个家族。西头这王家很有势力，出了一个叫'王正江'的人。在解放之初，不知王正江怎么获得一个'校长'的资

格，在东河头北边办了一所学校。王正江知道王振和有水平，他就把王振和老师请去了。因为王老师有文化，工作能力强，后来就自然地被政府聘为公办教师了。"

月英听了校长对王老师的介绍，深受感动，慨叹道："唉！王老师啊，您，真是不容易，也不简单啊！"

刁校长说："那当然。王老师虽然没有受过什么正规的师范教育，但是，他经过学习、轮训，一点也不比正规的师范生差！在小学里，从一年级到六年级，不管是'语数常（常识）'，还是'音体美（美术）'，哪一门课都难不倒王老师。"

"这就叫'多面手'，对吧？"

"月英，我告诉你，王老师还有一个特长。"

"哦？还有特长？什么特长？"

"搞文艺活动。"

"他都搞哪些文艺活动呀？"

"他搞的项目多着啦。比如唱歌、跳舞，说相声、演小品，唱淮海戏、黄梅戏，等等。他不但自己会演会唱，还能教别人演、唱呢。"

"乐器，王老师也会吗？"

"那还用说？笙、箫、管、笛，吹、拉、弹、唱，他样样都会。"

对于音乐，月英很感兴趣，她说："王老师这么有才能，我明儿个，要好好向王老师学学唱歌。"

校长说："那是一句话。那么……"

校长正要提出新话题，放学铃打响了。月英说："校

长，放学了，我要去组织学生站队，给学生送队了。"

"行！下次再谈。而且，我还有更重要的话对你谈。"

在学校里，放晚学之后、开晚饭之前，有一两小时，是老师"自由活动"时间。这是老师最轻松的时刻。老师们，有的散步，有的闲聊，有的看书，有的洗衣服，有的演奏乐器，有的点小炉子自己做饭。

唯独月英，干什么呢？她一个人在房间里，坐在床边上。她在苦思冥想，思考校长谈的那些话。他尤其谈到姜主任的时候，说她对姜主任能有"初步印象，觉得姜主任为人不错，就很好，等等。"他还说："我就是希望你能有个初步印象。有个初步，才有下一步呀！"他还说："你认为他'为人不错'，这就是一个基础条件。人与人相处，就像盖房子一样，有了基础，才能有高楼大厦。我希望你和姜主任能把这座高楼大厦盖起来！"他还说："你不太懂。我估计你现在可能不会懂。我相信，经过一段时间磨合之后，你就会懂得的。"

月英想到，校长特地、当面对月英说这些话，不是有明显的意图吗？月英也怀疑：姜主任怎么到现在还没有对象、没有结婚呢？

月英觉得，看姜主任那个样子，至少已经三十出头了，不会没成家吧？人虽然矮一点，小一点，黑一点，瘦一点，还不算太丑。只是三角形的脸，尖尖的嘴，很像孙悟空，这倒是他的一个特色。看他房间的布置，月英觉得有三个特点：1. 家庭有钱；2. 讲究衣着；3. 追求洋气。月英认为，他不会年到三十还找不到对象吧？

月英有点担心，校长下边还会说些什么呢？是不是想……月英不敢再往下想。她摇摇头，叹了一口气："唉！"月英也在告诫自己："呆子唉，不要想得太多，不要自找烦恼了！"她毅然走出房间，准备到外边去散散步，消遣消遣。

你说巧不巧，刁校长也出来散步，和月英碰了个对面。

校长说："月英同志，你也来散步啦？"

月英很有礼貌地道一声："校长好！"

校长说："你好你好！月英同志好！"

月英说："我刚刚出来，就碰到您了。"

校长说："这就叫无巧不成书嘛。放学之前，我正要向你介绍介绍姜主任，巧了，放学铃响了，我就把要说的话咽下去。现在就吐一吐吧。"

月英说："您说话真有意思，这话怎么好咽、怎么好吐啊？"

校长笑着说："你看你看，话到嘴边不说，不就咽下去了吗？把没说的话，再说出来，不就吐出来了吗？"

校长和月英都笑了起来。

月英说："您有什么话要吐，就吐吧！"

"我就吐吐姜主任吧！月英，你知道他是哪里人吗？"

月英摇摇头："不知道。"

"告诉你吧！他是丹阳人唉。你知道，丹阳，在哪里？"

月英摇摇头："不知道。"

"告诉你吧！丹阳在江南。你知道，丹阳，怎么样？"

月英摇摇头："不知道。"

月英觉得校长问这些话，实在是太烦琐，你有话直说就是了，何必就这么一句一句问呢？月英本想刺他两句，但话到嘴边，也就咽下去了，以免无谓地丧失感情，所以她仍旧以"不知道"来回应他。

"告诉你吧！丹阳在江南，那里是'鱼米之乡'，吃的都是大米啊。你知道大米是怎样长出来的吗？"

月英摇摇头："不知道。"

月英本来对校长的谈话已有烦感。但是，听他谈到"大米是怎样长出来的"，这倒使月英有了兴趣。因为当时在苏北地区，不但极少吃米，更没见过大米是怎样长出来的。所以，她回答了"不知道"之后，还又追问一句："校长，您见过大米是怎样长出来的吗？"

校长得意扬扬地答道："那当然。那年暑假，姜主任特地邀我到他家去玩，我亲眼看到了大米生长的情况。"

"大米到底是怎样长出来的？"

"说来真奇怪，大米不是长在地上，而是长在水里。长在水里的，还不叫大米，而叫水稻。水稻结了穗子，穗子里结的才是大米。"

"真的？"月英感到十分惊奇。

"我还要告诉你，姜主任家庭阔气着啦。他家住的不是房子。"

"住的不是房子，是什么呀？"

"他家住的是楼，是楼上楼下。他家还有点奇怪呢。"

"他家还有什么奇怪呀？"

"一家人尿屙，不上茅厕。"

"一家人尿屙不上茅厕，都上哪儿去尿屙呀？"

"就在家里，在房间里。"

"不臭吗？"

"臭？他家尿屙的厕所，比我们的锅台还干净呐！"

"真的？"

"那还能假？如果你不信，明儿个，你就跟我去看看。他家还有奇怪的呢。"

"他家还有奇怪的？"

"他家坐的都不是板凳。"

"那坐什么的呀？"

"他们坐的都是'沙发'。"

"'沙发'？什么叫'沙发'呀？"

"什么叫'沙发'？我说也说不清。听说是外国货。宽宽的，大大的，厚厚的，软软的，只要一坐上去，就陷下去了。"

"真有点奇妙！"

"再说啦，姜主任本人也不简单，他有学问，有技能。"

"他怎样有学问呢？"月英问。

"怎样有学问？南京有个晓庄师范，你知道吧？"

月英摇摇头："不知道。"

"晓庄师范，你也不知道？这是全国最有名的师范学校。姜主任小学毕业就考了进去喽。他在那里整整念了四年，名为初师毕业，实际就等于高师毕业（当时所谓高师，就是现在的中师）。他的条件好着啦！"

月英问："是吗？"

“你到他房间看一看，这样琴、那样琴，都是一些洋家伙。”

月英说：“不错。他房间里的洋货真是不少，我都看到了。”

“你还不知道，他家里的洋货，还多着呐！现在，你看看我！”校长越说越来劲。他说着，就捋起自己的胳膊，说：“你看看！你看看吧！我这手表，叫‘英纳格’，是世界名表，就是姜主任特地送给我的呀！”

“真的？姜主任送给您这么贵重的东西？”

“送给我的东西还有呢！还有一双崭新崭新、锃亮锃亮的皮鞋，我这一辈子不要说穿，就连看，都没看过唉，我一直收在家里，舍不得拿出来穿！”

刁校长正谈得兴致勃勃，晚办公铃打响了。他看一看手腕上那只“英纳格”手表，无可奈何地摇摇头，回到办公室办公去了。

月英到办公室，老师们已经到齐了。大家都默默而紧张地工作着，备课的备课，改作业的改作业。月英不上课，自然也就无课可备，也就无作业可改，干什么呢？学校有规定，办公时间，不准闲谈，也不准看其他杂书，只可以看有关业务资料，学时事、政治。月英无事可做，对算术不感兴趣，而对国语（今日之语文）兴趣特浓。她就找来小学国语一至六年级课本来看，不认识的字就查字典，这倒是她学文化的一个好办法。学校里有几份报纸：《人民日报》《新华日报》和《淮海报》。这些报纸，给她学习时事政治提供了便利。

这一天晚上，刁校长滔滔不绝地谈了那么多姜主任的事情，他是什么用意，还不明显吗？月英想来想去，这个难题怎么解决？在她的心里，真是十五个水桶打水——七上八下，哪里还有心思去学习呢？

2016.01.30

拓展阅读

"树欲静而风不止"出自：

1. 《孔子家语·卷二，致思第八》：孔子行，闻哭声甚悲。孔子曰："驱之！驱之！前有贤者。"至，则皋鱼也。被褐拥镰，哭于道傍。孔子辞车与之言曰："子非有丧，何哭之悲也?"皋鱼曰："吾失之三矣：少而学，游诸侯，以后吾亲，失之一也；高尚吾志，间吾事君，失之二也；与友厚而小绝之，失之三矣！树欲静而风不止，子欲养而亲不待也。往而不可追者，年也；去而不可得见者，亲也。吾请从此辞矣！"立槁而死。孔子曰："弟子诫之，足以识矣。"于是门人辞归而养亲者十有三人。

2. 另见《韩诗外传》卷九："树欲静而风不止，子欲养而亲不待也。"这句话意译就是说：树希望静止不摆，风却不停息；子女想赡养父母，父母却已等不到而离去了。

月英寻亲

二十、
"鸿门宴"，与"赤膊上阵"

"鸿门宴"本来讲的是一个历史故事。东汉末年，刘邦到鸿门这个地方，跟项羽会见。项羽本想在酒宴中乘机杀死刘邦，哪知刘邦却乘机逃脱了。后来人们就用"鸿门宴"来指加害客人的宴会。

刁校长精心设计的招待月英的"午餐"，虽然对月英还远远谈不上什么"加害"，但是，他的用意却是十分明显的。

现在，我们就来看看刁校长是怎么搞"鸿门宴"的吧。

一个星期天，刁校长就对月英说："月英同志，今天，你可有私人事情要做？"

月英说："我没有什么事情要做。"

"那好！我们到镇上去玩玩，好吗？"

"好哇。"

早饭后，月英跟校长出发了。出发的时候，月英心里就想："前天，谈了那么多明显暗示的话。今天，不知校长

又要耍什么花招了？"

他们来到街上，先走进区公所大院，迎面碰见吴教导员推自行车出来。教导员先开口："哟！刁校长，你们来得早啊！"

"教导员，您早！"

教导员对月英说："哟！月英也来啦？到学校里，你的工作、生活都怎么样啊？"

刁校长主动答上话："您派去的人，工作能差吗？月英同志，思想、工作和学习各方面都表现得很好。"

教导员说："各方面表现好，那就好。希望你们对她要多关心，她是我们社会主义建设的后备力啊。"

"首长，您放心。我经常和她谈话。她的工作、生活和学习，我都给安排很好。甚至她的婚姻、恋爱问题，我都时刻放在心上，正在为她张罗对象呢。"

教导员说："那就好。你们有事吧，我现在要到乡村去。"教导员说着就骑上自行车，出发了。

刁校长把月英带到文教股长宿舍，股长正在洗衣服。校长对月英介绍说："月英，这就是林股长，专门管文教的，是我们的顶头上司唉！"

林股长笑着忙站起来，一边擦去手上的水，一边客气地说："哪里哪里！什么顶头上司？都是为人民服务！"

校长又向股长介绍说："股长，这位就是最近分到我校的辅导员月英同志。"

月英说："股长好！"

股长说："你好你好！请坐请坐！"

校长说:"股长唉,你别看月英年轻,可是她的工作热情蛮高,将来很有前途唉。"

股长说:"分配她之前,教导员已经向我做了交代。听校长这么一介绍,我也就放心了。不过,我要告诉你,根据领导的意图,月英在你那里工作,是以锻炼为主,如果今后有什么新的任务,随时都会把她抽调出来的哦。"

校长爽快地说:"股长放心,刁某绝对服从领导!"

股长也爽快地表示:"行!有你这种态度,我也就放心了!"

刁校长带月英走出区公所,来到大街上。来到供销社,这个门市玩玩,那个门市看看。一会儿,姜主任也来了。

姜主任的出现,月英心中一怔:他怎么也来啦?他是不是和校长约好的?

刁校长笑起来了,说:"没想到,姜主任,你也来啦?你来得正好,我正在犯愁,中午没有饭桌呢!"

姜主任爽快地说:"中饭,还用愁吗?今天,我来请客!"

正如月英所料,姜主任"请客",这可能就是一个圈套。月英为难了,自己是走是留呢?走吧,怕他们见怪。留下来吧,这饭吃下去,算个什么呀?于是,月英就说:"校长、主任,你们在这儿,我先回去了。"说着,转脸就要走。

校长说:"你看你看,月英,你不搁人了吧?姜主任请我吃饭,你怎么能走呢?再说啦,主任请我吃饭,还能不把你顺便带着?"

月英听说"顺便带着",让人太过难堪。她委婉地说："姜主任请您吃饭，我也跟着，这像个什么话呀？"

校长听得出来，觉得自己说话欠妥，连忙笑着改口说："噢！我刚才那句话说错啦。实际上，是姜主任请月英吃饭，顺便把我带着。姜主任你说，是吧？"

姜主任站在旁边，只是笑。

校长这么一改口，月英也被逗笑了。

月英知道，这明明是校长和主任玩的"鸿门宴"策略，是一个圈套。她就找了一个借口说："校长和主任的热情，我都领了。不过，我急着要去医院拿药，不能耽误，你们先去吃吧。"

校长见月英要去拿药，就对月英说："你看你看，你又不懂事理了吧？不管是主任请我，还是主任请你，难道能不给姜主任一个面子？"

姜主任说："吃过中饭再去拿药也不迟。"

校长说："是嘛。一起先吃饭，吃过饭，我和姜主任倍你去拿药不好吗？"

月英实在没有办法，只得留下来。

三个人出了区公所大门，来到"许庭贵饭店"。

饭店老板许庭贵正在忙里忙外，见到刁校长等三个人进来，热情打招呼："哎哟！校长、主任，还有月英老师，贵客！贵客！请到里边坐！"

许老板领刁校长等三个人到饭店里间坐下来。又是倒茶，又是敬烟。他还向校长介绍说："校长、主任，你们的这位月英老师啊，还是我许庭贵的大恩人呐！"

校长笑着说："哦，是吗？"

许老板对校长说："不瞒您说，我的大孙子就是月英老师救出来的呢。"

校长说："是吗？我只听说个大概，具体情况，还不太了解。"

许老板说："嘿！那是我儿媳妇的事情。她们婆婆妈妈的事情，作为老公公，我就不去细说啦。"

许老板又转脸对月英说："月英老师，我耳朵听到了，说你救了我小孙子之后，就去做老师了。这太好啦！等我大孙子长大，还要跟你去念书呢！"

月英只是点头，笑笑，不好说什么。

校长说："许老板，今天是我们姜主任请月英老师吃饭，我来作陪，你要给我多弄几个好菜喽！"

"那还用说！您放心，我马上亲自下厨，保证让您满意！"

说着讲着，许老板马上就端来两个冷盘，又炒了两个热菜。暖了一壶酒，每人斟上一杯。

月英知道，俗话说"吃人家的嘴软，拿人家的手软"。姜主任的酒、菜不是好喝、好吃的。喝下去、吃下去，就吐不出来喽！这怎么办呢？

月英灵机一动，说："许老板，您小孙子不小了吧？"

许老板哈哈大笑，说："哟！那还用说？我那小孙子呀，就在后边屋里。他只要见到人来，那四个小爪子直是动，小嘴像荷包似的拨弄拨弄的直是笑。小嘴还不住地、成串地'啊'出声来，好玩着啦。月英老师，赶快去看

看吧！"

月英非常高兴，说："我真要去看看。校长、主任，你们先喝着，我去看看许老板的小孙子，马上就回来。"

月英说着就往后边走，来到许老板儿媳妇的房间。

校长和主任，吃了一会儿，喝了一会儿之后，见月英长时间没有回来，就对许老板说："许老板，我们月英老师上你儿媳妇房间，怎么到现在还没回来？"

许老板恍然大悟似地说："哎哟！对不起！真对不起！月英老师，是我家的大恩人。听她说不会喝酒，我就特地做她可口的饭菜，以表示我的心意。在我儿媳妇陪同下，月英老师已经吃过啦！"

刁校长听说月英已经吃过了，脸色突然变了，说："许老板，你真不够意思了。本来是姜主任请客，你却偷偷摸摸给招待了。你说，你说，这账该怎么算呀？"

许老板忙往脑袋一拍，赶忙赔不是："你看我这头脑，真是一时弄糊涂了，实在对不起二位！"

校长说："许老板，这账，到底怎么算呀？"

许老板说："哎哟！大校长啊，这账有什么不好算的？二位所有的酒钱、菜钱、饭钱都是我的，由我请客。要是在平时，恐怕我请二位，二位还不肯给面子呢！"

正在他们说话的时候，月英来了。

校长说："月英同志，姜主任真心诚意请你吃饭，你倒跑了，辜负了姜主任的一片心意啊！"

月英说："你看，许老板把饭菜端过去，我也盛情难却啊"

姜主任站在旁边只是呆笑，不好说什么。

校长说：“好吧，这次吃饭就算了，等下次吧！”

月英说："行！下次，都由我来请二位客！你们先走吧，我现在到医院去。"月英说是去拿药，其实，她是到区公所找守杰去了。

月英来到守杰的宿舍。正巧，守杰也在宿舍里洗衣服。守杰连忙站起来，笑着说："你就像一首歌曲所唱的那样：'桂花儿要等贵人来哎！'你这个'贵人'呀，让我真的好等哦！"

月英笑笑说："怎么，你嫌'贵人'来迟了？"

守杰说："我做梦都在想'贵人'呢！"

月英说："说真话吧，我昨夜真的做了一个梦，你猜梦见谁呀？"

"你梦见谁，我哪里知道？"

"梦见的就是你啊。可是，眼一睁，原来是个梦！"

守杰说："那你，为什么不早点到我这儿来呢？"

月英说："你不知道，我有工作在身，哪能想走就走呀？"

守杰说："我也有一件有趣的事，要告诉你。"

月英说："什么事？"

"嘿！说起来真好笑！"守杰说着，就笑起来。"前天，我下乡送文件，一位大妈偏叫我到她家坐坐，喝杯茶。"

"你去喝啦？"

"我去了，刚坐下，你猜大妈说什么吧？"

"大妈说了什么？"

大妈说："小张啊，你不认识我，我倒认识你啊。你是张王熊庄的。你现在有没有对象呀？如果没有的话，大妈

就替你说一个。把嗨庄上最漂亮的姑娘说给你。你看怎么样?"

"你怎么说的?"

"我说,谢谢大妈,我已经有对象啦!"

月英笑了,说:"你的胆子真不小,哪个是你的对象呀?"

守杰向月英一指,说:"呶! 就是这个丑丫头!"

月英把脸一捂,说:"你就不害羞,不怕我不要你?"

守杰笑着说:"你不要我,行! 你自己把剪掉的辫子接起来!"

月英说:"你要是不要我,你就把我的辫子接起来!"

两个人同时都笑了起来。守杰伸手要去拉月英,月英用手一推,说:"不要乱动,让人看见了不好!"

月英说:"我们现在说正经话吧! 你那个问题好办,只要你说有对象,大妈就没话说了。可是,我遇到的问题,就难办喽!"

"什么问题?"

月英说:"最近几天,刁校长,反反复复向我介绍学校那个教导主任的情况,说这个人的本人条件如何如何的好,说这个人的家庭条件怎样怎样的富有。我一看就知道,校长的用意,非常明显。"

守杰问:"这个教导主任姓什么? 哪里人?"

月英说:"姓姜,丹阳人。校长拼命在我面前吹捧他,用意很明显!"

"什么用意? 是不是想把你介绍给他?"

"那还用说?"

"你愿意嫁给有钱人？还是愿意嫁给我这个穷光蛋？"

"废话！再有钱、有势我都不要！"月英指着守杰，笑着说，"我就爱这个一无所有的穷光蛋！"

守杰再一次要搂抱月英，月英又一次把守杰推开，说："不要乱动！"

二人傻笑了一会儿。

月英说："今天，他们又到饭店请我吃饭。"

"你吃啦？"

"我想个主意，滑掉了。"

"那好。不过，他们一心要打你的主意，还真……有点难办喽。"

"现在，我们要好好研究一下，今后校长如果再提出这个问题，我应该怎么回答他，让他们丢掉幻想？"

守杰说："今后，校长如果再提出这个问题，你在回应他的时候要注意两点：第一，要明确告知自己已经有对象了，不能含糊其词。第二，说话要注意方式，不要伤害到人家感情。"

月英说："好！我就照你的话办。"月英回校，守杰送至街头。

月英回到学校，突然看到自己办公桌上有一封信，她大吃一惊："咦！谁给我一封信呀？"

她把信偷偷装进口袋，回到宿舍。她把房门关上，临着窗台，打开信封。这信不看便罢，一看更让她吃惊！

亲爱的月英，你好！

当你见到这封信的时候，一定很吃惊吧？请不要见怪，我就是你对面的小姜。我们既然坐对面，何必要写信呢？说心里话，我早就想跟你谈谈，而且想多多谈谈。但是，我一是不好开口，二是怕人讥笑。所以，只有写信了。

其实，在此之前，人家也替我介绍过几个女朋友，特别是习校长对我更是无微不至地关心，结果，我都看不上。特别是苏北的女孩子，不但容貌丑陋，而且没有知识，没有文化，总是脏兮兮的。一下子见到了你，真所谓"一见钟情"。你第一次来，我正在学校值班，你不认识我，我却认识了你。你拖着那条乌黑油亮的辫子，简直漂亮极了！你第二次来，辫子剪掉了，显得更加成熟、更加漂亮。我喜爱到了极点！现在，我真心诚意地向你求爱！

亲爱的，我渴求你和我先交"男女朋友"！然后再走上"婚姻殿堂"。在你的抽屉里，有我赠给你的"见面礼"，请查收！

渴望回音，敬祝愉快！

您的男朋友小姜

×年×月×日

月英除了收到这封信，还收到姓姜的所谓的"见面礼"——"瑞士坤表"。她本来就估计到校长会再次纠缠，没想到姓姜的竟然也会赤膊上阵。月英立即点亮灯，摊开纸，写了一封回信：

姜主任：

　　来信收到。我只愿意和你做"同志式"的朋友。我们天天见面，无须"见面礼"，所以，你的那只手表，还在您的抽屉里，请查收。

　　再见！

月英

×年×月×日

　　"鸿门宴"破了局，"赤膊上阵"也未奏效，刁校长和姜主任还会使出什么伎俩呢？人们正在拭目以待。

2016.02.1

拓展阅读

　　一、"鸿门宴"：这是一个历史故事。它讲的是东汉末年，即公元前206年，刘邦来到鸿门（今陕西临潼东），跟项羽会见。在酒宴中，项羽想杀害刘邦，而刘邦却乘隙逃脱。史实见《史记·项羽本纪》。后来人们就用"鸿门宴"指加害客人的宴会。

　　二、"赤膊上阵"：意思是光着上身，不穿盔甲，上阵作战。比喻做事鲁莽、不讲策略或不加掩饰地做某事。典故出自罗贯中《三国演义》第五十九回：曹操大将许褚"却了盔甲，浑身筋突，赤体提刀，翻身上马"，与马腾的儿子马超展开决战。

二十一、
深情厚谊，两全其美

又到了星期六。在这一天放晚学时，月英照例组织学生站队，和老师一起为学生送队。走在路上，突然间，从远处传来一个非常响亮的喊声：

"姐姐！"

月英听到了，老师们听到了，学生们也听到了。大家都抬头向四处张望，也没看到什么。放学程序照样进行。

"姐姐！"

又是一个响亮的喊声。

月英送队，领着学生，向西行走。这条路，西达三号，东至张土圩、南吴集。如果从三号向东南到王圩画一条直线，再从王圩向正北到张土圩、南吴集画一条直线，再从南吴集、张土圩到三号再画一条直线，那么，这三点相连，就成为一个直角不等边三角形。月英领着这队学生，就在东西这条线上行走。

"姐姐！"

俗话说"事不过三"。连喊三声"姐姐",月英觉得这里必有蹊跷。是谁喊的呀？谁是他的姐姐呢？月英一边思考，一边向四处张望，仍然没有看到什么，她就布置学生："你们走你们的路，别管它！到家门口你们再下路。队要走好，不要走乱了！"

学生走远了，他们陆续回家了。

月英停下脚步，再听听，再看看，看看到底还有没有喊声。

果然，又传来一次"姐姐"的喊声。月英明确了，这声音是从南边树丛里传来的。于是，她就向树丛走去，想看个究竟。还没走几步，就从树丛里跳出一个人来，这是谁呀？——

毛头！原来是钱毛头！

月英不但吓了一跳，还冒了一身冷汗。她难以置信，怎么会是他呢？他怎么会到这儿来的？他到这儿，是想干什么呢？……

月英还在呆若木鸡之时，毛头已经一下子跑到月英的面前。月英说："刚才'姐姐'两个字是你喊的？"

毛头点点头，说："是啊！是我喊你的啊。"

"谁叫你喊我'姐姐'的？"

"是我自己，没有人叫。"

"我以前说过，不做你姐姐。你现在，为什么还把我叫'姐姐'？"

"上次你走的时候，我就这么叫了。"

"为什么？"

"我知道，你不能做我的媳妇，只能做我姐姐。我也不配做你男人，只能做你弟弟。我就把你叫'姐姐'了。"

"对呀，我永远也不会到你家去了。你今天跑到这里来，想干什么呀？"

"我不想干什么。我就想你，我就来看你了。"

"你怎么知道我在这里的？"

"沙咀姨娘说你在张……张……张……张什么庄？"毛头说不上来"张"什么庄，急得抓耳挠腮。

月英提示说："叫张王熊庄，是吧？"

"对嘞，说你在张王熊庄。"

"你到张王熊庄去了？"

"我去了，我天天都去。"

"在张王熊庄，你找到我了吗？"

毛头摇摇头："没有。"

"在张王熊庄没找到我，那你怎么办的？"

"我在张王熊庄四处转着找。"

"你找过哪些地方？"

"我找过的地方多着喽。东边蒋庄，南边王圩，西边邵庄，美人湾，北边赵庄，南吴集。几天前，我就来到张土圩了。"

"你到处找我，在哪里吃，在哪里住的？"

"我早上出来，晚上回去，中午不吃饭。有时候，天太黑，我不敢走，就在人家草堆跟睡一夜。你不知道吧？在草堆跟睡觉，很难受，很难受。没有床，没有被，夜里，倒有多冷啊！我腿都不敢伸一伸。"

听到这里，月英哭了。但她没有哭出声，只是流眼泪。人心都是肉做的。毛头这样废寝忘食、日以继夜，痴迷到这种程度，能不让人感动吗？

月英问："你到这个学校，来过几回啦？"

"这个学校，我天天都来，来过好几回了。"

"你每次来都喊'姐姐'吗？"

"没有。这是头一回喊。"

"为什么以前没喊呢？"

"我不敢喊。你变了，你的辫子没有了，你的衣服是新的了，人也变得又高又大，比以前更好看。我不敢喊，我怕喊错人。"

"后来，你是怎么认出我的？"

"你的脸像，你的声音也像，我看没错，我就喊了。"

"你天天出来找我，你妈知不知道，你三爷知不知道？"

"他们都不知道。"

"你天天出来，他们怎么会不知道呢？"

"他们不问我，也不要我了。说我没有用，说我是废人。他们打我，骂我。姐姐，你看，我是没有用，我是废人吗？他们打我、骂我不算，还不给我吃饭，我肚子饿得不知多难受哦！"

月英又一次流下了眼泪。

"你妈在家干什么了？"

"我妈变了。她天天不在家，到外边乱跑，又是赌钱，又是打牌，又是掷猴子，还干些什么，我就不知道了。"

"你还恨我吗？"

"我不恨你。我只恨我自己，恨我妈，恨我三叔！"

"你妈恨我吗？"

"她没说恨你。她只恨我没用。"

"你三爷恨我吗？"

"他真的恨你。有一天，他咬着牙，说你叫钱家绝了后。他还说，在你跟别人结婚的时候，就要把你两口子一齐炸死！"

月英听了，打了一个寒战，说："他能拿什么炸我呀？"

"水牛弹。"

"什么叫'水牛弹'呀？你看见过吗？"

"他给我看过了，说留给我报仇用的。"

"'水牛弹'是什么样子？"

毛头用手比画着："有那么长。"

"有七八寸长？"

"对！有七八寸长。头子是铁的，粗一点，柄子是木头的，长一点。很重，有一只鸡那么重。"

"恐怕那不叫'水牛弹'，叫'手榴弹'吧。"

"我也不知道叫什么弹。"

月英听到这里，又打了一个寒战，说："这个钱三乱子，真毒狠啊！他将来真能杀害我们吗？……"月英愣了老半天，不敢再往下想。

月英停了一会儿，说"毛头，你来找我，想做什么呀？"

"我找你，不想做什么，就是想看看你。"

"你还记得，我和你已经解除了婚约，我们已经没有任何关系了。当时，鄤乡长还给我们写过字具，他在字具上盖过大印和私章，你和我也都在那字具上签过字，你还记得吗？"

"我记得。"

"你既然记得，还来找我干吗呢？"

"我就是想你，想来看看你。"

"今后日子长了，你还来吗？"

"不问多长日子，我都来。"

"我要是不在这个地方，你怎么办？"

"我就到处去找你。我找你，也没有什么别的想法，就是想你，想来看看你。看到你，我就是不吃饭、不睡觉，也舒坦！"

月英又一次落下了眼泪。

月英平静下来，说："毛头，你已经看到我了，你就回去吧。"

"我不回去，我还有话要对你说。"

"有什么话，你就说吧。"

"我以后，天天都来看你，行不行？"

"那怎么能行呢？"

"我不吃你的饭，也不在这儿住，还不行吗？"

"不行！我也不一定天天都在这里。"

"那我想你，怎么办呢？"

"我明儿个，照一张相片给你，想我了，就把相片拿起来看看，好不好？"

"相片是纸，也不是人，那有什么用？"

二十一、深情厚谊，两全其美

"那怎么办呀？"

"姐姐，你能不能帮我找个媳妇呀？媳妇长得孬好，我都要。我要能有个媳妇，妈妈也会高兴。她也就不打我、不骂我了。你看好不好？"

毛头提出找媳妇的要求，倒引起月英新的思考。她回想起来，和毛头在一起生活了十几年，不能说没有一点感情。尤其看到毛头对自己的日夜思念，而废寝忘食到处寻找。看起来，实在可怜。他妈妈对他又是那样不好。月英自问道："毛头呀毛头，你这一辈子怎么过呀？"月英觉得，毛头虽然智力有点迟钝，但他忠厚老实，也能做一些事情。他要是真能够找到一个媳妇，就是条件差一些，甚至有点残疾的，至少也有个伴。如果能够是这样，他的家庭，乃至他的一辈子，也能安居乐业，这倒是一件好事。不过，这样的媳妇，到哪儿去找呢？

月英问毛头："毛头，你真想找个媳妇？"

"我真想。"

她立刻想到，赵芳不是有个妹妹叫小芳吗？虽然小芳有点呆，她妈还说过："小芳，呆头呆脑，谁要啊？"但她毕竟是个人，让她和毛头配起来，倒是"笆门对笆门、板门对板门"，这才叫"般配"呢。月英想，能不能把他们成全起来呢？如果，能够"天如人愿"，月英倒也愿意为之操劳。

于是，月英对毛头说："毛头啊，你是不是真想请我替你找个媳妇呀？"

"是啊，是啊！姐姐，你要是能替我找个媳妇，我保证

向你磕头。我现在就开始磕啦？"

"不不不！磕什么头唉？你要先说说，有什么条件？"

"什么叫'条件'？"

"就是说，什么样的人，你才能要？什么样的人，你不要？"

毛头想了想，说："什么样的人我才能要？只要是一个人，我都要，不问是个呆子、瘸子、聋子、瞎子，我都要。不过，傻子我不要，我怕她打我。哑巴，我也不要，她不能和我说话。"

月英笑了，说："毛头，你的条件还不少啦！这样吧，你要的那样的媳妇，我还不一定能不能替你找到。你在下一个星期六，在放晚学以后，也是这个时候，还在这个地方，你来看我。你不要到学校里边去找我，也不要把这话告诉别人。现在，你就回去吧。"

毛头说："姐姐，你叫我回去？好，我听你的。现在，我肚子饿，走不动。"

月英说："你肚子饿？先在这里等着，不要乱走。"

月英说着转脸往学校去了。她马上就从食堂里拿了两条热气腾腾的小麦面卷子递给毛头。毛头伸出手来接，月英一看，摇摇头："看你这手，这么脏！头不洗，乱得像个毛球。手不洗，脏得像个鸡鸭爪子！"

毛头笑眯眯地接过卷子，一边吃，一边回家去了。

第二天，正是星期日，月英迅速来到赵芳家。赵芳妈妈站在门口，月英先开口："大妈，您好！赵芳姐在家吗？"

"你是……"赵芳妈妈已经认不出月英了。

"我是月英，是赵芳的朋友，我还在你家住过一宿呢。"

"噢！我想起来啦，你就是钱家童儿媳妇吧？"老人这一问话，倒叫月英有点尴尬了，但是，她也不好辩驳什么。

赵芳在屋里听到月英来了，赶紧跑出来，说："妈！你说的什么话呀？人家早就不是钱家的童儿媳妇了！人家现在是学校的老师。"

赵妈妈满带歉意的口吻说："姑娘，你不要在意！大妈不知道唉。"

赵芳和月英老友见面，亲密一番，自然不在话下。月英把分别以来遇到的种种情况，向赵芳做了简要的介绍，赵芳听了无比赞叹，自然都在情理之中。月英直截了当地把毛头和小芳婚配的想法，告诉赵芳母女。她们母女觉得这个想法还不错，但有一个条件，那就是：必须要钱家先上门来提亲。

月英高兴地说："行！叫钱家先上门提亲，没问题！我马上叫毛头回家，逼他妈妈请人来赵家提亲，问题不就解决了？我相信，他妈知道这件事，保证她欢喜得鼻子往嘴里淌！"

下一个星期六，毛头准时来到张土圩小学上次见到月英的地方。毛头迫不及待地问月英："姐姐，我的媳妇找到了吗？"

月英假装没找到，绷着脸，瘪着嘴，直摇头，不吱声。

毛头一看，傻眼了，呆在那里，一动不动，还显出要哭的样子。

月英望着他，憋了半天，突然哈哈大笑起来："呆子

唉！姐姐替你找到媳妇啦！"

"真的啊？姐姐不会骗我吧？"

"真的。姐姐还能骗你？"

毛头果真笑了起来。他急切地问："你给我找的媳妇是哪一个呀？姓什么，叫什么？你快告诉我吧！"

月英卖了个小关子，说："你猜！"

"我上哪儿去猜呀？你快说吧！"

"远在天边，近在家后！"

"人只说远在天边，近在眼前。还没人说过'近在家后'呢！"

"对！就在你的家后。"

"我的家后有什么呀？"

"你家后有什么庄子？"

"嗯家后是小赵庄。"

"对啦，小赵庄有个赵芳，赵芳有个小妹叫赵小芳。她们姊妹俩你认识不认识？你看赵小芳怎么样？"

毛头双手一拍："你说的是她呀！我认识，那太好了！我和她什么时候结婚呀？"

月英说："看你急的，人家还提出两个条件呐：第一，你家必须请人到赵家去说媒。第二，你待小芳要好，不许你离开她。"

毛头满口答应："我保证完全做到！小芳带来家，我再也不去找你了！"

正如俗话所说："一个要补锅，一个锅要补。"双方互有需求，一拍即合，他们很快就完婚了。

月英做了这件事，人们誉之为：深情厚谊，两全其美。

2016. 02. 3

拓展阅读

一、月英、毛头活动方位图：假设三号为 A，在西北；王圩为 B，在东南；吴集为 C，在东北。将 ABC 三点相连，AC 交汇点为 90°，而且 AB 线最长，BC 线最短。则：ABC 就成为一个不等边直角三角形。美人湾在 AB 线上，张王熊庄、邵庄在 BC 线上，张土圩在 C 点上。那么，月英和毛头这次活动就在 CA 线上。

二、"一个要补锅，一个锅要补"：常见的口头语，意思是：各有所需，相得益彰，比喻双方的需求正好合拍。

二十二、
从容应对"撒手锏"

　　月英帮助毛头解决了婚姻问题，也消除了自己一块心头大病。月英这一举动，在道义上，也算是对得起钱家，报答了钱家对自己十几年的养育之情。

　　月英不但有了工作，还找到了对象。按理说，应该是心安理得、心满意足了。其实不然，新的问题又来了。

　　刁校长"受人之托"，就要"成人之事"，似乎还怪讲"义气"的，所以他就拼命要把月英"拉给"姜主任。但是，月英已经有了心上人，是不可改变的。校长却要强行"拉郎配"。月英怎么能任人摆布呢？这样一来，矛盾就尖锐起来。刁校长会不会给月英"小鞋"穿？请看事情的演变吧！

　　不出所料，刁校长终于使出了"撒手锏"。

　　一天，刁校长把月英叫到办公室，开门见山、直截了当地问月英："你和姜主任的婚姻恋爱问题，我上次让你考虑考虑，你考虑得怎么样了？"

月英已经看穿校长要亮出底牌，事情已经没有任何回旋的余地，不能再含糊其词了，她也就直截了当地说："首先，我感谢校长对我的关心！我已经考虑成熟，我和姜主任，只能是'同志关系'，不可能再有其他关系。"

"依你的说法，你们已经不谈了，是吧？"

"是的。"

"但是，依我的看法，希望你们还是继续谈下去为好。"

月英说："我和他，已经没有再谈的可能性。"

"那你，为什么不谈呀？"

"因为我已经有对象了。您知道，一个女子，只能和一个男子谈。一个女子，是不可能、也不应该和两个男子同时谈恋爱的呀！"

"对呀！既然一个女子，不能同时和两个男子谈恋爱，那你为什么不选择其中一个呀？"

"校长，您说得对！我已经选择了其中一个啦。"

"你选择的是哪一个呀？"

"我选择的是区公所通信员小张，张守杰。"

"哎呀！你为什么一定要选择那样一个一无所有的小张呢？"

"因为我爱他！"

"你爱他！我明白。但是，你要知道，'爱'，是人的一种感情。人的感情，是可以培养、可以发展的。对于姜主任，只要你在他的自身条件上想一想，在他的家庭条件上想一想，感情就会产生了，'爱'也就产生了。你能不能把你对小张的爱，转移到姜主任的身上呢？"

月英听了校长的讲话有点生气，但她还是耐着性子，只是干脆、果断地回答说："这是不可能的！我对张守杰的爱，是不可改变的！"

校长看月英的态度是那样的坚决，自己的态度似乎又软了下来。他说："月英同志，你设身处地地替我想一想。我作为一校之长，我已经向姜主任及其亲属做过承诺。俗话说'受人之托，成人之事'。如果这件事我办不成，我的面子还朝哪儿搁呀？我的校长还怎么做吗？我今后的工作还怎么做吗？"

"校长，您想的是你的面子，你的校长，你的工作。但是，你就没替我想一想，这是我的终身大事，是我的一辈子呀！"

校长说："我还要给你详细说说。你要去考虑考虑。姜主任在我校，是个顶梁柱。他来我校工作已经好几年，他的婚姻问题一直未能解决。这就导致他工作不安心，生活不安定。他一直在考虑，想调回到江南去。你想想看，如果他一走，我们这所学校，就有垮台的可能性。你想想看，学校一垮，你还能有工作做吗？这是一个非常严肃的问题。你要很好地考虑考虑，能不能改变你的主张？"

"说实在话，我的主张没有丝毫改变的可能性。"

"为什么不能改变呢？你应该知道，人还能改天换地呢，难道一个人的主张就不能改变吗？"

"校长，月英坦率地告诉您。我和守杰有过一项承诺。我以前有一条乌黑油亮的大辫子，很漂亮。后来，为了我工作的方便，我们共同决定，把辫子剪掉。我们当时就约

定：日后，对于我们的婚姻，如果谁要反悔，谁就要把辫子头发一根一根接上。您看，谁能把我的辫子接上去呢？校长，您如果能把我的头发一根一根接上，我就听从您的安排！"

校长笑了。他说："你一条辫子，有成千上万根头发，谁能接上呀？恐怕天王老爷连一根也接不上。我要是天王老爷，还求你吗？"他说着，就哈哈大笑了一阵子。

月英也暗暗发笑。

校长摇摇头，叹口气，无可奈何地说："既然'板上钉钉子，铁打不动'，那也就算啦！不谈啦！"

他停了好一会儿，脸色变得严肃起来，他对月英说："月英同志，你和姜主任恋爱的这件事情，肯定已经告吹。在此，我必须严肃、认真地对你说，那就是'咸菜焖豆腐，有盐（言）在先'了。"

"这话怎么讲？"

"这话怎么讲？'咸菜焖豆腐，有盐（言）在先'，这句话你不懂？意思就是说，你的工作可能要调整，我把话说在前边，你事后不要后悔哦。"

刁校长说完之后无可奈何走出了办公室。月英也没言没语地走出了办公室。

月英从校长办公室出来，已经认识到问题的严重性。这次和姓姜的"恋爱"问题，比上次和毛头的"婚约"问题，还要难办得多，严重得多。校长"有言在先"，更让月英忐忑不安。

为什么说这次的问题比上次的问题难办得多、严重得

多呢？很明显，和毛头的"婚约问题"，它本身就是一个违法的，月英提出的要求，是有国家法律作为后盾的。而且针对的对象是毛头，他是一个平民百姓。对此，月英有绝对胜利的把握。而和姜主任的"恋爱问题"，关键在于双方同意与不同意的问题。从表面上看，没有人能够强行干涉，而背后暗算就难以对付了。而且针对的对象，是主任和校长。他们和月英，是领导与被领导的关系。尤其是校长，他一人大权在握，只要在他的权力范围内，他叫你上东，你就不能上西；他叫你打狗，你就不能撵鸡。所以说，这次"恋爱问题"，比上次"婚约问题"要难办得多，要严重得多。

　　至于"调整"工作，月英料定，新调的工作只能坏，不会好。她已经做了最坏的打算。不管坏到什么程度，月英都能绝对应付得了。她有决心！

　　她知道，在学校里，最繁重最复杂的工作莫过于厨房炊事员。要挑水、洗菜，烧锅、做饭，酱、醋、油、盐，等等，复杂而繁重。几十个人吃饭，一日三餐，全部一个人忙，肯定是够呛的。对于厨房的工作，月英已经做了充分的思想准备。她不怕，厨房再忙再累，总比一天到晚蹲在地上打席子舒坦多了！

　　月英知道，在学校里，最脏最臭的工作莫过于打扫厕所。除了老师，还有几百个学生。他们吃进去、喝进去，就要尿出来、拉出来。尿出来、拉出来，都要上厕所。下课时，男生在长长的小便池里解小便，那小便齐刷刷地撒下来，就像雷雨时檐口雨水似的。而女厕所，因为她们

"方便"方式比较复杂，花的时间长，所以便池往往不够用，必然要排队，有时队一直能排到厕所门外。她们大小便都是急急匆匆，往往是里里外外，一塌糊涂。打扫厕所，最难做的是夏天，除了脏和臭，还会有苍蝇、蚊子的捣乱，如果搞得不好，它们就到处飞，落到人身上，咬人、叮人。特别是蛆虫，到处爬，还会爬到人脚上，真是不咬人却瘆人！对于厕所的工作，月英也做了充分的思想准备。厕所再脏再臭，也比一天到晚蹲在地上打席子轻松多了。

结果证明，月英考虑问题还太简单。刁校长使出什么样的"撒手锏"，直到最后，才亮了出来。

第二天，刁校长把月英"请"到办公室，他笑眯眯地对月英说："自从你到校以来，你的各方面表现还不错，你的坚韧不拔的精神，我也很佩服。领导分配你到我校来，就是要我给你一个学习和锻炼的机会，我决定把你调整到教学第一线去，你有什么意见？"

月英一听了校长的谈话，头脑就像一下子要爆炸似的，有一点丈二和尚摸不头的感觉。她也不知道什么叫"教学第一线"，不知道如何表态，只得点点头。

月英一走出校长办公室，就看到教导处门前挂出一块小黑板。小黑板上黑底白字，写着"通知"：下周起，三年级甲班《国语》《算术》和班主任均由李月英老师承担，她的辅导员工作暂停。

事情的进展，犹如幻术一般。校方这一决定，在校内引起了广泛议论。有的说，这位李老师是什么师范毕业的？有的说，这位李老师是从哪个学校调来的？还有的说，这

位李老师一定有后台吧？……议论很多。

月英见到这个通知，二话没说，转脸就跑回宿舍，朝床上一睡就哭，口中念道："妈妈呀！你女儿的命怎么这么苦啊！为什么总会有人威逼我呀？为什么我稍有不从，人家就要置我于死地呀？姨娘呀！你在哪里？您的姨侄女……"

工作调整，月英为什么就这么伤心呢？

想想看，月英念过几天书呀？她知道这书怎么教呀？《国语》和《算术》这是两门性质完全不同的科目，教学方法也完全不同，还要加上班主任工作。她知道这班主任工作怎么做呀？这三项繁重的工作，一股脑儿地压在月英头上，她能承担得了吗？这不无异于赶老牛上树、逼癞蛤蟆撑天吗？

校长的"撒手锏"，真够厉害的！月英应该怎么应对呢？如果说，月英不接受，校长就可以理直气壮说："李月英不服从学校领导。"后果是什么，很清楚。月英接受下来，如果课教不好，班主任做不好，校长就可以理直气壮地说："李月英不适合在学校工作。"结果是什么，也很清楚。如果出现最坏的结果，怎么办呢？

月英越想，心里越难过。所以，她不禁又哭了起来。……

"月英老师在家吗？"

月英听到外边来人，立即擦去眼泪，迎出来。一看，原来是王振和老师来了。他说："月英同志，你哭了？"

月英摇摇头。

"你的眼泪还没干呐。"

月英这才勉强冷笑一下，点点头。

王老师说："我知道，在三号，你和我家三弟，你叫他三先生，处得很好，而且有一定感情。所以，你也不要把我当外人。"

"我知道，您是三先生的哥哥，我信任您。"

王老师说："时间关系，我现在不能和你多谈。我只能跟你说三点：第一，要勇敢地把任务承担下来，并努力把工作做好。第二，你不要难过，工作中遇到困难和挫折，不足为奇，不必灰心丧气。第三，业务上你如果遇到难题，我会全力相助。"最后，王老师还卖了一个关子，说："我给你一个惊喜，你要不要？"

月英冷笑一下说："我已经大难当头，我的心就像压了一块大石头一样！"

"是吗？你就这么难过呀？"

"我就不明白，刁校长为什么老在我身上打主意呢？叫我去上课，不就是刁难我吗？不怪他姓'刁'，他真是一个名副其实的'刁校长'！"

"你不要瞎扯！姓'刁'就会刁难人吗？你要明白，任何事情都不会是一帆风顺的。遇到困难要沉着应对，而不要责怪张三李四。我给你一个惊喜，你要不要？"

"我还能有什么惊喜啊？"

"你看！"王老师从口袋里掏出一封信，说一声："我走啦，你看信吧！"他说着笑着，走出去了。

月英接过信，全身几乎颤抖起来。原来，这是她姨姐

魏琴的来信。月英自问："姨姐，你知道我正处在最艰难的时刻吗？不然，她怎么会在这个时候给我来信呢？"

亲爱的月英姨妹：

见到我的信，你一定非常惊喜吧？回想起来，还是在你牙牙学语的时候，我见过你。此后十多年，你我两家均发生诸多变故，以致我们姐妹音讯全无。现在，就是我们相见，也不会认识了。多亏吴教导员的介绍，否则，我也不会知道你的情况。你说，我们俩是什么关系呀？你的母亲和我的母亲是同胞亲姐妹，所以，你我是亲姨姐妹。如果从血统上来说，我们还在"五服"之内呢。

你对自己婚姻问题的处理，我表示赞同。

中国旧的婚姻制度，以及封建礼教都应该坚决予以废除。新时代的青年们，应该实行新的婚姻制度，提倡自由恋爱、婚姻自主。反对父母包办和买卖婚姻。当然，青年人自身也应该慎重对待自己的终身大事，恪守自己的贞操。不可随随便便，今天谈这个，明天谈那个；今天结婚，明天离婚，或者胡搞乱淫，出卖自己的贞洁。相互都要重视对方的人格道德，而不为金钱和权势所左右。不要片面追求享受，而应该倡导全心全意为他人服务，为人民服务，为祖国建设服务。所有这些，我们都应该牢记在心中。

我知道，党和政府已经给你安排了工作。你要珍惜这一难得的机遇。工作中，不一定都会一帆风顺，困难和挫折，是难免的。你要努力学习政治和业务。多向老同志学习，努力把自身工作搞好。你初步走上社会，缺乏经验，

二十二、从容应对『撒手锏』

要搞好与领导和同志的关系。领导人的工作方法多种多样，而且他的工作还会受到多种因素影响。你对领导人的工作，要加以理解和支持。与同志相处，你要谦虚谨慎，戒骄戒躁，努力搞好人际关系。

以上一些话只是我个人的见解，不一定完全正确，仅供参考。

我的个人情况，不知你是否清楚。我的父亲，是为革命而牺牲的。我和你一样，都是父母的独生女。从我童年起，就受到党和政府的培养教育。当我有工作能力的时候，政府就安排我工作。近年，又抽调我"脱产"学习。这次学习，很快就要结束了。你姨姐夫是当兵出身，现在是个部队干部。他们部队现在驻在南京郊区。我们有一个男孩，虽然岁数不大，却有一点"小大人"的样子。我在外地学习，就把他送到他爸那儿读书去了。关于我母亲的情况，待我们见面时再向你介绍。

听说你已经有了男朋友。我预祝你们工作顺利，生活幸福、美满。我相信，我的一家和你团聚的日子不会太远了。

祝你工作、学习顺利！

你的姨姐魏琴

×年×月×日

本来，月英的情绪十分低落，有一点走投无路的感觉。接到姨姐魏琴来信以后，加之王振和老师的鼓励和帮助，现在，她有一点豁然开朗的感觉。她对于新接受的工作充

月英寻亲

满了信心，劲头十足。她表示，坚决化解刁校长扔的这把"撒手锏"，坚决啃掉刁校长丢的这块"硬骨头"！

现在，离下周正式上课，还有几天时间，她立即进行准备。她去找王老师，请他帮助找材料，如课本、教学参考书，以及《语文》《算述》教学法。王老师非常热情，立即把月英所需资料全部找了出来。王老师还简单向她讲解课堂教学的"四大原则"和教学过程的"五大步骤"。月英听了，一一做了记录。王老师还向她讲解备课方法和教案的写法。通过王老师的指导，月英对课堂教学，心中已经有了"底"。她还走进课堂，听其他老师的《语文》《算术》两科的课堂教学，看看人家对"四大原则"和"五大步骤"的运用方法。这样一来，月英对课堂教学，心中更加有了"数"。

俗话说"功夫不负有心人"。月英通过艰苦努力和同志们的帮助，经过一段时间的实践，教学工作已经逐步走上正轨，成绩显著。刁校长惊喜异常，他竖起大拇指说："月英同志，好样的！将来必定能够经得起大风大浪的考验！"

2016.02.8

拓展阅读

"撒手锏"也作"杀手锏"，源自《说唐》罗成和秦叔宝互教对方武艺的故事，但是他们都留一个心眼。罗成没有教秦琼自己的绝招"回马枪"，秦叔宝也没有教罗成自己的绝招"撒手锏"。

"锏"，读 jiǎn，古代一种兵器，金属制成，鞭类，长条形，长度四尺（宋制，合一米二），有四棱，无刃，上端略小，下端有柄。

撒手锏的意义，重在撒，而不在锏。撒是战法、技法，可引申为绝活，而不是利器。它是旧小说中指厮杀时出其不意地用锏投掷敌人的招数，比喻最关键的时刻使出最拿手的招数。

二十三、当兵去

又是一个星期天，这正是月英研究业务的好时机。她坐在寝室里，考虑一周下来，教学中还存在一些问题，正在查看材料。想不到，守杰来了。

月英忙放下手中的材料，站起来，笑着说："你怎么来啦？"

守杰也笑着说："想不到吧？"

"嘿！我满头脑子都是备课、上课，哪能想到你呀？"

"哟！才几天呀，你就把我忘啦？"

"你不要胡说八道！你不知道我的压力有多大！"

"凭你的水平，教什么二、三年级，还不是手到擒来啊！"

"你还拿我开玩笑？你就是骑驴不知赶脚的苦。我念过多少书、识了多少字，你还能不知道？你不要看教书那么容易。老师不但自己要会，还要让学生也能会。何况我还有许多字、词都要去查字典、查词典。学生做的作业，我还要一字一句地评判。我现在才体会到，做老师真是不容易啊！"

"你的工作不容易，难道我的工作容易吗？不管是严寒酷暑，还是刮风下雨，一有任务，我都要把党和政府的文件送到目的地。我这两条腿就是再有劲，也有累的时候呀。"

"如此说来，我们两个都是劳动者！"

"那当然。不是劳动者，还能是剥削者？"

说说讲讲，两个人都笑了起来。

守杰一本正经地说："不要笑了。我要和你商讨一件正经事儿！"

月英也认真起来："你能有什么正经事儿，需要商讨？"

"我想去当兵！"

"什么？你说什么？"

"我想去当兵！"

"你想去当兵？"月英听守杰说要去当兵，感到十分惊讶。

守杰说："当兵，这件事，不管是对个人、还是对国家，都是非常重要、非常严肃的一件事。不是我一时高兴、灵机一动，说去当就去当的。"

"那当然。"月英表示理解。

守杰说："并不是我一时高兴、灵机一动想起来的。其实，我在多年以前，就考虑这个问题了。你知道，我是一个苦孩子出身，是人民救了我，是党和政府培养了我。怎么来表达我的感恩之心呢？我考虑，像我这样的人，最好

的办法就是去当兵。到部队去，到前线去，保卫祖国，保卫人民，献出我的一切。只有这样，我的心才能平和，否则，我的心是不安的。"

"你的想法是对的，我完全赞成。但是，当兵，首先要等到国家需要你，也就是要等到国家征兵，你才好去报名应征。国家征兵，是有年度有季节的，你要等到那个时候。其次，还要看你符不符合条件，包括政治条件和身体条件。"

"告诉你，现在正是时候。我知道，区领导正在研究征兵工作，马上就要开始宣传、动员，号召适龄青年都站出来让国家挑选。"

"真的？"

"我还能骗你？"

"那太好了！你去当兵，我也想去当啊！"

"我们两个人要能都去当兵，那当然好。但是，你要知道，我是一个男的，你是一个女的。"

没等守杰把话说完，月英就插上一句："你讲废话，你是一个男的，我是一个女的，这一点，我还能不知道？"

守杰说："不是说你不知道男女。而是说，平时征兵，都是征男兵，很少征女兵。所以说，你能不能当上，那就不好说了。"

"那这样吧，俗话说，'宁叫它舍了，不叫它误了'。我们都去试试看，能当上当然好，当不上就也就算了。"

"行！"

月英说："我们两个人都愿意去当兵。那么，这个兵怎

二十三、当兵去

么个当法呢?"

守杰说:"我们先去找吴教导员,看看他是什么意见。"

"对!我们去找吴教导员。"

月英和守杰一起来到区公所,找到吴教导员,提出当兵要求。吴教导员笑笑说:"你们怎么知道要征兵的?"

守杰说:"首长开会,我送开水去听到的。"

教导员说:"噢!原来是你这个小特务'窃取军事秘密'的啊?"

守杰有点害怕了:"哦……哦……"

吴教导员哈哈大笑起来:"好啦好啦,这个'军事秘密'已经公开啦!"

月英和守杰也都笑了起来。

教导员说:"月英,你听没听过抗战时期,有一首歌叫《太行山上》?其中有一句歌词'妻子送郎上战场'。你是不是送守杰参军的?"

月英一听,那脸陡然红了起来,低头小声说:"叔叔,我们还没……"

教导员说:"对,你们还没有结婚,正在谈恋爱,是吧?"

守杰回答说:"她,也是想去当兵。"

教导员说:"怎么?月英,你也想去当兵?"

月英点点头。

教导员说:"那好哇,你想做一个当代的'穆桂英'啊?有你们这样的青年,都主动愿意为祖国效劳,我们国家大有希望喽!"

月英笑了。

教导员带了一点严肃的口气对月英说："不过，我要告诉你，这次征兵，只征男兵，没有女兵名额。"

月英说："您不能向上级要一个女兵名额吗？"

教导员说："看看！你说话多么轻快！这是国家决定的事，我能有那么大的本事吗？你就好好教你的书吧！"

月英说："那，我还能教一辈子书？"

教导员说："教一辈子书，有什么不好？你还记得，我以前说过，你到学校去，主要是学习和锻炼。至于你是不是教一辈子书，那也说不定。不过，我要告诉你，现在，你的工作就是教书，你不但要'做一天和尚撞一天钟'，而且要把这钟撞好，可不能偷懒哦！"

守杰说："看样子，她是没有希望了。首长，我怎么报名参军呢？"

教导员说："下边各乡村，马上就要开动员大会，开始报名。你马上要到村里去，人家开会，你参加，人家报名，你报名。然后，村里'评议'，乡里'面试'。通过'评议''面试'之后，参加片的征兵站'体检''政审'。各道关口都通过，就做出最终决定。在你参加征兵活动过程中，我准你假。"

守杰说："首长，您看我，有没有希望呢？"

教导员说："关键是两点：第一，看你'政审'能不能过关。第二，看你'体检'能不能过关。如果这两条都合格过关，就没有问题了。"

月英说："征兵人数有没有名额限制？"

教导员说："那还用说？当然有名额、有指标了。"

月英说："如果名额超过，守杰还能去吗？"

教导员说："看样子，你对守杰当兵，还是蛮关心、蛮支持的喽！如果你担心合格人数过多，怕守杰排不上，是吧？我可以给你一句话：只要守杰'政审''体检'两项合格，我就单独给你们开一个'后门'，把他排在第一名！怎么样？"

月英和守杰同时弯腰，向教导员敬礼："谢谢叔叔！谢谢首长！"

教导员嘱咐月英和守杰，先到村里去，征求群众意见。

很快，各个乡、各个村，征兵工作就轰轰烈烈地开展起来。月英和守杰来到张王熊庄。他们才到庄子头，就听见庄上锣鼓家伙敲得震天动地。村里村外，到处都是人。各家各户的墙上都贴上了标语口号。这些标语口号都是用红、黄、紫、绿，各色纸张书写的。

热烈拥护党和政府的征兵工作！

热烈欢迎适龄青年报名应征！

适龄青年，站出来，让祖国挑选！

参军入伍，保卫祖国！

一人参军，全家光荣！

人民解放军，是人民子弟兵！

中国人民解放军，是中国的钢铁长城！

中国人民解放军，战无不胜，攻无不克！

……

整个村庄，锣鼓喧天，彩旗飘扬，气氛热烈，人声鼎沸。老百姓扶老携幼，纷纷拥向会场。那种气势，看样子，真有一点'母亲叫儿打东洋，妻子送郎上战场'的味道。

报名大会在张王熊庄"张家大院"举行。

会场后边，高高悬挂着大幅会标：《征兵工作报名大会》。会标下方，挂的是彩色毛主席画像。在毛主席像的前边，并排摆放几张八仙大桌。大桌上放了一块小木牌子，牌子上写着"参军入伍报名处"七个字。桌子后边已经坐了不少工作人员。会场四周竖了很多块门板，门板上贴的都是五颜六色的标语，使得会议气势更加热烈、更加隆重。

月英和守杰来到会场，首长讲话已经结束，报名刚刚开始。

月英和守杰迎头碰上了王二爷。

月英说："二爷，您忙啦？"

王二爷说："国家征兵，我是农会主任，能不忙吗？月英，听说你教书了，怎么有空来看热闹的？"

月英指指守杰说："呶，他来报名参军，我是来陪他来的。"

王二爷说："噢！听说你们正在谈恋爱，就来送守杰来报名参军啦？"

月英脸红了，捂嘴笑，轻轻点点头。

王二爷哈哈大笑，说："好哇！谈好恋爱就参军，你们俩个真是天生的一对，地长的一双啊！"

月英说："二爷，您就喜欢夸奖我们！"

守杰说："二爷，这个名，怎么报啊？"

王二爷说："快！跟我来！"王二爷拉着守杰，来到报名处。

报名的时候，虽然群众很多，但是，秩序井然。男女老少，都在台下望着，报名人员排成一队，依次上台。守杰被排在最前边，第一个报了名。报名之后，"报名人员名单"就写在一张红纸上，贴到群众面前的门板上。

就在大家仔细观看名单和交头接耳谈论之际，从人群中慌慌忙忙挤出一个老头。他须发苍白，骨瘦如柴，躬腰驼背，手持拐杖，步履维艰地走到前台。他眯起双眼，观看"报名人员名单"。看完之后，用他那根拐杖点着第一名张守杰的名字，气狠狠地说："他，小东西，他也能去当兵？不够格！"

听老头这么一说，大家都感到莫名其妙。

这个行将就木的老头儿，就是罪恶多端、臭名远扬的蒋三狗子。他沙哑的口音向台上的工作人员喊道："你们人呢？来人啊！"

台上的工作人员，听到老头儿的喊声，赶忙走过来，问道："老大爷，您喊人来，有什么事吗？"

老头说："你们来一个人，带个笔来！"他又用手中的棍子，指着守杰的名字说："你们把这个狗东西的名字，给我杠了！"

"为什么呀？"

"他不够格，不能让他去当兵！"

就在这个时候，王二爷站出来了。他理直气壮地说："蒋三，你说说，张守杰为什么不能当兵？你说出个道

理来!"

蒋三狗子说:"他那个晚大大(指守杰继父唐大明),是被共产党镇压的,让他去当兵,我们这班人,脑袋还不搬家?"

王二爷说:"噢!你说的是守杰继父唐大明是吧?噢!你不提便罢,你提起来,我倒要告诉你。你因私报仇,杀了人,你就是杀人犯!你还把罪名加在共产党头上!你等着,等这次征兵工作结束,共产党就来算你那笔老账!你等着吧。"

蒋三狗子听王二爷这么一说,一下子神不附体,瘫倒在地。有人把他拉起来。他有气无力地说:"看起来,我……我这条老命,也活不长了!唉!……"蒋三狗子垂头丧气地离开了会场。

第二天,传来消息说,蒋三狗子当晚回家,恼羞成怒,上吊自杀,经过抢救,还不知是死是活。

说来,也是天如人愿。守杰参军,一路过三关、斩六将,经过道道关卡、层层筛选,全部合格,部队带兵人员非常满意。守杰最后被核准:正式参军。

新兵名单决定之后,崭新的军衣已经发到区公所。新战士集中到区里,一律换上新军装。各人穿上新军装之后,先回到村里去,向父母告别,向父老乡亲告别,然后再一起集合归队入伍。

守杰的新军装,非常得体,就像量身定做一样。守杰穿上新军装,显得那么样的英俊,那么样的帅气,简直就像换了一个人。

月英对着守杰，端详来端详去，笑着说："我看你呀，并不那么漂亮。和我相比，仅仅高那么一点点。恐怕除了我，还没人要你呐！"

守杰笑着说："你长得漂亮。不要我，行！我就打一辈子光棍！"守杰这么一说，把在场的人都逗笑了。

守杰换上新军装还没到庄上，村里人们已经议论开了。干部们已经准备好"欢送新兵大会"。会场布置得和前天报名大会一样，只是会标换成了《欢送新兵入伍大会》。在欢送大会开会之前，锣鼓家伙从村东头敲到村西头，敲得震天动地。大人、小孩，男女、老少一起涌向会场，热情为新兵送行。

前来欢送新兵的人群中，还有王大妈、王三爷、王四爷。

王二爷主持会议。他说："我们欢送新兵入伍大会，现在开始！"

"第一项，请新兵张守杰同志上场！戴大红花！"守杰走到台前，一朵硕大的大红花戴在守杰胸前。响起一阵热烈的掌声。

"第二项，请熊村长讲话！"村长讲话，简明扼要。

"第三项，新兵张守杰，向全体父老乡亲行礼告别！"守杰恭恭敬敬地行了一个鞠躬礼。

"第四项，我受守杰和月英委托，在这里庄重宣布：今天既是守杰入伍的日子，也是守杰和月英订婚的日子。来！给月英戴上大红花！向父老乡亲行礼致敬！"一对情人，并排站立，满面笑容，共同弯腰，向家乡父老，鞠躬致敬。

会场上，响起一股雷鸣般的掌声。锣鼓震天，鞭炮齐鸣，整个会场形成一片欢乐的海洋。

2016. 02. 13

拓展阅读

一、"骑驴不知赶脚苦"：是在淮阴城郊特定语境下形成的一句俗话，意思是指不了解或者不体谅别人的甘苦。它源自过去的"赶脚业"。清末至民国时期，从淮阴城门口至乡间集镇，均有毛驴（称"脚驴"）供人乘骑，称为"脚行，或脚业"。脚驴多为小驴，跑得快。赶脚的多为城郊贫苦青少年。脚驴跑得快，赶脚的便快步小跑，很辛苦。所以就有"骑驴不知赶脚苦"之说。解放后这种行业已经退出历史舞台。

二、抗战歌曲《在太行山上》（桂涛声作词、冼星海作曲）歌词如下：

红日照遍了东方，
自由之神在纵情歌唱。
看吧！千山万壑，铁壁铜墙，
抗日的烽火燃烧在太行山上，气焰千万丈！
听吧！母亲叫儿打东洋，妻子送郎上战场。
我们在太行山上，我们在太行山上；
山高林又密，兵强马又壮！
敌人从哪里进攻，我们就要它在哪里灭亡！
敌人从哪里进攻，我们就要它在哪里灭亡！

二十四、
一悲一喜一幕幕

　　月英送走守杰参军之后，回到张土圩小学，仍然从事她的教学工作。

　　此时此刻，月英想想前前后后，风风雨雨，她的心境如同大海一般，时而波涛汹涌，时而风平浪静，真所谓悲喜交集。

　　让她感到欣慰的是，守杰参了军，满足了他的多年宿愿。虽然自己参军未成，有点遗憾，倒也不要紧，而让她后悔的是，守杰曾经两次想拥抱她，几次想和她握手，但月英都未能满足他的要求。她恨自己，为什么死死守住传统观念，什么"男女交往、授受不亲"的教条呢？现在她就是想那样做，为时已晚了！何时才满足他的这个愿望呢？月英回忆当时守杰那种热切的神态，心里真不是滋味！她回忆着守杰当时的容貌和体态，此时此刻，要是能再看一看就好了！现在，他是什么样子呢？一定比以前更帅气了吧？她恨自己，为什么当时不多看他一看呢？她觉得，世

上没有哪个人比守杰更好看了！月英回忆守杰说话的那种情调和语气。他说话是那样和颜悦色，时而轻声慢语，时而铿锵有力。何时才能听到他说话的声音呢？她恨自己，为什么当时不和他多多谈些话呢？她觉得，世上没有哪个说话比守杰说的话更好听的了！月英思来想去，辗转反侧，一夜未眠。

直至第二天，守杰的影子仍在月英的脑海中时隐时现。又由于一夜睡眠不好，她的头还是有一点空空的，玄玄的，这种感觉不知道什么时候才能转好哦。这时候，月英的情绪似乎有一些低落。

突然，"叮铃、叮铃"自行车的铃铛声响起来。月英探头一看，是邮递员送信来了。邮递员喊道："李月英，哪个叫李月英？你的'军邮'到啦！你的'军邮'到啦！"

月英一听到自己的名字，又听到'军邮'二字，喜出望外，连忙跑出来。"我就是李月英！军邮一定是我的！"

邮递员从绿色邮包里掏出一封信，笑着递给月英。月英双手接过信，眼睛一边看信封，嘴里一边说"谢谢！谢谢！"。

这封信，是月英第一次收到恋人给自己寄来的情书。

这封信的发信地点是在南京，这使得月英感到极大的兴奋。月英觉得，南京，这个地方一定很好。因为，南京是有名的城市呀。在这里当兵，将来家属探亲，也要方便得多。她虽然还不太清楚南京到底在哪里，但是她肯定，这里是个大城市，一定有很多人，一定很热闹。在这里当兵，总比在小地方，在边远地区当兵，要好得多。月英想

到这里，笑了。然而，她又自我责问道："你这个丫头呀，是不是有一点小心眼了？当兵的都驻在城市，边远地区就不要啦？"

月英感到不解的是，这信封上，既没有邮票，没有邮戳，更没有详细地址，只有一些数字。有一个三角形红戳子。这封信，是怎么寄来的呢？她百思不得其解。不管内中什么道理，但是，她明白，这一定就是国家对人民解放军战士的一种特殊优待。月英感觉到，自己心目中最喜爱的人——守杰能够享受到国家给予的这种特殊的优待，自然是值得骄傲和自豪的喽！

月英跑到宿舍里，激动而紧张地打开信封，她又惊又喜。看一看这些字，一点、一画、一撇、一捺，全部是守杰的手迹。念一念这些话，一词、一句，全部是守杰的语气。守杰在信中说：

亲爱的月英：你好！

分别以来，我时刻都在想念你，你是不是也想念我呀？

我来到部队，一切都很顺利，请你不要挂念。

我们新兵现在都集中在"新兵连"，进行基本的列队操练，如"立正""稍息""报数""向右看齐""向前看"，还有跑步、锻炼体能，等等。总之，训练得很紧张。首长说，训练一段时间之后，要进行考核。考核合格，才能分配到连队。到了连队之后，还要和老战士一起，训练打靶，包括射击、投弹，等等。总之，部队生活，就是紧张、热烈，步调一致，行动统一，有条不紊，纪律严明。在部队

和在家相比，完全不一样。

特别是军容、军风、军纪，更是整齐划一。战士一身军装，从军帽、军服，到军鞋、军袜，都是一个样子。甚至连战士的容貌，好像都是一个样子。我估计，要是我们战士站在一起，叫你来认，哪个是我，恐怕你一定认不出！战士叠被子，是一项基本功，不但要叠得快，还要叠得方方正正、平平整整、没有一丝褶皱。所有生活用品，包括面盆、脚盆、毛巾、脚布、牙缸、牙刷、牙膏，等等，都是统一的，而且要放在一定位置。整齐划一的军队生活，一下子说也说不完。你说我们军队生活，好不好？你是不是也想来尝试尝试？

告诉你，今天，是首长特地安排时间，让我们新兵给家属写信，所以，我才有这么多时间，给你写了这么长的信。今后，恐怕就没有这么多时间写信了。到时候，如果信写得短一点，次数少一点，你也不要见怪啊！集合哨子吹响了，下次再谈。

祝你快乐！

你的心上人守杰
×年×月×日

月英收到守杰第一封来信，兴奋和喜悦之情，无须多说。月英立即回信，也是常理。从此以后，鸿雁传情，你来我往，情书不断，你亲我爱，难舍难分，二人的感情发展到比天高比地厚、海枯石烂永不移的地步。

每次只要邮递员"叮铃、叮铃"车铃一响，月英就欢

天喜地跑出来，高高兴兴地从邮递员手中接过守杰的来信。

但是，这一回不同了。

月英接到信，一看信封，双眼大睁，惊叫一声："啊？"她折开信封，粗粗一看，竟然一下子瘫倒在地，大哭起来。

周围众多师生们一下子围拢过来，不知发生了什么事。有人焦急地问："到底是什么一回事啊？"

王振和老师，还有刁校长、姜主任也都来了。

刁校长弯下腰，亲切地问道："月英同志，你怎么啦？遇到什么事啦？你能不能给我说说？"

王振和老师说："月英，你有什么情况，赶快向校长报告。看看，校长能不能作一些帮助。"

在学校里，要算王老师对月英最为关心的了。所以说，王老师就成了月英最信赖的人。

月英哭着从口袋里把刚刚收到的信掏出来，递给刁校长。

刁校长一看，大吃一惊："哎呀！——噩耗！……噩耗！……噩耗啊！"

校长一边叹息，一边摇头。

王老师知道，"噩耗"就是亲人离世的不幸消息。月英只有单身一人，既没有父母，也没有兄弟姐妹，她哪有什么亲人啦？不久前才和守杰谈上恋爱，守杰入伍那天他们才宣布订婚。这难道是守杰出了什么事啦？守杰刚到部队不久，既无战争，也没打仗，他怎么会出现这种最严重的事件呢？王老师也是将信将疑。月英如此悲伤，王老师也不便直接问她。这信上到底写些什么？校长也没说，只是

摇头、叹息，不住说"噩耗！噩耗！"让人非常不解。

月英继续痛哭不已，王老师既着急，又纳闷。不知真相到底是什么。他觉得，光是闷着也不是个办法。他就果断地对校长说："校长，你把信给我看看！"

刁校长把信给了王老师。王老师接过信，也是直摇头，说："果然！果然！不应该，不应该啊！但是……"

有的老师说："信上到底怎么写的，念给我们听听吧！"

王老师一边流着眼泪，一边念信：

月英军嫂：

告诉你一个不幸的消息：你爱人张守杰同志，因公牺牲了。但这件事属于"军事秘密"，暂时未对外公开。因为我和守杰同志是亲密战友，知道内情，所以才把消息透露给你。希望你也不要悲伤。

守杰同志的战友×××

×年×月×日

王老师读过信之后，大家产生几点疑问：第一，守杰因什么公而牺牲的？第二，既然是军事秘密，战友竟敢透露出来，难道不怕军法处置？第三，既然是战友，为什么不把自己名字写出来，而只是×××呢？针对这些疑问，王老师也不好妄下结论，只有劝解月英。他说："月英，事已如此，光哭也解决不了问题。我看你不要哭了，看看事情怎么办，还是要想想办法才对呀。"

姜主任在旁边小声说："人死不能复生，重找一个对象

就是了!"

主任声音虽小，还是被月英听到了。月英咬着牙，狠狠地瞪了姜主任一眼，说："守杰就是真的出了什么事，我也要守一辈子寡!"

姜主任讨了个没趣，只得将头一缩。

刁校长说："还是王老师说的对。月英同志，依我看，事已如此，光哭也解决不了问题。你也不要哭了，看看事情到底该怎么办，还是要想想办法。首先，你自己是怎么想的，你能不能说说看?"

月英这才止住了哭，几位老师把她扶坐起来，擦去眼泪。大家都站在旁边，侍候着，安慰着。

又愣了老半天。

月英说："我想，我要到部队去，要亲眼看一看! 不管怎么样，我们已经订了婚，我一定要亲自去看看。活着要见到人，死了要见到尸!"说到这一句，月英又痛哭起来。众人也跟着流泪。

众人异口同声地说："对! 李老师必须亲自到部队去一趟，必须亲自去看一看，到底是怎么一回事。"

王老师说："但是——这件事，既然是军事秘密，就是不能公开的。月英去了，能不能打听到准确的消息呢? 而且，部队在南京郊区，但是，具体驻在哪里，这也是个疑问。"

"这……"大家又都犹豫起来。

"难道这件事，就这么摆着，像无事人一样?"有人不解地提出问题。

"我肯定还是要去啊！我向校长请假！"月英哭着说。

王老师说："月英，你这么一个女同志，人生地不熟，出去能行吗？"

月英说："我不怕！就是上刀山、下火海，我也要去！"

王老师说："你要是不嫌弃，我陪你一道去，好不好？"

月英点点头，对校长说："校长，我向您请假。"

刁校长说："月英这件事，就是天大的事，我肯定要准你的假。但是，你这么一去，还不知需要多少天。考虑到我的权力有限。是不是先向区里报告一声？看看区里是什么意见？"

王老师说："校长讲的对。请假，校长已经表态，没有问题。同时，向区里报告，也很有必要！"

大家就帮助月英，掸一掸身上的尘土，洗一洗脸，梳一梳头，让月英亲自先到区公所去一趟。

刁校长说："我和王老师一起陪同去吧。"

于是，三个人来到区公所。

他们一头就撞到了吴教导员。月英朝地一跪，抱着教导员的腿就哭。教导员莫名其妙，一把将月英拉起来，忙问："怎么啦？怎么啦？出了什么大事啦？"

刁校长把情况做了简要介绍。

教导员听了，皱着眉头，思考一会儿，说："这……不可能吧？"

王老师说："我也觉得那封信里有一些疑点。究竟……"

没等王老师说完，教导员就说："你们把信拿过来，给我看一看。"

月英两手颤抖着，把信递给教导员。教导员接过信，从信封到信纸，详详细细地看。看过之后，哈哈大笑起来。

"叔叔，我出了这么大的事，您还笑？您笑什么呀？"月英哭着说着。

王老师说："教导员，您看出什么问题了吗？"

教导员果断地说："这封信，是假的！"

校长难以置信："啊？信，还能是假的？"

月英更是十分惊悚地说："信，也能是假的？叔叔，您不会是哄我的吧？"

王老师说："我当时看过之后，就产生几个疑点：第一，守杰因什么公而牺牲的？没有说。第二，既然是军事秘密，战友竟敢透露出来，不怕军法处置？第三，战友为什么不把自己名字写出来，这里边必有玄机。"

教导员说："不仅如此。你们就看看信封上的邮戳吧。大家知道，普通邮戳是圆的，黑色的，而且盖在邮票上。而军队的邮戳是什么样子的呢？是三角形，是红色或紫色的，而且不贴邮票。"

月英说："不错。守杰以前来信，邮戳都是三角形，红色，没贴邮票。而且，我还记得，三角形邮戳中间有一颗五角星，下边还有一行'军事免费邮件'几个字。而这封信盖的邮戳却是圆的，黑色的。"

教导员说："那就证明，这封信虽然盖'南京军邮'四个红字的戳子，但是，它是在骗人，它不是军邮。"

月英说："这怎么看得出来，这是怎么一回事？"

教导员说："你们再细细看一看，这封信并不是从南京

寄来的，而是从泗阳县新袁寄来的。"

校长说："怎么见得？"

教导员说："你看那个邮戳上的字。明明是'江苏泗阳新袁（支）'几个字嘛。这个邮戳上的字，说完全了，就是：江苏省泗阳县新袁邮政支局。这封信就是从这个邮局寄出来的，哪里是守杰战友从南京寄来的呢？"

王老师说："对！这明明白白，就是假信，就是造谣！"

校长说："写假信，造谣惑众，是要治罪的。"

王老师说："写假信，造谣惑众，当然是要治罪的。"

月英说："叔叔，这个假信、造谣，怎么办呢？"

教导员说："这好办。我这边马上发个公函，请新袁区那边协助调查，进行处理。还要请他们调查清楚，这封信是谁写，是谁寄的，还要请他们把调查和处理的结果函告我们。"

月英说："叔叔，您这样做，太好了，我完全赞成！我感谢叔叔！"

教导员笑了，说："孩子，还感谢什么呀？这是我的职责。这种无事生非、造谣惑众、制造假消息的人，就应该进行查处。咒骂解放军，还应该治罪的呢！"

月英恍然大悟，说："叔叔，我已经估计到了，这件坏事，注定是钱家人干的，一定是那个人，不会有第二个人！"

王老师说："你说是谁干的？"

"一定是钱三乱子干的，不会是第二个人！"

王老师对月英说："月英，你已经替那个毛头找到媳妇

了，钱家人对你还会这么仇恨吗？不会的吧？"

月英说："毛头对我已经没有意见了，口口声声喊我'姐姐'。但是，他那个三爷，他还怀恨在心。毛头告诉我说，他三爷，还准备用手榴弹炸我们呢。"

王老师说："既然这样，今后你还该提防一点呢。"

教导员说："月英同志，问题已经谈得差不多了，你们回校吧。"

月英说："叔叔，我没得到守杰的确切消息，心里还是不踏实。"

教导员说："处理事情还要有一个过程，急也没有用。"

王老师说："月英，你还想到部队去看看吗？"

教导员说："既然消息是假的，月英也就不必急着上部队去了。"

月英、王老师和刁校长，此时此刻，还是心潮起伏，对此事既感到突然，又感到兴奋……

教导员对月英和王老师说："你们二位可以先回去，我和刁校长还有一些事情要谈一谈。"

月英和王老师刚转脸出来，就听到那边办公室有人喊道："教导员，南京部队打来电话，要求您亲自去接！"

2016.02.16

🔔 拓展阅读

"授受不亲"：授，给予；受，接受；亲，亲自。旧社会指男女不能互相亲手递受物品。这是儒家束缚男女的礼

270

教。男女传递物品（包括话语等）须经第三人手、口，不得直接联系。

出处1：《孟子·离娄上》："淳于髡曰：'男女授受不亲，神情民?'孟子曰：'礼也。'"

出处2：清·名教中人《好逑传》第六回："我常常听见人说：'男女授受不亲，礼也。'"

出处3：巴金《随想录》（作家出版社）一四九："什么准则？难道我们还应该搞男女授受不亲，宣传三纲五常，裹小脚，讨小老婆，多子多孙，光宗耀祖?"

二十五、
水落石出，原形毕露

　　吴教导员亲自接了南京部队打来的电话。部队首长向教导员通报了吴集区送到部队的新兵张守杰，他在部队各个方面表现都很好。尤其是在最近一次活动中，他机智勇敢，不畏艰险，贡献突出，立了三等功，特向地方通报。

　　吴教导员得知守杰在部队取得了好成绩，感到十分高兴。同时，教导员也向部队首长介绍了张守杰的家庭出身，以及他在地方工作的一向表现。吴教导员还特别谈到了最近在家乡发生的假军邮事件，给守杰未婚妻造成严重伤害，产生了恶劣影响。

　　部队首长听了，非常震惊。首长说："看起来，这个事件并不简单。国内外的敌对势力，时刻都在窥视我们的一举一动。只要我们有一点小事，他们就神经紧张。甚至我们没发生什么事情，他们也能无中生有，造谣惑众。最近，我们部队出了一件事，当然，这件事也很重要。张守杰同志这次立功，就与此事有关。不知敌对势力，是不是听到

什么风声，而捏造此种谣言。其实，我们这次事件并未造成人员伤亡。我估计，你们那里发生的假军邮事件，可能与我们的这次事件有关联。所以说，对于那个假军邮事件，必须引起我们部队和你们地方各级领导的高度重视。"

吴教导员说："这次假军邮案件，造成的影响太坏。有的家长孩子在部队，就非常担心，怕不幸的事情，发生在他们孩子身上。"

"对啊！想想看，人家孩子刚刚到部队，就'牺牲'了。这种情况，哪一个父母能受得了啊？"部队首长说。

"孩子都是父母的心头肉啊！"

"所以说，这次假军邮事件，性质极坏！不但会影响到军队声誉，影响到军民关系，而且还会影响到今后的国防建设！希望你们要高度重视，立即组织力量，彻底查清，严肃处理，以消除影响。如果构成犯罪，就要依法惩处！"

吴教导员听了部队首长的讲话，更加深刻地感觉到假军邮问题的严重性。接过电话之后，吴教导员立即招集区委领导成员开会，研究处理假军邮问题。

在区委领导成员会议上，首先吴教导员向与会人员介绍假军邮发生的经过情况，也介绍了部队首长的讲话。然后，请大家发表意见，提出调查、处理的办法。

你一言我一语，大家议论开了："首先，从哪里查起呀？"

"当然先从那封假军邮发出地开始查起喽。"

"看看那封信是谁写的。"

"查查那个写信的笔迹，找到写假信的人。"

"同时，查寄信的人。"

"那就先到那个邮局，去查寄信的人。"

"那行吗？每天到邮局寄信的人很多，邮局工作人员都能都记得吗？"

"还可以排一排，有哪些人平素对守杰，或者对月英有成见的。从这里，也可能打开突破口。"

"这个办法好。找嫌疑人谈话，向他交代政策。"

对这个问题，调查处理办法，大家提出不少意见。大部分人有信心，也有的人缺乏信心，说调查此事等于"大海捞针"。

吴教导员说："大家所提的思路，都有参考价值。调查处理假军邮问题，是一个政治任务，我们要下定决心，坚决完成这个任务！我考虑到，假军邮是从新袁寄出来的，我们必须先从新袁着手，必须获得新袁方面的支持和配合。我们先由区党委出面，和新袁区党委联系，双方共同研究，密切合作，坚决搞它个水落石出！不获胜利，决不收兵！大家看，怎么样啊！"

"对！教导员的路子对！"大家一致表示赞同。

后来，通过吴集、新袁双方研究决定：各派两名有侦察经验的调查人员组成调查组，新袁的老袁、吴集的老吴担任组长。老吴带着假"军邮"原件到新袁去，向新袁方面介绍案件基本情况：

淮阴县吴集区沙河乡张王熊庄李月英自幼被卖给泗阳县新袁区三徐乡三号钱毛头做童养媳。解放后，他们解除

了婚约。月英回原籍，在张土圩小学当老师，并在原籍找到张守杰为未婚夫。后来，张守杰参军，部队驻在南京某地。假军邮是以部队守杰战友的名义，写信给守杰未婚妻月英。假军邮称守杰因故“牺牲”。其实，部队通报，守杰不但没有“牺牲”，还立了三等功。而这封假军邮并不是从南京部队寄来的，而是从泗阳新袁寄来的。信封上盖的是“泗阳新袁”邮戳。显然，此信是假军邮。……

老吴说：“显然，这个案件应该先从新袁邮局查起。”

老袁问：“还有没有与当事人有利害关系的嫌疑人？”

老吴说：“有！钱毛头的三叔人称‘钱三乱子’。此人就是三号当地人。受害人月英是他以前的未婚的侄儿媳妇。这个钱三乱子，向来劣迹斑斑。他对月英解除婚约怀恨在心。甚至还发狠，到月英结婚时，要当场炸死月英新婚夫妇。这次假军邮，很有可能就是钱三乱子所为。”

老袁说：“那好，我们就兵分两路。老吴同志，你们两个人到新袁邮局，我们两个人到三号，我们分头进行调查。”

老吴说：“好。”

老袁带助手来到三徐乡找到酆乡长。他们三个人先来到三号医生李先生家，酆乡长派人把钱三乱子找来。三乱子来了，酆乡长说：“三乱子，我们今天来跟你核实一件事，希望你如实说清楚。”

三乱子说：“什么事啊？”

“你最近是不是写过一封信？”

"哎呀！写过一封信？没有啊。"

"没有？这封信是寄到淮阴县吴集区张土圩小学的？"

"这怎么说起啊？我在那里没有一个熟人呀？"

"那里有个李月英，你不认识？信就是写给她的？"

"李月英？我不认识这个人呀。我也没有给她写过什么信呀。"

"这封信谈的是部队的事，还说有个战士'牺牲'了。这封信是不是你写的？"

"哎呀！这从何说起呀？我就是孤寡一个人，我也没有任何亲戚朋友在部队，我怎么会知道这些事呢？再说啦，扁担长'一'字我也认不得，我怎么会写什么信呢？"

老袁第一次和三乱子谈话，没取得任何成果。

那么，老吴和助手两个人在新袁邮局调查情况怎么样呢？

老吴看到新袁邮局里有三个人在工作。两个穿豆绿色制服的邮递员在分拣信件，准备投递。另一个人在柜台里为即将发送的信件加盖邮戳。老吴对盖邮戳的工作人员说："同志，请问，你们邮局近日有没有寄出一封军邮啊？"

那个工作人员头也没抬，说："我们这里也没有驻军，哪能有什么军邮啊？"

老吴见这个人有点漫不经心，很是着急，就以恳求的语气说："同志，对不起，打扰你了。我们是调查一起政治案件的，希望得到你们的支持。"

"噢？你们是调查政治案件？你们是哪个单位的？有没有带介绍信？"他还在忙着手中的活，漫不经心地说。

这让老吴大吃一惊。原本以为双边领导拍的板、定的案，哪里想到还要什么介绍信呀？人家要是拒绝帮助，我们能有什么办法？这介绍信上哪去开呢？新袁能开吗？跑回吴集去开？这就麻烦了。于是，他放下身段，再恳请一下，看看怎么样。他说："同志，对不起，打扰你了。我们调查的虽然是个政治问题，也不是什么保密的，不费你们多少事，对你们也不会产生任何不利影响。请帮助我们一下吧！"

那个工作人员，向老吴看了一眼，说："那你就稍微等一下，让我把邮包打好，车子马上就到。你们等一下吧！"

"好的好的！非常非常感谢！我们就在这里等。"

老吴两个人站在柜台外边，望着工作人员忙忙碌碌工作，一直等到他把手中的工作忙完。老吴说："你们的工作还是怪忙的。"

"是啊，我们是个支局，人手少，工作量大，怎么能不忙呢？好吧，现在就谈谈你们有什么事吧。"

老吴把情况介绍了一遍，说："我们判断这个假军邮就是从你们邮局寄出的。"

"怎么知道是从我们邮局寄出的？"

老吴取出假军邮原件，让他看邮戳。

邮局工作人员一看信封上的邮戳，就说："不错，这封信，确实是从我们局寄出的。那你们想怎么办？"

"我们就要找到寄信的人！"

"你们怎么找到寄信的人呢？"

"我们就想请你回忆一下，这个寄信人是个什么样子。"

"哎呀！每天都有很多人来寄信，这上哪儿去回忆呀？"

"你们负责卖邮票的有几个人呀？"

"那倒是只有我一个人，所有要买邮票的必须经过我的手。"

"你看看邮戳上的日期，离现在只有几天。能不能回忆一下，就在这一天，有没有一个老头来寄信？"

邮局工作人员望望邮戳日期，又仰起脸望着屋梁，不住眨眼。又用手摸摸脑袋，愣了老半天，说："似乎有一个老头，他还问我，寄军邮要贴多少钱邮票。我说，我们这里没有军邮，只能按普通邮件投寄。"

"你看到他的信封是怎么写的吗？"

"我没有细看他的信封。只看见那信封上盖了一个戳子，是红色的，好像是"南京军邮"四个字。我给他邮票，他叫我替他贴上。"

"我说，邮票都是寄信人自己贴的。"

"他说他不会贴。"

"我说，你能写信，还能不会贴邮票？"

"他说，嘿！我是个大老粗，连个扁担长一字都认不得，还能会写信？这封信还是花钱，找人代写的呢。"

"然后，我就替他贴上邮票，叫他自己把信投入邮箱。投信之后，他转脸就出去了。这件事，给我的印象很深，所以，到现在，我都记得清清楚楚。"

得到这个信息，老吴特别高兴。他认为，十有八九，这一封假军邮，就是钱三乱子所为。

当天晚上，四个调查人员到一起碰头，汇报各自调查

情况。碰头之后，大家一致认定，这封假军邮，就是钱三乱子寄的。决定第二天，继续找钱三乱子谈话。

和昨天一样，几个人来到三徐乡，找到酆乡长，请他协助调查。酆乡长说："不必客气。你们在我乡调查工作，我协助你们，是义不容辞的责任。"

酆乡长，名叫酆学忠，北方人，是解放后三徐乡第一任乡长。他身材不高，衣着随便，做事爽快，说话和气，他的一举一动与普通百姓没有一点差别。平时，他总是背着一只帆布饭包，文件和印章都放在饭包里。他天天走村串户，忙忙碌碌。张家长、李家短，通通装在他的心中。月英和钱家解除婚约，是他一手处理的。他对月英的不幸遭遇给予深切的同情。他对钱三乱子，有深刻的了解。酆乡长问老吴："你们在邮局调查，情况怎样？"

老吴说："邮局工作人员说，他们记得清楚，确有一个老头来寄信，信封卜盖有'南京军邮'四个红色大字。我们判断十有八九，假'军邮'是钱三乱子所为。"

酆乡长说："那好，继续找三乱子谈话。今天，你们要注意，三乱子这个人，老奸巨猾，像狐狸一样，不抓住它尾巴，他是不会认输的。"

钱三乱子来了，仍是若无其事的样子。他带着玩笑的口吻说："乡长大人，找敝人来，有何贵干？"

酆乡长："三乱子，你严肃一点！"

三乱子说："哎哟？酆乡长，您不知道我说话就喜欢油腔滑调？"

酆乡长说："我们几个人都来了，再和你核实一个

问题。”

“核实什么问题？”

“那封军邮，到底是不是你干的？”

“昨天，我不是已经说过了吗？连扁担长一字，我都认不得，我怎么能会写什么军邮呢？”

老吴说：“你不会写信，但是，写好的信是不是你寄的？”

“同志，请你不要冤枉好人，我从没寄过信！”

老吴说：“不错，你没寄过信，你不会贴邮票，还请邮局工作人员贴的，是不是？”

三乱子一听说“请邮局工作人员贴”邮票这一事实，打了一个寒战。但是，他还是负隅顽抗，说：“首先，我不会写信。不会写信，就谈不上寄信。所以说，这件事，与我钱三，没有任何关系。”

老吴说：“不会写信，你就不能找人代写吗？”

“找人代写？你能指出是谁，替我代写的呀？”

老吴一听钱三乱子的讲话，就证实了酆乡长讲的话一点不假。钱三乱子真正像一只狡猾的狐狸，不抓到它尾巴，他决不会认输。老吴觉得，自己真的没抓住狐狸尾巴。邮局工作人员只听三乱子说信是花钱找人代写的，但并没说代写信的人是谁，所以，钱三乱子不认账。于是，老吴向酆乡长使一个眼色，轻轻摇一下头。酆乡长明白老吴的意思，站起来说：“三乱子，你现在还不肯如实交代，说明你还没端正态度。我们让你先回去继续考虑，下次再来谈。你回去吧。”

钱三乱子走了以后，酆乡长和几个调查人员开会，研究对策。酆乡长说："你们说，现在的症结在哪里？"

老袁说："钱三乱子不识字，这信肯定不是他自己写的，一定是花钱找人代写的。现在，我们就没查出代写的人，所以三乱子不认账。"

酆乡长："对！这说明我们的调查工作做得还没有到位，让三乱子有空子可钻。我们必须进一步查出假信代写人。有了确凿证据，就等于抓住了狐狸的尾巴，它可钻的空子也就被堵死了。到那时候，他三乱子也就不抵赖了！"

老袁说："现在，我们的重点工作就是寻找代写信的人。"

老吴说："老袁、酆乡长，你们熟悉情况，看看哪些人可能代人写信？"

酆乡长说："在我们三号，能够写信的人主要是学校的老师。但是，我相信，学校里是不会有人替他写的。首先，赵秉松校长、杜玉成老师，以及民校教师，都不会替他写。为什么呢？因为他们都同情和支持李月英，反对钱三乱子。"

老袁说："既然在三号排不出来，就要到新袁街上去排。"

老吴说："街上有哪些人可以作为排查对象呢？"

老袁说："在街上，能写信的人当然很多，不过，最值得怀疑的只有一个人，那就是刘杰三。"

酆乡长说："你怀疑他，有什么根据？你把情况说一下。"

老袁说："刘杰三，家住袁集西边。这个人很聪明，有文化，也有技术。他天天上街，在邮局门旁摆个摊子，专以刻图章、代写书信为业。不久前，就是因为他为偷牛的人私刻公章（当时贩卖耕牛要有证明）已被羁押。这封假军邮，可能出于他的手。"

鄑乡长和老吴听到这个消息，感到高兴，一致同意，前去查问刘杰三。

因为刘杰三尚在羁押中。他们办了相关手续，前去提问刘杰三。事情办得非常顺利，刘杰三不但确认了代钱三乱子写了假信，而且还特地刻了一枚"南京军邮"木戳子。当时做了陈述笔录，刘杰三还摁了手印。

袁吴二人回来向鄑乡长做汇报，大家无不欢欣鼓舞。于是，组织了一个规规矩矩的"三堂会审"。钱三乱子被带来以后，可能他已经知道，难过这一关。他一进来，两腿就不住地颤抖。

鄑乡长严厉地说："钱三乱子，你不是要我们找出替你写假信的人吗？现在，你看看吧，这是刘杰三出具的证明！他不但代你写了信，还特地替你刻了'南京军邮'的木戳子。"鄑乡长说着就把刘杰三手印亮给他看。

钱三乱子二话没说，一下子瘫倒在地，惨叫一声："哎哟，我的妈呀！"

2016.03.31

拓展阅读

一、"水落石出"的意思是：水落下去，石头就露出

月英寻亲

282

来，比喻真相大白。这个成语出自宋代苏轼《后赤壁赋》。本文记述了作者与客人秋江夜月游览赤壁的情形，既写景又抒怀。文中写道："于是携酒与鱼，复游于赤壁之下。江流有声，断岸千尺；山高月小，水落石出。曾日月之几何，而江山不可复识矣。"

二、"原形毕露"意思是：本来面目完全暴露，指伪装被彻底揭开，贬义词。

这个成语出自清朝钱泳《履园丛话》："（狐女曰）将衣求印，原冀升天，讵意被其一火，原形毕露，骨肉仅存，死期将至。"

二十六、
是是非非都是情

　　吴集、新袁双方组成的假"军邮"联合调查组，调查工作已经顺利完成，并写了"调查报告"。

　　双方调查人员携带着调查报告分别回到原单位，向各自领导汇报调查结果。双方党委和政府又一次进行会商，研究处理办法。最后做出决定：

　　第一，责令假"军邮"主使人钱三乱子，到事发地向受害人赔礼道歉，并当众交代策划经过，以肃清不良影响。作案人如能深刻检讨认错，并表示永不再犯，可以免予进一步处分。

　　第二，对亲手制作假"军邮"的刘杰三，贪图钱财、受人指使制造假"军邮"，造成恶劣影响，与其偷刻图章的行为并案处理。

　　根据领导的决定，联合调查组四个人又回到三徐乡，向酆乡长通报了双方领导对钱三乱子制造假"军邮"事件的处理意见，继续请酆乡长协助处理工作。

鄞乡长立即传唤了钱三乱子。

钱三乱子来到鄞乡长面前，首先发问："乡长大人，我三乱子已经承认那封信是我造的，您还叫我来干什么呀？"

鄞乡长说："你承认就算啦？你知道你那封假信造成多大的影响吗？对受害人造成多大的伤害吗？"

"骂骂人，撒撒气，算个什么大事？"

"你骂人，你撒气，还不算大事？"

"我虽然骂那个小子死了，他不还没死吗？"

"我问你，你是从哪里想起编造谎言的？"

"那个毛丫头（指月英）背叛我钱家，我一直就想教训教训她。前几天，我告诉街上刻字的刘杰三，说我原来侄儿媳妇新找了一个小男人叫张守杰，正在南京当兵。我叫他给我想个法子，骂他一顿，撒撒气。老刘说正好，夜里才听到敌台广播，说驻南京部队，出了事，必定死了人。他要我花两个钱，就帮我出这口气。结果就弄了这么回事。"

"你知道吗？你造这个谣，不但骂了人，还造成极坏的政治影响？"

"这个，我不管！"

"你不管，政府就要管！你必须向受害人赔礼道歉，肃清影响！"

"向哪个赔礼道歉？"

"受害人是李月英、张守杰。张守杰在部队，不要你到部队去，只要你向李月英赔礼道歉。"

"向那个毛丫头赔礼道歉？她还没叫我三爷呢！有那个

必要吗？”

"有必要！你还必须到张土圩小学去，当着全体师生的面，向月英同志赔礼道歉！只有这样，才能挽回影响！"

"你们说的是真是假？为什么要到那边去？"

"因为你制造这个谣言在那边影响最大。这是严肃的政治问题。你必须到那边去赔礼道歉，肃清影响！"

"你们这种做法，是不是要把我逼上死路呀？"

"你非这样做不可！"

"能不能换个方法？"

"不行！只有用这个方法！"

"行啊！行啊！我去赔礼！我去道歉！你们等着，我马上就到！"钱三乱子说着，转脸就出去了。

哪知道没有一袋烟工夫，人们就听到东边"轰！"地一声巨响。大家马上吵了起来，围了过去。一看，原来，钱三乱子嘴说是去向月英赔礼道歉，实际他是把自己收藏多日、准备炸死月英新婚夫妇的手榴弹带着，要去和月英拼个"同归于尽"。他把手榴弹别在裤腰里，气势汹汹地去找月英。哪知道没走多远，手榴弹突然从他的裤腰里掉到地上，手榴弹受到震动，迅即爆炸。三乱子当即被炸倒在地，躺在血泊之中。鄞乡长得知情况，立即组织人把他到县卫生院进行抢救。现在，钱三乱子是死是活，还不得而知。

在钱三乱子被送去抢救之后，鄞乡长随即向村民们详细介绍钱三乱子制造假"军邮"的经过，以及假"军邮"对受害人造成的严重伤害，和产生恶劣的社会影响。

村民们听了鄞乡长的案情介绍之后，纷纷议论。有人

说："三乱子一辈子没干过好事，就是被炸死也是活该！"有人说："多行不义，罪有应得。"有人说："多行不义必自毙。"还有人说："善有善报，恶有恶报。"……

在吴集区，政府特地召开了假"军邮"案情通报会。月英和王振和老师在参加区案情通报会之后回到张土圩小学。

学校已经放了晚学，老师们正在进行自由活动。他们见到月英等几个人回来了，就一下子围拢过来，争先恐后地问这问那。当他们听说那封"军邮"是假信，是造谣时，无不极端愤慨，义愤填膺。当他们听说守杰不但安然无恙，而且还立了功时，更是庆幸，无比欣慰。又听说假"军邮"制造者钱三乱子自我爆炸，人人都拍手称快，欣喜若狂。

这一整个事件，闪电般地疾速变幻，使得大家啼笑皆非。月英更是心潮起伏，兴奋异常，满腹话语，一言难尽。她面对着同志们的亲切关怀，连连点头弯腰，向各位同事表示谢意。

很快，刁校长也回来了。

大家又问："校长，您还有什么好消息带回来？"

校长说："有什么好消息，月英老师和王振和老师都已经带给你们了吧？"

有老师问："捏造谣言的钱三乱子，政府还打算怎么处理的？"

校长说："怎么处理，由政府决定，我现在还不太清楚。不过，作案人已经受伤，还不知是死是活，我估计暂时也就不好再追究他什么责任了。"

人们散去之后，校长来到月英面前，又小声对月英说："月英同志，我向你透露一个小秘密：你和王老师不久将要调动工作。这个消息，你暂时还要保密啊。"月英笑笑，表示理解。

月英回到宿舍，躺到床上。表面上看，月英休息了，而她的内心却在思来想去，波涛翻滚，难以平静。她自问：为什么有少数人总会怀着坏心眼伤害他人呢？在张王熊庄，有个蒋三狗子，屡次迫害守杰，他一定不得好死。在三号，有一个钱三乱子，他干了一辈子坏事，曾经用棍子把一个人活活打死。后来他又抓住我不放。这次假"军邮"凭空造谣，咒骂守杰。我相信，他一定也不会有好下场！

月英又想到了守杰。他以前说过，在部队做出成绩才结婚，这次立了三等功，算不算成绩呢？月英又想到自己工作要调动，何时调动、调到哪里去，将来干什么呢？这一系列的问题，就像大海的波涛，在月英心中翻腾，难以平静。

学校已经知道，月英工作就要调动，所以近些日子没给她安排什么事情。但是，越是没有事干，月英的思想包袱也就越重。

月英经历过这么多的悲伤和喜悦，她的心境，真是酸甜苦辣，五味杂陈。而这些甘苦和困顿，向谁诉说呢？父母早已辞世，又没有兄弟姐妹，唯一亲近的人只有姨娘了。她想，姨娘要是能在身边，即使不能有多大帮助，也能诉说一些心里话呀！但是，时至今日，为什么姨姐对姨娘的情况只字不提呢？这里边，是不是有什么问题呀？干脆，

写封信，去问一问情况。月英坐起来，给姨姐魏琴写信：

亲爱的魏琴姨姐：你好！

你近来学习情况怎样？姨姐夫工作好吗？你们的孩子一定也天真可爱吧？我非常想念你们。

当地政府对我的照顾无微不至，还给我安排了工作。我心里明白，这些都与你和姐夫的关照，是分不开的。我向你和姐夫表示衷心的感谢！

不久前，我和一个男青年谈上了恋爱。他和我一样，也是个孤儿出身。他同样得到了政府无微不至的照顾，给他安排了工作。最近，他又参了军。在他参军的那一天，我们举行了订婚仪式。他们的部队，和姐夫一样，也驻在南京郊区。不过，具体地点，我还不太清楚。我想，他要是能和姐夫取得联系，兄弟二人要是能在一起交流交流，那就再好不过了。你说呢？

姨娘现在身体如何？饮食起居怎样？我非常想念她，我正准备前去看望老人家。她现在身在何处？是在你那儿，还是在姐夫那儿？请你尽快告诉我！

姐姐，我今天的情况算是不错吧？你知道我的这些成果是怎么得来的吗？说来，你可能不相信。其实，十几年来，我虽然没见到姨娘，但姨娘对我的精神鼓舞，功不可没。这话怎么讲起呢？真的，我早就反对买卖婚姻，反对做"童养媳"，但我不敢反抗，我也没有办法反抗。我怕和钱家解除婚约之后，没有去处，无法生活。多亏一位高人指点，让我解除婚约之后去寻找姨娘，说那就是我的去处。

我这才敢于进行抗争，最终获得了胜利。后来，我在寻找姨娘过程中，除了受到乡亲们的关心和帮助，同时被政府发现，得到政府照顾，安排我工作。而且，在这个同时，我又找到了对象。可以说，在我整个行动过程中，姨娘始终是我的"精神支柱"。饮水思源。我永远忘不了姨娘的恩情！

近一段时间，我遇到的事情真是不少，我的思想负担也很重。具体情况见面再谈吧。

祝你们全家幸福！

你的姨妹　月英

×年×月×日

月英的信寄出不久，很快就得到姨姐魏琴的回音。

亲爱的月英姨妹：你好！

来信收到了。

姐姐可以这样对你说，你是个不幸的人，同时，你又是个幸运的人。过去的事情，就让它过去，不要老是放在心上，增加烦恼。幸运的事情，就要倍加珍惜，不断呵护，争取获得更大成果。

你选的那个对象，我很赞成。只有经过苦难磨炼的人，才能知道生活的甜美。妹妹，你的对象选对了！我预祝你们，早日成婚，早生贵子！

你说的那位"高人"，我也很佩服。他虽然只是给你一个"指点"，但这个"指点"，却像黑暗中一盏指路明灯，

使你有了前进的方向。你还应该好好感谢感谢人家才对呀。

你说我母亲是你的"精神支柱"，这一点我完全理解。我想，做任何事情都要有"精神支柱"，或者叫"精神力量"。只有这样，才能有奋斗的力量。否则，就是无的放矢，奋斗也就没有后劲。你对我母亲的感激，并想前来探望，我表示感谢。但是，此时此刻，我不得不告诉你，母亲已在几年前因病去世了。我想，你也不必为我母亲的不幸去世而伤心。话又说回来，如果你是在几年前得知我母亲去世的消息，恐怕你后来的"精神支柱"也就不存在了。如果你没有"精神支柱"，能不能取得今天的成果，也很难说。你说，这话对吗？

亲爱的妹妹，姐姐还要告诉你一个好消息。你姐夫名叫高锋，也是个苦孩子出身。他参军以后，表现突出，多次被提拔，现在是副团级干部。最近，部队领导又要派他出差，允许他和我一道顺便回家探望。我相信，在这探亲期间，我们姊妹一定会有见面的机会。我还在幻想着，你的那个对象要是也能回来，我们四个人双双对对，来一个"群英会"，那就再好不过了！

好吧，见面再谈。祝你愉快！

你的姨姐　魏琴

×年×月×日

月英本因心事太重，难以缓解，所以才想通过给姨姐写信，以缓解一下情绪。哪知这封信一写，不但心事没解，反而加重了。最令她伤心的莫过于姨娘不幸去世的消息了。

她想到自己的苦难经历，想到姨娘对自己的精神鼓舞，更加伤心难过。她越想越不是滋味。她自问道："为什么这些倒霉事都摊到我的头上呢？"她想着想着，不禁哭了起来。

就在月英悲泣不已的时候，王振和老师来了。王老师问："假'军邮'已经真相大白，而且守杰还立了功，你应该高兴才是，为何还如此悲伤呢？"

王老师这一说，月英不但没有止住哭，反而哭得更加厉害。她一边哭，一边把姨姐寄来的信，递给王老师看，说："我永远也见不到姨娘了！"说着说着，又放声大哭起来。

王老师见此情景，既同情又为难，说什么是好呢？只好拿着信，一边往下看，一边想找些话题，以舒缓一下月英的情绪。他说："月英啊，你姨姐说，给你指点的那个'高人'，是不是我的堂房三弟呀？"

月英一下子振奋起来，说："是啊！正是因为有了三先生的指点，我才知道去找姨娘。正因为我去找姨娘，才会有今天的工作，才会遇到守杰这样可爱的人！"

王老师一听，哈哈大笑，说："月英啊，按照你的说法，是因为有 A 才有 B，又因为有 B 才有 C，这就叫月英的'三段论'逻辑学吧？"

月英被王老师这么一逗，也笑了起来。她说："王老师，你是三先生的哥哥，你也算是我的师长啊！你说什么月英的逻辑学、说什么什么'三段论'呀，你不应该拿我开玩笑吧！"

王老师说："人说'笑一笑，十年少'。我看你，还是

要经常想想你姨姐说的四人'群英会'吧。我想，如果有了四人'群英会'，还不如你和守杰的二人'双英会'呢。到那时，恐怕你就会笑声不断，越笑越想笑喽！"

月英说："当然，我也希望守杰能像姐夫那样，载誉归来哟！"

王老师说："如果守杰真能载誉归来，你一定要请我来喝喜酒噢！"王老师换了一个话题，问："月英，我问你，校长从区里回来，还对你说些什么？"

月英说："他说，你和我不久都要调动工作。他还叫我保密。"

王老师说："其实，我早就听到风声了。听说洪泽要成立一个新的县，叫洪泽县。有人提议让我去当文化站站长。看来，这是真的了。好了，我就想打听这个消息。现在休息吧。"王老师说着，回到自己宿舍去了。

王老师走了以后，月英也吹灯睡觉，眨眼工夫，就进入了甜蜜的梦乡。

这是一个月夜，一个夜深人静的月夜。

月光如水，洒向人间大地。

凉风习习，吹得凉爽宜人。

一条蜿蜒曲折的小路，从远方延伸过来，又向远方延伸出去。

月英独自一人，在这条小路上消遣、散步，轻松、闲适。

前面隐隐约约，来了一个人，这是谁呀？

哟！是守杰！守杰来啦！

守杰，你怎么会这个时候回来的？

守杰不言不语，只是傻乎乎地笑，笑得是那样甜美，那样动人！

他不顾一切，冲上前来，一把将月英紧紧地抱住，紧紧地抱着。

月英并没有反抗，只是喃喃地、轻声慢语地说："你抱得松一点，轻一点！

守杰！……我的心在跳！守杰！……我喘不过气来！守杰！……我好难受哦！

守杰！……我说不出这是一种什么样的感觉！守杰！……这是我从来没有过的一种感觉！守杰！……你快……你快放开我吧！……我受不了啦！……"

"咚咚咚！"一阵激烈的敲门声，把月英从甜蜜的梦乡中惊醒。

来人喊道："李老师，太阳那么高，你还不起床呀？"

月英听人喊门，慌慌忙忙地从床上爬起来，开了门，一个老师对月英说："李老师，区里来了紧急通知，叫你立即到区里去。"

月英问："什么紧急通知呀？"

那位老师说："具体情况，我也不知道。"

月英的心顿时跳动起来，紧张起来，这又会有什么紧急事情呢？她二话没说，急急忙忙赶到区公所去。

2016.02.22

一、"是是非非都是情"：是，对的，正确的；非，错的，错误的。对是非的判断，反映人的态度和情感。比喻是非、好坏分得非常清楚。

出处：《荀子·修身》："是是、非非谓之知；非是、是非谓之愚。"译文：以是为是、以非为非的，叫作明智；以是为非、以非为是的，叫作愚蠢。

二、"多行不义必自毙"出处：《左传·隐公元年》"多行不义必自毙，子姑待之。"这句话的意思是：不义的事情干多了，必然会自取灭亡。

三、"罪有应得"出处：清朝李宝嘉《官场现形记》第二十回"今日卑职故违大人禁令，自知罪有应得。"意思是：按罪恶或错误的性质，理应得到这样的惩罚。

二十七、
万事俱备，只欠东风

月英来到区公所，没有见到吴教导员，却见到了薛文书。薛文书没说多少话，只是说："月英同志，政府已经决定，将你从张土圩小学被抽调出来，具体工作尚未安排。"

月英没等文书说完，就急切地问："把我从张土圩小学抽调出来，又没安排具体工作，我现在住哪里呀？"

文书说："教导员已经替你安排好了，你暂时就住在区公所原来分给张守杰住的房间里。你可以先到那里去看看。"

月英说："好，我先去看看。"月英前去一看，"守杰过去使用的床铺、桌子、凳子，还有守杰自己的一些私人衣服、生活用品等，都还存放在那里。因为他没有家，也没有其他亲属，这些东西只有暂时放在这里。"

薛文书说完，就叫月英拿着调动通知，回到张土圩小学去办理手续。

月英回到学校，顺利地办好了调动手续。

老师们得知月英调动工作，个个依依不舍。月英也有同样的感觉，实在有点难舍难分。月英回味到，在张土圩小学虽然时间不长，生活却并不平静。经历过那么多的风风雨雨，有温馨，也有酸楚。

王振和老师对月英说："月英啊，你来得快，走得也快。我们在一起，时间虽然不长，但我们的情感却是深厚的。今后，你和我都要到新的岗位去工作，不知以后我们还有没有见面的机会呢！"

月英说："王老师，您不要说了！我的心比您更难过！在张小期间，您对我的关心和帮助，我一辈子也忘记不了！您和您的兄弟三先生一样，永远都是月英的好兄长、好老师！每时每刻，当我一想起你们，我就有信心，就有力量！"月英说着，眼中噙满了眼花。

刁校长看到教师们对月英的那种深厚的感情，也为之动容。他拉着月英的手，深情地说："月英啊，刁某比你大几岁，你也把我当作兄长吧！你在张小期间，不要以为我老刁就会刁难人。其实，我也是出于好意呀。我曾经引导你和他人谈恋爱，也是想早一点成全你的婚姻。我曾经逼你教书，也是想给你一个锻炼和学习的机会。我想，正是因为经过这两次'刁难'，使得你的意志更加坚强，使得你的文化水平得到进一步提高。也许，你有可能以为刁某有一点'刁'。其实，我都出于好心。下回，你见到我，不要叫我'刁校长'，干脆就喊我'老刁'吧！"校长这么一说，把全场的人都引笑了。

老师们热情地为月英送行。在送行的人群中，唯独缺

少一个人，那就是教导处的姜主任。月英始终注意着，希望能见姜主任一面，但是，他始终没有出现。月英本来打算，如果见到姜主任，还要对他说几句道歉的话，说几句安慰的话，说几句勉励的话。但他始终没有出现，这给月英留下了一个难忘的遗憾。

月英告别了张土圩小学，回到了区公所。

看门老人早就认识月英了。老人见到月英进来，就笑呵呵地说："姑娘啊，以前，你来了，是客人；现在，你来了，就是主人啦。"

月英说："大爷，月英来了，给您老人家增添麻烦了。"

"什么麻烦呀？柴多火力旺，人多气势高嘛。"

月英说着笑着又来到守杰原来居住的房间。

她打开房门，把房间里里外外打扫得干干净净。她又把守杰各种衣服、杂物通通整理停当，累得她满头大汗。她刚刚躺下来，准备喘一口气，休息一下，办公室薛文书就大声喊道："月英同志，你的军邮到啦！"

月英一看，原来，是守杰来信了。

亲爱的月英：你好！

我告诉你一个好消息：不久前，我在部队参加一次活动，突然出现一个小小的意外，在极短时间之内，我做出一个动作，避免了一场事故，也就避免了经济的损失和人员的伤亡，领导给我记了三等功。

其实，我所做的好像并不是什么大事，领导却给我这么大的荣誉和奖励，我还有一点惭愧呢。部队还举行一个

报告会，首长让我在战友面前讲话，给我戴红花，发奖状。最近，领导还要让我回到家乡，向父老乡亲汇报。

我还要告诉你一个好消息：部队领导早就知道我的身世了，对我非常同情和关心。在我立功以后，领导和我谈话，问我想不想回家看看，我只是点点头，没有说话。领导又问我有没有女朋友，我不好意思回答，还是点点头。领导好像猜透了我的心，他表示：我这次回去，可以和女朋友团聚。如果双方要求结婚，也可以结婚。现在，我征求你的意见，如果你同意我们现在结婚的话，我们是不是就在我回去的时候把婚事办了？

我这次回去只有几天时间。要是真的结婚，就要一切从简，越简单越好。时间太紧，你有什么意见，要尽快写信给我。

再见！

守杰

×年×月×日

月英收到守杰的来信，高兴的心情，不用细说。

她拿着守杰的来信，立即去找吴教导员。

吴教导员把信接过去一看，哈哈大笑，说："月英啊，看起来，我还要祝贺你双喜临门呐！"

月英说："叔叔，您不要说那些没用的话呐。我有什么双喜临门呀？我请您，对我和守杰这件事情，表个态吧！"

"你和守杰哪件事情，要我表态啊？"

"我不说，您还能不知道？"

"我真的不知道。是吃饭呢？还是穿衣服呢？"

"不是的！就是那个……"

"就是哪个呀？"教导员说着笑着，举起双手，将两个食指相对一碰，说："就是这个？"

月英不吱声，只是笑。

吴教导员说："这是两个人碰到一起，就是你和守杰结婚，是吧？你说是、还是不是呀？"

月英笑着点点头，只说一个字："是！"

教导员说："你这个小鬼呀！结婚，是你们两个人私人的事情，这也要我来表态吗？好！既然你要我表态，我就表吧。首先，我要问你：你愿意不愿意现在就和守杰结婚？"

月英又是红着脸笑，不吱声。

教导员说："你说呀！你不说话，我怎么好表态呀？"

月英说："您问这个干吗呀？"

教导员说："你看你看，婚姻自主嘛，如果你不愿意结婚，我这个态不是白表吗？"

月英点点头。

"你说呀！"

月英被逼得没有办法，只得羞羞答答地说："我愿意！"

"那好！"教导员说，"我现在表态：

第一，我赞成你们现在就结婚。

第二，我赞成你们结婚一切从简。我表这个态，行了吧？"

月英说："叔叔，您能不能再说详细一点？"

教导员说："你还要我说细一点？行！你叫我详细说一点，我就说详细一点。部队已经和我们联系好，这次守杰回乡汇报工作，主要是为了宣传义务兵役制，对青年进行爱国主义教育。部队将由一位副团长带领三个战士（包括守杰在内），来到我们区里举行一个汇报会。并准许这位副团长和守杰短暂探亲。在这样一个短暂的时间内，同意守杰和你举行一下婚礼。这样，你们夫妻来往也就方便了。我讲得够详细了吧？月英，你赶快写信告诉守杰，他还在等着你的回信呢。"其实，对守杰的汇报会和他们俩的婚事，教导员已经考虑了。

月英高兴地说："谢谢叔叔！"

月英立即给守杰写了回信：

守杰，亲爱的，你好！

告诉你一个好消息：教导员叔叔已经赞成我们现在就结婚。我把你写给我的信，拿给叔叔看，征求他对我们结婚的意见。他首先问我愿不愿意现在就结婚，要我表态。我不说话，他非逼我说话。我只得说"愿意"两个字喽。我说出"愿意"两个字之后，叔叔才哈哈大笑。他表态说：

第一，我赞成你们现在结婚。

第二，我赞成你们结婚一切从简。

亲爱的，你能猜到我和你结婚，是真愿意还是假愿意吗？亲爱的，我早就盼望这一天了。只是我，当着人家的面不好说出口罢了。

我还要告诉你，我同意你的意见，我们的婚事一切从

简，越简单越好。不花钱，不坐花轿，不摆酒席，也不做新衣服。其实，我早就主张，婚丧喜庆，都应该移风易俗，注重实际，少摆空架子。有些人结婚，虽然办得花花绿绿，轰轰烈烈，结果日子过得并不幸福，那有什么用啊？

我还要告诉你，我的工作已经调动了，具体什么工作、到哪里工作，现在都还不知道。领导把我安排在你原来住的房间。你过去那些东西都还摆在这里。

我马上就要去我们的张王熊庄，见见家乡父老，再征求他们的意见，看看我们结婚这件事情具体怎么办。

守杰，希望你尽早把回来的日期告诉我。

再见，亲爱的。

你的月英
×年×月×日

月英给守杰写了信，寄了信之后，又急急忙忙、风尘仆仆地来到张王熊庄，见一见村上的父老乡亲。

月英还没到村里，区里的通知早已经到乡里、村里了。

月英首先见到熊村长和村干部。接着又去拜访王二爷和王大妈，向他们说明守杰在部队立功、受奖，以及回乡做事迹汇报，还有准备结婚等情况，征求他们对婚礼的意见。

大家听说在部队守杰立功受奖，要回乡做报告，还要和月英举行婚礼，无不欢欣鼓舞、激动异常。村长正在招集村干部和一些村民开会，研究出席区里"张守杰先进事迹报告会"和守杰、月英婚礼这两件事的具体做法。

在村干和村民讨论会上，人们精神振奋、激情满怀，纷纷发表意见：

"守杰和月英结婚，是我们村的光荣，这是从来没有过的一件大喜事！"

"我们一定要好好庆祝一番，好好热闹一番！"

"他们没有父母，这婚怎么结呀？"

"谁说他们没有父母？乡亲们就是他们的父母！"

"他们没有家，这婚在哪儿结婚呀？"

"谁说他们没有家？张王熊庄就是他们的家！"

"我们要用八抬大轿，把一对新郎、新娘抬回来！"

"我们办它个十碗八碟，请它个十桌二十桌，大家都来庆贺庆贺！"

"吹鼓手、锣鼓家伙，小鞭大炮，一样都不能少，一定闹它一个轰轰烈烈、惊天动地！"

……

熊村长听了大家的意见，心情也很激动。不过，这事到底怎么办，现在还难以拿出一个一致的办法。他说："这个事情到底应该怎么做，我看还要先和上级通个气，你们看好不好？"

王二爷说："对！要和上级通气，很有必要。这件事，不单是本村的事，还有乡区干部、群众和部队代表参加。做好了将起一定的示范作用。所以说，与上级联系，很有必要，争取把事情做得恰到好处，避免出现差错。"

熊村长说："王二爷，你是农会主任，又是村里的会头，婚丧喜庆，你在行。我们两个人一起到区里去，你看

好不好?"

王二爷说:"行!"

于是,熊村长和王二爷来到区里,见到了吴教导员。

吴教导员见到熊村长和王二爷的到来,非常高兴。教导员说:"你们来得正好。我正准备派人去请你们。因为守杰和月英都是你们村的人。而他们的成长与你们干部群众的关心与培养是分不开的。这次守杰返乡做先进事迹汇报,是很有意义的一次活动。月英在处理婚姻问题方面,以及在其他工作方面的表现都不错,可以作为青年人的楷模。正好在这个时候,让他们顺道举行婚庆,一举两得,两全其美。因此,我们一定要把汇报会和婚庆仪式两件事办好。"

熊村长问:"教导员,您看这两件事具体怎么个办法呢?"

教导员说:"具体办法,不能只听我个人的意见,还要和大家进行商讨。"

王二爷说:"对!三个臭皮匠,顶个诸葛亮。"

教导员说:"这样吧,'先进事迹汇报会'由区里来办,'婚庆仪式'由你们村里办,你们看怎么样?"

熊村长说:"对!您的想法很好!不过,月英和守杰这个婚庆,有人提议大办一下,坐花轿、摆酒席,吹吹打打,热热闹闹,您看好不好呢?"

教导员说:"嘿!要移风易俗、新事新办,不要搞那些劳民伤财的花架子啦!再说,时间也不允许呀。我们和部队已经联系好,十月一日国庆节,上午汇报会,下午婚庆。

人家部队还有任务，哪有时间给你操办呀？"

村长和王二爷一听，又惊又喜："领导的想法和我们的想法不谋而合。时间很紧，后天，不就是国庆吗？"

教导员说："就是啊。我们区里的事情由我来安排：

第一，把会场布置好。

第二，通知各乡村出席听会人员。

第三，他们结婚的新房，你们是怎样考虑的？"

王二爷说："新房问题，我暂时还没有考虑呢。"

熊村长说："我倒考虑过了。我们村里房子多的是，弄两间出来，修修补补，粉粉刷刷，不就成啦？"

教导员说："村长的想法也不错。可是，时间不允许呀。现在离国庆节，只有几天，你就是不吃饭、不睡觉也忙不过来呀！"

王二爷犯愁了："这……怎么办呢？……"

教导员说："我看，在区里，原来给守杰住的有一间房，月英调上来以后，我又安排给月英住。就用这房子做新婚房，不是正好吗！"

熊村长和王二爷齐声说："太好了！太好了！"

熊村长问王二爷："你看，我们村怎么办呢？"

王二爷说："就按教导员说的，移风易俗、新事新办。'婚庆仪式'开一个会，村里花一点钱，准备一些花生、糖果，放一场电影，费用如果不够，再由大家赞助一点，这个办法就好！"

教导员和熊村长表示完全赞同。

教导员最后说："好吧，我们分头准备。"

在国庆前一天，区公所英雄事迹汇报会会场已经布置好。月英守杰结婚新房，也准备就绪。

一切准备停当，就等守杰的到来。真所谓"万事俱备，只欠东风"了。

2016.02.26

拓展阅读

一、"三个臭皮匠，顶个诸葛亮"，这是一个古老的谚语，而它的演变也很有趣。原来"皮匠"是"裨将"的谐音，裨将是小官。"猪革亮"是古代类似鞋子的皮具。"顶"是制造皮具的一种方法。原意是说，小人物也能造出有用的东西。后来，"裨将"就变成皮匠，"猪革亮"就变成诸葛亮，比喻人多智慧多，有事大家商量，就能想出好办法来。很多名家名著都使用过。

二、"移风易俗"出处：《荀子·乐论》："乐者，圣人之所乐也，而可以善民心，其感人深，其移风易俗，故先王导之以礼乐而民和睦。"这个成语的意思是：改变旧的风俗习惯。

三、"万事俱备，只欠东风"出自《三国演义》四十九回："孔明索纸笔，屏退左右，密书十六字，曰：'欲破曹公，宜用火攻，万事俱备，只欠东风。'"这里讲的故事是：三国时期，周瑜计划火攻曹操，一切都准备好了，只差东风还没有刮起来，不能放火。后来比喻样样都准备好了，只差最后一个必要条件。

二十八、
花好月圆，龙凤呈祥

十月一日，国庆节，是中国人民最隆重的节日。

这一天，天气特别的晴朗。阳光灿烂，万里无云。微风吹拂，温暖宜人。百花齐放，争奇斗艳。整个中国大地，到处都是一派欢乐、祥和的景象。

南吴集和张王熊庄，今年的国庆节，有着不同寻常的意义。一个苦孩子出身的张守杰，历经磨难，入伍不久就立功受奖。这一天，他要回到家乡，做"先进事迹汇报会"。另一个苦孩子出身的李月英，受尽折磨，参加工作不久就冲破重重困境，取得显著成绩。也就在这一天，月英和守杰，要回到他们的出身地张王熊庄，举行结婚典礼。

在张王熊庄，节日气氛非常浓烈，到处都是红旗、彩旗。这些红旗、彩旗插到了大路两旁。到处都是标语，这些标语贴到了外墙上，贴到了大树上。

月英和守杰的婚礼，将在村办公室所在地的张家大院举行。婚礼场地已经布置停当，和上次守杰参军入伍的样

307

式差不多。会场上拉了一条长长的横幅。横幅上红底黄字，写着"热烈祝贺张守杰、李月英结婚典礼"的一行大字。会场后边挂了一幅毛主席画像。毛主席画像两侧还有一副对联。对联上写着：翻身不忘毛主席，幸福感谢共产党。

在南吴集街道上，更是彩旗招展，红旗飘扬，人头攒动，摩肩接踵。整个南吴集大街上，到处是一派节日气氛，到处是一片欣欣向荣、繁荣昌盛的景象。

在区公所，里里外外，除了遍地都是彩旗和标语之外，最显眼的就是汇报会会场，布置得简明、贴切，主题鲜明。会场上方大幅会标写着："热烈欢迎张守杰同志先进事迹汇报会"。会标下方也悬挂一幅毛主席画像。

在区公所大院中，月英、守杰的结婚新房也装点得既简朴又新颖别致，引人注目。窗户上贴上了红绵纸，房门上贴上了红对联：

新事新办风俗好
移风易俗气象新

横批是：

新式结婚

这对联和横批让人一看，就知道这是新人结婚的新房。

一切准备停当，人们就在等待部队军车的到来。在大门口，在路头上，人们都在眺望着，谈论着。

这一天，月英起得很早。她整好床铺和衣物，又简单梳洗一遍，来到大门口，和大家一起，迎接军车的到来。

人们见到月英来了，使场面顿时热闹起来。一些小青年，特别是男青年，他们大都是守杰的朋友。他们见到月英，更是热情满怀，话语连连。有的说："月英，今天是你和守杰大喜的日子，你怎么还不换一身新衣服呀？"

月英说："我要是换一身新衣服，就不是李月英了。"

有的说："新娘子，起码也应该擦点粉、戴朵花呀。"

月英说："我要是擦粉、戴花，就成丑八怪了。"

有的说："月英呃，把你口袋里喜糖掏出来，让我们先尝尝嘴、甜甜心吧！"……

说说讲讲，"嘀嘀"一声汽车鸣笛，一辆草绿色军车从淮阴方向驶了过来。

人们潮水一般涌了上去，掌声和欢笑声响成一片。

车停之后，立即从车上走下一位身材魁梧的军官。

月英快捷地走上前去，恭恭敬敬地鞠了一躬，说："首长好！"

首长笑着说："你好！"

紧接着，车上走下一位中年女同志。这位女同志看到月英突然站住了。对着月英看了一看，于是亲切地问："你是李月英吗？"

月英爽快地答道："是！我就是李月英。"

这位女同志随即伸出双手，拉住月英，高声响亮地说："月英啊，我，就是你的魏琴姨姐啊！"

月英立即举起双臂一把抱住魏琴，失声痛哭，泪如雨

下。"姐姐！我天天找、天天盼，终于见到你、盼到你了！"

魏琴一边替月英擦去眼泪，一边说："好啦！好啦！姊妹见面，不应该哭，应该笑！你应该好好地笑，大声地笑。你大声地笑吧！"

月英擦去眼泪，真的笑了。

紧接着，魏琴指一指那位军官，说："月英，你看，那位首长，是谁？他就是你的姨姐夫，他叫高锋。"

月英突然睁大了眼睛，向高锋又鞠了一躬，喊了一声："姐夫好！"

高锋笑着说："你就是月英？我早就听你姐姐说了，今天才见到你！"

高锋转过脸，又对车上的人说："你们，都下车吧！"

从车上先后走下三名战士，第一个是守杰，第二个是守杰的班长，第三个是军车的驾驶员。

月英见到守杰，一时激动，不知所措，竟然举起双臂，要像拥抱姨姐那样要去拥抱守杰。守杰似乎被吓了一跳。他迅即向四周扫了一眼，连忙挤一下眼、摇一下头。月英这才明白，在众人面前，哪能这样轻举妄动？

守杰面对着月英，月英面对着守杰，四只眼睛双双相对而视，如痴如呆。只见他们俩双唇在颤抖，双目在凝视，而没有语言、也没有动作。

魏琴站在一旁，看着这两个年轻人这种神态，既惊，又喜。她忙问月英："妹妹，这个立功受奖的小战士，和你是什么关系呀？"

旁边有人插话说："这还要问？一对情人呗。"

月英脸红了，嘴微微一动，想说什么又没说出来，只是笑，……

高锋看着月英和守杰这种特别的表情，也惊呆了。他惊奇地问："小张，你和月英是……啊？"

魏琴说："妹妹呀，你的对象姓什么、叫什么，你为什么不早告诉我呀？"

月英含笑低着头，小声说："我不知道该怎么说，我也不知道守杰和姐夫都在什么单位。"

魏琴对高锋说："你们当官的，就是高高在上。守杰，我们家乡的孩子在你那里当兵，你也不过问过问！"

高锋说："部队连队那么多，战士那么多，又不驻在一起。而且，我的工作又有点特殊，一般不和战士直接接触，所以这次战士评优工作我也没有参加。你是月英姐姐，你自己也早该问问吧？"

魏琴说："月英只对我说她的对象在南京当兵，既没说他的姓名，也没说他的单位，我哪能想起问呀？"

高锋说："好呐。算了，算了，谁都不要怪了，我们几个人都有责任，都是因为当时没有好好地通报情况，让大家直到现在都还蒙在鼓里！"

魏琴对守杰说："守杰，我现在知道了，原来你还是月英的对象！你的首长，原来还是你的姨姐夫！罢了，罢了，你们虽然都在一个单位，但是，直到现在，还没有一个人知道，你们还是兄弟关系！不过，还好，幸亏没人知道你们的关系，否则，人们还会怀疑你姐夫徇私舞弊的呢！"

守杰站在那里，只是微微地笑着。

魏琴说："守杰，高锋，你们还犹豫什么？还不赶快过来，握握手！"

守杰眯眯地笑着，腼腆地拉住高锋的手，还有一点畏惧的样子，又有一点不好意思的样子。

高锋拉着守杰的手，说："守杰啊，在这里，你叫我姐夫，我叫你弟弟。在部队，可不能这样叫哦！"

魏琴说："对！在部队，该叫首长的还叫首长，该敬礼的还要敬礼，不能像在家里一样哦！"

守杰点头说："这个，我知道。"

他们的谈话，引起在场的人一阵阵欢笑，一阵阵掌声。

吴教导员走向前来，拉住高锋的手说："你看，这就叫无巧不成书嘛！高团长，你好！欢迎你们的到来！我是吴集区吴殿仁。"

高锋连忙伸出手来，拉住吴教导员的手，说："吴教导员，我们虽然没有见过面，但是，在电话里，我们早就是老朋友了！"

吴教导员连声应道："是啊！高团长，你这次给我们带来两大喜事：一是为守杰庆功，二是为守杰和月英结婚贺喜。"

高锋说："这就叫'双喜临门'嘛。部队也考虑守杰特殊情况，特地给他批假。"

一阵寒暄之后，主人领着客人，进入办公室交谈，喝茶。稍事休息之后，一起走进汇报会会场。

会场上已经座无虚席。

当吴教导员领着高锋一行人走进会场的时候，全场起

立，掌声雷动。大家一同鼓掌，表示欢迎。

前来听汇报的有各乡村的干部，主要是青年人。有许多人都认识守杰，有的还是守杰的好朋友。

在台上就座的，除了吴教导员、高副团长，守杰和他的战友，还有各个乡村来的领导同志。

守杰坐在台上向会场望着。引起听会的青年们极大的兴趣。下边有的人向守杰招手，还小声喊着："张守杰！""张守杰！"

当有人呼喊守杰的名字的时候，守杰立刻站起来，或是招招手，或是行一个军礼。会场上不断报以热烈的掌声。

大家看到，守杰那标致的身躯，加上那身崭新、严整的军服，新帽徽金光闪闪，红领章鲜艳夺目，显得更加英俊，更加帅气。

有的人就竖起大拇指喊道："张守杰，好样的！"

还有的人说俏皮话："张守杰，把你的小媳妇也带给我们看看哦！"

有人接着说："对，把你小媳妇带来。"

在汇报会中，领导讲话、首长讲话，都比较简短。守杰的讲话也不多。主要汇报守杰事迹的是守杰的班长，讲得比较具体、生动，赢得一阵阵掌声。会议一直持续到中午十二点多钟。

下午，吴教导员带领高锋、魏琴夫妇，和其他相关人员，顺着大路向南走，步行去张王熊庄，参加守杰和月英的婚庆仪式。

在张王熊庄，更是热闹非凡。吹鼓手、锣鼓家伙，以

及看热闹的人群，一趟趟、一阵阵的，顺着大路迎接吴教导员带领的一行人。

当南北两路人流会合的时候，出现了一个小高潮。

电影放映队上午就来到了张王熊庄。中饭碗一丢，就开起发电机，播放音乐。放映队高音喇叭音量很大，它播放的音乐，传遍了三庄六院。

周边群众得知守杰和月英的婚礼就要举行，又要放电影，太阳没落就提早吃晚饭。吃过晚饭，就成群结队、急急忙忙地涌向会场。

在村办公室大院子里，会台上摆一排八仙大桌。大桌上放了茶壶、茶杯，旁边还有一只小笆斗，小笆斗里放的是糖果和香花生。

结婚仪式还是由王二爷做司仪。

王二爷首先高声喊道："请部队首长和区乡领导上场就座！"

吴教导员带领高锋夫妇来到主席台。

王二爷接着喊道："请主婚人熊村长上场！""请各位来宾入场就座！"

各位来宾有一二十个人，鱼贯入场，依次就座。

上场就座的，除了吴教导员、高锋夫妇，乡村代表，还有张王熊庄乡亲代表王大妈，张土圩小学代表刁校长，三号河东小学代表赵秉松校长，以及月英好友赵芳，还有月英特邀佳宾王振和老师。

月英的"指路明灯"三先生，身在外地，未能来到现场，特地送来一副对联，挂在显目位置，表示祝贺：

花好月圆自由恋爱夫妻共圆甜蜜梦

龙凤呈祥婚姻自主伉俪同唱幸福歌

最后，王二爷高兴地喊道："现在，我们以热烈的掌声，欢迎新郎和新娘上场！"

会场响起一阵最热烈的掌声。

守杰和月英手拉手，满面笑容上了场。

守杰仍穿一身戏装，胸前戴了一朵大红花。月英仍然穿平时穿的那套列宁装，只是头上披了一条红纱，胸前戴了一朵大红花。

新娘和新郎，满面欢笑，手挽手，并排面对公众，深深地鞠了一躬。全场又响起一阵雷鸣般的掌声。

结婚仪式简洁、热烈，新郎新娘手挽手向各位来宾再一次鞠躬致意。

有几位来宾发了言。他们的发言不外是一些祝福的话，例如，"夫妻白头到老""全心全意为人民服务"等等。

发言之后，王二爷抱起事先摆在大桌上的小笆斗，先给各位来宾散发花生、糖果。然后又走到台前，将花生、糖果左一把、右一把，前一把、后一把，撒向广大公众，撒遍了全场内外。

会场里里外外，到处都充满了欢声笑语，人声鼎沸，好不热闹！

就在王二爷撒糖的时候，钱毛头拉着赵小芳跑上台来。毛头高声喊道："王二爷，我们也要吃姐姐、姐夫喜糖啊！"

毛头和小芳的突然到来，人们都感到意外："这是哪儿来的一对小青年呀？怎么没人认识呀？"

只有月英，她一见到毛头和小芳来了，既感到意外又非常激动。她赶忙走过来，拉着他们的手，笑着说："你们俩也来啦？谢谢你们了！"

毛头说："我们两个，还要谢谢姐姐呢！"

赵芳见毛头和小芳来了，也很高兴。她一手牵着小芳，一手牵着毛头，说："你们俩怎么知道月英姐姐结婚的？是谁告诉你们的？"

毛头说："月英姐姐结婚，谁不知道啊？"

月英问毛头和小芳："你们生活得好吗？"

毛头说："我们俩才好着呢！晚上睡觉，都睡在一头，两个人还搂着睡呢！"

赵芳向毛头使了一个眼色，责怪道："呆子！什么话都能朝外说！"

王二爷最后宣布："现在，请大家看电影：《白毛女》！"

银幕上首先呈现了主人公喜儿和大春。他们俩自小就青梅竹马，在共同的生活和劳动中情投意合，建立了深厚的感情。

音箱里传出清脆嘹亮的女高音独唱："北风那个吹，雪花那个飘，风天那个雪地两只鸟……鸟成对，喜成双，半间草屋做新房，半间草屋做新房。"生动、形象地表现了两个年青人对自由婚姻的美好愿望。

喜儿和大春经过艰难曲折的斗争，最终，喜结良缘。月英和守杰结婚，也同样经过了艰难曲折的斗争。他们的婚姻是多么可贵、多么值得珍惜呀！

2016.03.6

拓展阅读

一、"花好月圆"出自宋代晁端礼《行香子》词："小庭幽槛，菊蕊阑斑。近清宵、月已婵娟。莫思身外，且斗樽前。愿花长好，人长健，月长圆。"花儿正盛开，月亮正圆满，比喻美好圆满。

二、"龙凤呈祥"最早出现于汉代孔鲋《孔丛子·记问》"天子布德，将致太平，则麟凤龟龙先为之呈祥。"龙，在中国，最受宠爱，最有生命力。凤，在中国，是吉祥美丽的化身。"龙凤呈祥"寓意祥瑞吉庆，和谐幸福。

三、《白毛女》源于 1938 年晋察冀边区"白毛仙姑"的故事。1945 年由延安鲁迅艺术学院集体创作，贺敬之、丁毅执笔，马可等作曲。后又产生歌剧、舞剧、话剧等多种形式的艺术作品。电影《白毛女》讲述了解放前华北农村，佃农杨白劳与女儿喜儿相依度日，和邻居王大婶及其子王大春两家融洽和睦。喜儿和大春青梅竹马，情投意合，二老商定秋后他俩完婚。恶霸地主黄世仁想霸占喜儿，除夕夜强迫杨白劳卖女顶债，杨白劳喝卤水自杀。杨白劳死后，喜儿被抢进黄家，受尽了欺凌。大春救喜儿未成，投奔了红军。喜儿在张二婶帮助下逃离虎口，逃进深山。由于缺乏营养，头发全白，成了"白毛仙姑"。两年后，大春随部队回乡找到了喜儿，两人结婚，过上了翻身幸福的生

活。喜儿的头发也由白色变成了青丝。

1950 年版电影《白毛女·北风吹》歌词如下：

北风那个吹，雪花那个飘，风天那个雪地两只鸟。

鸟飞那个千里，情意那个长，双双落在树枝上。

鸟成对，喜成双，半间草屋做新房，半间草屋做新房。

月英寻亲

后　记

　　我为什么要写《月英寻亲》呢？

　　首先，我想说，几十年来，我对于我们的社会生活已经有了一定程度的感悟，我对于人们的人生道路也有了一定程度的认知。我想，这些感悟和认知，对于我来说，是十分宝贵的。同时我想，让人们知道我的这些感悟和认知，也是有益的。可以说，我的童年几乎都是我舅舅、舅母、姨母养大的。同辈的兄弟和朋友，对我的帮助也是决不可少的。振和大哥是最早帮助过我的人。他奶奶通风报信，才使我免于一死。在我们家破人亡、走投无路的时候，除了姨哥、姨嫂携手相助，就是党的干部伸手相助，我们才过上普通人的生活。对于这些人，我永远都忘不了他们的恩情！所以，我的作品，就是要把他们的精神表现出来。否则，我就对不起他们，我就终身难安。这些，就是我写作这部作品的主要动机。

　　其次，月英，这个人物，她存在我心中已经有五十多年了。在解放前后，我跟姨哥学医时首次遇到了她。从此，

她那坚强不屈的形象就在我心中扎下了根。60年代，我写过一部三十来万字的文稿，月英就是一个重要角色。"文革"中，文稿被乡里管文教的周助理要去了。现在，在我心中，只留下一丝丝的惋惜。

2008年，我写《命途纪行》的时候，虽然给了月英一定的篇幅。实际上，那只是她做童养媳的那一段。此后，我总觉得她被解救以后的经历，应该续写，于是，就有了现在的《月英寻亲》。

在这部文稿中，除了月英之外，还有不少其他人物。对于这些人物，不仅是出于我个人对他们的观感和喜恶，同时还出于广大乡亲对他们的恩怨情仇。像王大妈、王二爷这些人，如果我不去表现他们，我就心有遗憾，寝食难安！像钱三乱子、蒋三狗子这两个人，我都亲眼目睹了他们行凶作恶的卑劣行径。如果我不把他们的丑恶行为表现出来，我就愧对那些惨遭无辜伤害的人们。

我还要谈一谈"吴教导员"这个人。我父亲在不敢归家、无处可去的时候，请金先生写信求助的就是他。由于吴教导员的帮助，父亲才得以过上平安的生活（见《命途纪行·金先生的锦囊妙计》）。

如今，我所记述的这些前人们，大多已经故去了。我愿他们安息！

文中出现不少地名，如南新集（今泗阳县新袁区）、南吴集（今淮阴区吴城镇）、东河头、王圩、张王熊庄、张土圩、美人湾、三号、龙窝塘、砂礓河（后又称沙河）等，现在在网上均可查到。

月英和守杰完婚之后，当这部文稿搁笔的时候，有朋友问我："他们俩完婚之后，故事就完了吗？"我怎么回答呢？我只能说："月英和守杰结婚之后，只是家庭生活的开始，怎么能说故事就完了呢？结婚、生子，本来就是人生中紧密联系在一起的两件事，况且怀恨他们的两个人还不知是死是活……这些后续故事，恐怕就要由高手续写了。"

近年来，社会上流行的奢华婚礼，实在有点吓人。开始时，有人要"三转一响"（手表、自行车、缝纫机、收音机）。后来就升格为"一二三四"[一套楼房、二手闪威（罗西尼手表、8848 手机）、三金闪耀（金项链、金手镯、金戒指）、四轮轿车]。最近又飙升为一套"别墅"等等。所提这些"条件"，与牲畜买卖有何差别？这种种怪谲，任其发展下去，不仅使婚姻恋爱变了味，成为金钱买卖，还能引发某些社会问题，所以应该坚决予以摒弃！

总之，在婚姻问题上，追求的应该是人品为首、感情为先，能做到白头到老、恩爱终生，也就足够了。

欢迎有兴趣的朋友指教。我的信箱是：jsxywangyh@126.com。

作　者

2016 年 3 月 3 日

喜读《月英寻亲》

◎ 张乃弼

　　我和耀华同志都是普通的教书匠。没想到，在我们退休之后，能让我看到了他的暮年之作《命途纪行》。我当时很是惊讶，觉得他，平时默默无闻，竟然能一下子洋洋洒洒写下了几十万字的作品。而且，作品还写得有模有样，既有一定深度又有一定广度。不仅写出了他的个人经历和感受，而且反映了几个不同的历史时期社会生活的方方面面。尤其是他强调了如何做人、如何走好人生道路的问题。这一强调，特具深远意义。当时我就说，这是耀华创造的一个奇迹。

　　更让我没想到的是，几年之后，他又让我看到了他的另一部新作《月英寻亲》。这让我更加喜出望外。不过，这个作品不像以前那个作品涉及面那么广。这个作品的内容比较单纯，情节也不复杂，所谈的基本上是"一个人、一件事"的故事。一个人，就是以女孩子月英为中心人物，突出她的人品、人格和她对待婚姻的态度。一件事，就是

以月英处理婚姻问题为中心事件，突出她处理婚姻问题的经过和所坚持的原则立场。

说到婚姻问题，正如作者所说，乍听起来，似乎有点过于陈腐。但是，细细一想，情况并不如此。实质上，婚姻问题是一个永远值得探讨的话题，什么时候讨论都不过时。因为婚姻，不仅是一个个人的问题、一个家庭的问题，而且它还关系到国家的繁荣、社会的安定和人类的繁衍。试问，只要是一个正常的人，谁能回避婚姻问题？可以说，婚姻问题处理得好，幸福一生；处理得不好，就痛苦一辈子，甚至还会影响到下一代。特别是在当今社会，人的思想解放了，生活富裕了，人们对待婚姻的态度也发生了变化。尤其是一些年轻人，他们在处理婚姻问题过程中，出现了这样那样的情况，有的甚至带来了许许多多难以处置的麻烦。显然，耀华是意识到了这个问题的普遍性和严重性，所以他就抓住了婚姻问题作为作品的主题，以主人公的经历为范例，希望引起人们、特别是年轻人的注意。

我们说，小说，作为文学作品的一大门类，它就是要通过塑造人物形象来反映社会生活。塑造人物形象的手段是多种多样的。主要是通过故事，通过具体事例，通过人物的外貌、语言、动作、心理活动，以及对社会环境和自然环境的描写来反映人物性格。那么，耀华是怎样塑造月英这一人物形象的呢？

月英，是作品的主人公，她给人的总体印象怎么样？首先，我们来看看她是如何对待和处理自己的婚姻问题的。

月英做了十来年"童养媳"。童养媳，是中国封建社会

遗留下来的劣迹。月英几岁时就丧失了父母，后来又被他人转卖。显然，她是被逼才做了童养媳的。她既然是被逼做了童养媳，为什么不起来反抗呢？要知道，新中国成立初期，农村封建残余势力尚未肃清。同时，她那时年幼体弱，孤独无助，哪有办法起来反抗呀？后来，婆婆强逼她和不称心的"未婚夫"成亲，经人点拨，她不再以"死"来抗争，而是向政府求助。由此可见，月英一旦觉悟起来，追求婚姻自主的意志就坚定不移了。

在党和政府的关怀下，月英获得了一份在学校的工作。月英人品好，学习刻苦，工作勤奋，成绩显著，获得师生们的普遍好评。在这个时候，学校里一位未婚的主任看上了她。这位主任有学历，懂业务，有钱财，家庭富裕。按理说，主任的条件应该不错了吧？可是，月英拒绝了。她为何拒绝呢？她看不惯他的思想品质和生活作风，觉得他不是自己所钟爱的人。学校校长，则完全站在主任一边。他依仗个人的权势，以种种卑劣的手段，又是威逼，又是利诱，敦促月英和主任成婚。但月英不为金钱所动、不为压力所服，以顽强的意志和巧妙的方法给他们顶了回去。

女孩子挑选对象，有一个值得注意的观点问题。月英从根本上看不上毛头，就坚决、果断地和他解除了婚约。她虽然爱上了三先生，但自知自己配不上，也就不去"胡思乱想"。姜主任条件好、而且主动追求，她还是拒绝了，这又说明什么呢？她认为，一个美好的婚姻，最好是双方都能自立，而不做对方的附庸。所以她不是先找个男朋友，而是先去寻找姨娘、姨姐，寻求一个自主生存的门路。值

得庆幸的是，她遇到了区里的吴教导员。吴教导员问她有什么要求，她明确地提出了三个希望：有事做，有饭吃，有地方住。从这几方面，可以看出月英对待婚姻的严肃态度。

月英还遇到了好人王大妈。通过"王大妈一席话"，月英虽然还没见到与自己身世相似的张守杰，但是她从大妈的口中，对守杰这个人已经产生了强烈的认同感和归宿感。后来，她又亲自接触到守杰，看到他的一言一行，与自己情投意合，二人的情感已经完全融合到一起了。真所谓"有缘千里来相会，无缘对面不相逢"。

在对待婚姻问题上，作者倡导"人品为首、感情为先，白头到老、恩爱终生。"我想，如果这种精神能在社会上得到发扬光大，人人都注重人品，婚恋要强调感情，婚后一心一意，男女忠诚信守，那么，社会氛围就会更加和谐、顺畅，家庭生活也会更加温馨、和睦。社会上的"婚外情"将会逐步减少，离婚率也会大幅降低，社会环境就会更加和美、纯净。作者这一倡导，是有积极意义的。

月英和守杰简朴的婚礼也是值得肯定的。他们结婚，不做新衣，不要新房，也不请客，不收礼。当今社会，盛行的"婚礼"现象，成为大家关注的话题。正如耀华所说，开始时，有人要"三转一响"（手表、自行车、缝纫机、收音机）。后来就升格为"一二三四"[一套楼房、二手闪威（罗西尼手表、8848 手机）、三金闪耀（金项链、金手镯、金戒指）、四轮轿车]。最近又飙升为一套"别墅"，等等。这种现象，不但吓坏了穷小伙，也难倒了老爸老妈。这种

奢华的婚礼，应该有所节制了吧？当然，时代不同了，经济条件也不同了，我们并不是要求当代青年婚礼都像月英和守杰那样简单，我们只是希望婚礼力求简朴，不盲目攀比，不大操大办。

在月英身上，我们还看到她那勤劳、热情的一面。她几岁就学会了打席子，后来成了远近闻名的打席子能手。为了争取上夜校读书的机会，她常常在晚间、夜间加班加点，把读书耽误的时间补上。看看她，晚上，在月光下打席子的情景，真如同仙女织锦一般，那简直就是一幅最美的图画！她在学校做辅导员期间，几乎学校里什么事情都离不了她，就连打扫厕所她都要去亲自动手。她毕竟是一个小姑娘呀！

月英善良、慈爱的品质也有突出表现。她很讨厌毛头，甚至连看都不想看他一眼。在月英寻亲路上，毛头如同蚂蟥似的紧跟不舍，月英是怎样对待毛头这种行为的呢？请看第四章"乌云遮不住太阳"中的一段描写：

月英火冒三丈，双手一搡，搡得毛头后倒墙，一屁股跌倒在地上。他龇牙、咧嘴，一边望着月英，一边拼命地揉屁股，"哎——哇……哎——哇……"不住地叫，不住喊屁股疼。

月英觉着自己用力过大，毛头才跌了一个后倒墙。她看到毛头痛苦的样子，不免有点后悔，而怜悯之心也油然而生。她赶忙走过去，伸手拉起毛头，亲切地问："屁股还疼吗？"

毛头向月英翻翻眼，还是叫着："恐怕……骨头断喽！恐怕……骨头断喽！哎——哇……哎——哇……"

月英将毛头拉起来，轻轻拍去他屁股上的尘土。毛头望着月英，不但不叫了，反而咧着嘴，显得想笑的样子。

月英看到毛头这个模样，心里又是酸又是甜，既讨厌他，又有一点心疼他，说不出是一种什么滋味。她觉着，不管毛头怎么丑，不管他妈怎么坏，毕竟一家三个人在一起生活了十几年，不能说一点感情没有。这个时候，月英眼里渗出了泪花。

这一段描写十分动人。月英那颗善良、慈爱的心充分地表现出来了。

第二十一章，毛头到张土圩小学去找月英那一段，特别是两人的对话，写得尤其动人，真正是催人泪下！

更让人感动的还有下边一个事例：

本来，月英和毛头已经解除了婚约，双方一刀两断、互不相干。但毛头却始终眷恋着月英，见不到月英，就如丧魂落魄一般。他竟然能忍饥挨饿、日以继夜，到处去寻找月英。他见到月英，就苦苦哀求，说不能做媳妇，就做姐姐吧！月英的心被打动了，她不但同意做他姐姐，还想方设法为他重新找了一个媳妇。这种情况，在人世间，恐怕并不多见吧？

月英，作为作品的主人公，她那坚强、勇敢、勤劳、善良的艺术形象，已经跃然纸上。读者不仅看见了她的外表，听到了她的声音，而且看到了她的内心世界。作者对

这个人物的形象塑造，可以说，基本上是成功的。

在耀华这部作品中，还有其他一些人物，也值得注意。

吴教导员和酆乡长，是党和政府的代表。他们心怀人民，为民行政，是月英的大恩人。赵秉松校长，急中生智，使月英摆脱困境。王大妈现身说法，让月英豁然开朗。王二爷，不畏邪恶、仗义执言，令人敬佩。这些人，对月英的帮助，都是功不可没的。作者对这些人物都着墨不多，却都形象鲜明。也正因为新中国成立后有这样良好的社会环境，月英才得以顺利成长。

在作品中，还有一位没露面的"三先生"，称得上是月英的"指路明灯"。三先生是怎样帮助月英的？请看在一天晚上，夜校放学以后，在学生回家的路上，三先生和月英的一段对话：

我问："今晚毛头怎么没跟你来？"

"他来了，就在后边，马上就过来。"

我又问："你婆婆正准备给你们成家，你是什么态度？"

"到那一天，就是我死的日子！我没有别的办法。"

"错了！你要是同意和他成亲便罢，要是不同意，就去找政府。政府是会按政策办事的！"

"政府就是帮我处理了，我也没有地方去。"

"不对！假如政府给你解除了婚约，你就可以去找你姨娘，找你姨姐！我不也是在走投无路的时候找我的大姨娘、找我的大姨哥的吗？"

这一段对话虽然极其简短，但对于月英来说，却是一个绝妙的良方。它为月英指出了一条生路，也为月英以后的人生道路、以及解决婚姻问题提供了一个前提。但是，奇怪的是，直至月英结婚时这位三先生也未曾露面，他却送来一副对联：

花好月圆自由恋爱夫妻共圆甜蜜梦
龙凤呈祥婚姻自主伉俪同唱幸福歌

这副对联除了对月英和守杰的婚礼表示祝贺，同时也点出了作品的中心思想。作者对三先生这个人物的处理方式也是很有趣的。

现在，再来谈一谈作品的情节结构以及其他写作方面的一些问题。

小说，作为叙事性作品，就是要讲故事。从理论上讲，一般说来，故事情节都要有开端、发展、高潮、结局，有的还会前有序幕、后有尾声等。一部作品中往往不止一个故事，常常是一个故事接着一个故事，甚至还有大故事套小故事。这许许多多的故事连续不断地出现，直至作品全部结束。而这些故事与故事必须巧妙组织、合理安排，使作品成为一个有机的整体。耀华他已经注意了这些方面，使人感觉到他的作品已经基本上做到了前后连贯、环环相扣，跌宕起伏、错落有致。我觉得，作为一个业余作者能做到这样，是可喜的。

前边说过，这部作品总体上就是讲"一个人、一件事"

的故事，既简洁又明了，好像故事经过的时间极其短暂，内容也不算复杂。可是，一旦读起来就会觉得故事一个接一个，连接很紧，让人有点喘不过气的感觉，必须不间断地读下去。这就是情节结构的巧妙所在。

现在，就以第三章"太阳出来喜洋洋"为例，看看这一章的结构问题。

开头第一节用一句话概括故事的开端，月英踏上寻亲之路。接着环境描写，衬托月英的愉悦心情，她情不自禁地唱起了歌。歌词中出现了虎豹、豺狼等猛兽，使月英联想到自己遭受坏人迫害的情景。她想到了鄢乡长，想到了"三先生"。月英的心情由愉悦而渐渐变得沉重起来，眼里噙满了泪花。就在月英心情十分复杂的时刻遇到了祖孙二人一老一少卖席子的情节。通过一段对话，一方面突出了月英打席子能手声名远扬，又反映了卖席老人的温暖家庭。同时还反衬出月英孤单一人，一无所有，而无比悲伤。月英哭了！读者也深受感动！就在读者的心和月英的心十分激动的时刻，忽听后边有人喊道："站住！"故事就此戛然而止。

我们知道，这一章是后续故事情节的开端，它的中心内容是月英上路寻亲。这里边也就包含了几个小故事，如上路前的各项准备工作，走在路上想起教师教的歌，从歌词中想到坏人钱三乱子，又想到好人鄢乡长、三先生，遇到卖席子老人，等等，都写得具体生动，一波三折，结构十分紧凑。主人公的外貌特征、语言、动作和心理活动，以及社会环境和自然环境也都得到了初步展现。值得注意

的是，就在整章即将结束的时候，冒出一句话："站住!"这句话非同小可。当读者读到这句话的时候，心里必然会产生一些疑问：这句话是谁喊的？喊"站住"是干什么的？这对月英来说是凶是吉呢？……读者就迫切希望知道答案，就想再读下去。其实，这是篇章结构的一个技巧问题，它是让上文过度到下文的一种结构方法，起"承上启下"的作用。耀华在作品中很多地方都运用了这种方法。中国古典小说中一章结束的时候常常会出现一句套话："欲知后事如何，且听下回分解。"这与耀华的结构方式不谋而合、异曲同工。

我们看到，在整个作品中出现几个出人意料的亮点，使文章妙趣横生。

第一个亮点，月英寻亲本来是去找姨娘、姨姐的，却意外地遇到了张守杰，而且守杰最终成了自己的爱人。这就叫"奇遇良缘"，或"有缘千里来相会"吧。这才是真正的"寻亲"。

第二个亮点，一个英俊美男，一个妙龄淑女，互不相识，恰巧又在荒郊僻野之地遇到一个陌生的临盆产妇。在此人命关天的时刻，一对童男童女竟能同心协力、完满、顺利地为产妇接了生，使母子平安无恙。你说这巧不巧、妙不妙？

第三个亮点，在送走守杰参军之后，月英的心情比蜜甜，比花美。接到守杰的第一封来信，月英更是心花怒放，兴奋的热度达到了一百度沸点！就在月英欣喜若狂、乐不可支的时候，她收到了又一封来信。一看信封，她就惊叫

一声"啊?"再一看信,她就瘫倒在地,大哭起来。她的情绪从一百度沸点,一下子降到了零度冰点。这是怎么一回事?信上说守杰"因公牺牲"了!这对月英真如五雷击顶、天崩地裂!月英能不伤心吗?但是,结果查实,这是一封假军邮。这一情节的描写是扣人心弦的。

第四个亮点,"抖包袱"也很有趣(抖包袱,相声术语,指把之前设置的悬念揭出来,或者把之前铺垫酝酿好的关键部分说出来,点睛之笔,就叫抖包袱)。在部队,在战士的心目中,团级干部算是一个大官了。平时战士见到首长,都要毕恭毕敬地敬一个礼。守杰入伍不久就立功受奖,而且现在由首长陪同,送守杰去做"先进事迹汇报"。部队派了一辆军车,首长夫人也一并顺道回家。首长夫妇并不知道守杰是月英的恋人。守杰坐在首长和首长夫人旁边,拘谨得他几乎喘不出气来。军车到达区公所时,许多人前来迎接。首长夫妇先下车,月英见到姨姐,立即上前拥抱,失声痛哭。月英见到守杰走下车,更是激动无比,甚至做出想去拥抱的动作。此时,守杰一使眼色,月英才停止动作。首长夫妇见月英的一举一动,惊呆了,他们是什么关系呀?原来他们是一对恋人,首长还是守杰的姨姐夫!这一情节太有趣了。

我想,还有一点也可以说一说,就是所谓的"伏线",或者叫"伏笔"的问题。

在第七章"难忘的一夜"中,在赵芳家,有这么一个情节:

月英看见一位小姑娘，问赵芳："这是谁呀？"

赵芳说："她是我的小妹，叫小芳。"她还小声告诉月英："我小妹有一点呆，你别理她。"

这一简短对话，往往不易引起人们注意。其实，它在情节结构中起着重要的作用。正因为前段文章已为后段文章埋伏了线索，所以到后边月英将小芳介绍给毛头，读者就不至于有突兀、怀疑之感。这种"伏线"或"伏笔"，在作品中还有不少。

还有一个比较明显的例子，就是有关"辫子"的情节。在作品中，作者多次提到月英的辫子。在十七章"灯光看才子，月下看佳人"中，月英和守杰的爱情发展到一个小高潮。为了方便工作，更为了忠贞的爱情，他们商量好把辫子剪掉，并约定日后对婚姻谁要是反悔，谁就要把剪断的头发一根一根接起来。这一约定，看似一句玩笑话，实际对后边情节的发展起到了关键性的作用。当他们的爱情受到严重挑战、几乎无力抵抗的时候，到二十二章"从容应对'撒手锏'"校长最后使出难以抵挡的"撒手锏"，硬逼月英改变主张、放弃守杰的时候，月英就用到了"接辫子"这一无形的盾牌。她对校长说："我们剪辫子时就约定：日后，对于我们的婚姻，谁要是反悔，谁就要把辫子头发一根一根接上。校长，您如果能把我的头发一根一根接上，我就听从您的安排！"校长傻了，笑了，没招了。他说："你一条辫子，有成千上万根头发，谁能接上呀？"校长的阴谋彻底破灭，无可奈何。这一情节的设置既巧妙，

又有趣。

有一些问题，作者不一定把它说绝了，说死了。这种做法也是有好处的。例如，阴险毒辣的钱三乱子私藏手榴弹本来准备杀害月英夫妇，结果自己被炸到了。他死了没有？作者没说，只说被送去抢救。再如，月英和守杰结了婚，婚后生活得怎么样？生孩子没有？小芳和毛头婚后生活得怎么样？生孩子没有？月英和钱三乱子还有没有矛盾？等等。这些问题，都会给读者带来一些想象的空间，余味无穷。

另外，耀华还有一个新的尝试：即在篇章的结尾处增添一个"拓展阅读"。它类似于注释，除了对一些成语、典故作解释以外，还提供一些人文、史地资料。这样，既能引起读者阅读兴趣，又能丰富一些历史文化知识，一举两得。

总之，我初读耀华这部作品时，只是浮光掠影，觉得多为俗套，没有什么深文大义。初读它，如同喝一杯温开水，解渴而已。但后来慢慢品味，感觉不同了，发现其中有好多平中出奇的地方，耐人寻味。再读它，就如同喝了一杯浓咖啡，值得品味。不过，我谈了它不少优点，这并不等于说它已经好到何种程度。相反，它仍然是一部不够成熟、难以拿上台面的作品。不要说和名家名作相比，就是和一些所谓的"草根"作者的作品相比，也算不上什么优秀。不管是人物形象的塑造，还是情节结构的组织，都显得不够成熟，切不可自我满足、沾沾自喜。至于我的所谓的"评论"，也只是东一榔头西一棒子，谈不到有什么水平。不过，这也无妨，权当这是我们在文艺舞台上凑一个热闹罢了。我欢迎热心朋友不吝指正。

2016 年 9 月 6 日于淮阴师范学院

喜读《月英寻亲》